VALENTIN HERZOG

ALIFAS Z

VALENTIN HERZOG

ALIFAS ZEICHEN

GESCHICHTEN AUS MAROKKO

VERLAG DONATA KINZELBACH
MAINZ

Stolze-Schrey-Str. 3
D-55124 Mainz
www.kinzelbach-verlag.de

Der in dieser Ausgabe enthaltene Erzählzyklus "Karims Café", erschienen 2006 im Basler OSL Verlag, ist für die Neupublikation stark überarbeitet worden. Gleiches gilt für die kleinen, als Privatdruck für die Literatur-Initiative ARENA publizierten Erzählungen.
In der hier vorliegenden Gestalt werden sämtliche Texte des Bandes erstmals veröffentlicht.

Lektorat: Donata Kinzelbach & Addi Wild

Coverfoto:
Valentin Herzog

ISBN 978-3-927069-90-9

Druck:
Progress Press, Malta

ALIFAS ZEICHEN

Auch nachts ist es im Bled selten ganz still. Da raschelt ein Plastikfetzen, den es von Gott weiß wo hergeweht hat. Die Dornenäste einer Argane reiben sich aneinander. Animalische Laute kommen dazu, ein verlorenes Meckern irgendwo, ein aufgeschrecktes Gegacker – und die Stimmen jener Tiere, die jetzt ihre Schlupfwinkel verlassen, um auf der Suche nach Nahrung und Beute durch vertrocknetes Gras, Gestrüpp und Steine zu pirschen. Irgendwo bellt ein Hund, ein anderer antwortet, eine Meute heult auf.

Rhazoua ist eine Ansammlung verstreuter Häuser im Bled, irgendwo im Hinterland von Essaouira, der weißen Stadt mit ihren eleganten Hotels, beliebten Stränden. Keine Karte verzeichnet den Ort. Das arabische Wort Rhazoua bedeutet Schlachtfeld.

Hellfer lehnte an der Brüstung seiner Dachterrasse und starrte in die Nacht. Der Kubus des niedrigen Nachbarhauses stand weiß im Dunkel – weiß mit schwärzlichen Flecken, die sich vom Dach her ausbreiteten. Der alte Mann, der mit ein paar Ziegen und Hühnern diesen fensterlosen Bau bewohnte, war nicht mehr im Stande, sein Dach gegen die Regengüsse des Winters abzudichten. In ein paar Jahren würden die Wände Risse bekommen, abbröckeln, schließlich einstürzen, doch dann würde wohl auch der einsame Bauer gestorben sein. Niemand kannte sein Alter, aber die Schwere seiner Bewegungen, wenn er im Garten hackte und grub oder wenn er beim Ruf des Muezzin seine Gebetsmatte ausbreitete, ließ vermuten, dass er sein Haus kaum überleben würde.

Andere, entferntere Gebäude waren nur schemenhaft zwischen dunklen Massen von Gebüsch und Bäumen auszumachen, kein noch so spärlicher Lichtschimmer verriet, dass hier in der Ebene von Rhazoua Hunderte von Menschen lebten, dass es Gassen, Läden, Garküchen, eine Koranschule und eine Moschee gab. Auf der fernen Landstraße blitzte einmal kurz das Licht eines Autoscheinwerfers auf.

Gedankenlos spielte Hellfer mit der Whiskyflasche auf dem Rand der Betonbrüstung. Immer wieder setzte er sie mit dem Zeigefinger in kreiselnde Bewegung, schaute gebannt zu, wie der schlanke Zylinder torkelte, sich drehte, gefährlich neigte, um zuletzt nach einer Reihe immer schneller werdender Zuckungen wieder zum Stillstand zu kommen. Sein Gehirn war so leer wie die Flasche.

Beim zwanzigsten oder fünfzigsten Mal geschah es, dass die Flasche, statt sich immer nervöser zu drehen und schließlich in ihre Ausgangsposition zurückzukehren, plötzlich weiter ausholte, noch einmal um die Achse ihrer Bewegung wirbelte, über den Rand der Brüstung kippte und unten auf den Zementplatten zerschellte. Der Mann starrte in die Tiefe. In seinem Gehirn quoll so etwas wie ein Gedanke: Wenn er da unten läge … Zugleich zuckte Angst auf: Ein Mensch zerbricht nicht so schnell wie eine Flasche. Einen freien Fall aus sieben Meter Höhe kann man überleben. Den Rest seines Daseins als querschnittgelähmter Krüppel in einem Rollstuhl zu verbringen schien Hellfer auch in seinem Zustand betrunkener Leere keine Option.

Hell zeichneten sich Zementplatten im Mondlicht gegen die Erde des Bled ab, diese ausgetrocknete, rissige, zerstampfte, von Steinen übersäte Erde, auf der vielleicht einmal eine Schlacht stattgefunden hatte, Menschen gestorben waren, Menschen, die ein paar Augenblicke zuvor noch gehofft hatten, dass sie Beute machen, als Sieger zu ihren Frauen heimkehren könnten, um würdevoll in ihrem Palast zu sitzen oder mühsam ihren kleinen Garten zu hacken, Kinder zu zeugen, süße Speisen zu essen und irgendwann nach Mekka zu pilgern. Auch Hellfer hatte vor Stunden noch eine Hoffnung gehabt.

Der Schrei eines Esels gellte über das Bled. Dieses gemarterte, fürchterlich pumpende Angstbrüllen. Wie der letzte, schon unartikulierte Hilferuf eines Menschen, dem einer langsam die Kehle durchschneidet. In den ersten Nächten in Rhazoua war Hellfer mehrmals aufgeschreckt, weil er meinte, Ohrenzeuge eines furchtbaren Verbrechens geworden zu sein. Auch nach vier Monaten noch ließ ihn das Geschrei erschaudern, wenn er es nachts vernahm.

Sorgsam darauf bedacht, kein Geräusch zu verursachen, stieg Hellfer vom Dach ins Obergeschoss des Hauses hinunter, lauschte den Atemzügen der Schlafenden. Die von Hanna drangen ruhig und gleichmäßig durchs Dunkel. Manchmal rasselten Anflüge von Schnarchen dazwischen – auch Jan hatte ziemlich getrunken. Aus dem anderen Zimmer kein Laut. Sarah schlief geräuschlos. Wenn er jetzt die Türe öffnete und ins freie Bett neben ihr schlüpfte, würde sie weder ihre Stellung noch den Rhythmus ihrer Atemzüge verändern – so lange er nicht den Fehler beging, eine Hand rüberzuschieben, ihre Hüfte oder ihre Brust zu berühren.

Das Mondlicht, das durch die farbig verglasten Bogenfenster des Salons einfiel, legte rätselhafte Muster über die Ornamente der Bodenplatten. Hellfer ließ sich auf einen Diwan fallen und versenkte sich in die geheimnisvollen Lineaturen. Dieser Salon mit seinem spärlichen Mobiliar war in den vergangenen Monaten sein bester Aufenthaltsort gewesen. Hier hatte er ganze Tage und fast jede Nacht gearbeitet, gelesen, nachgedacht, geträumt. Manches war dabei unversehens in unwirkliche Ferne gerückt: eine nördliche Stadt, ein Jugendstilhaus mit kleinem Garten, ein pedantisch aufgeräumtes Verwaltungsbüro im kommunalen Baureferat, Abteilung Denkmalpflege – und der Alltag mit einer bemerkenswert tüchtigen Frau. War er in diesen Monaten glücklich gewesen?

Mit der Ankunft Hannas und der Freunde hatte sich jedenfalls vieles geändert. Er hatte sein ganzes Malwerkzeug, Mappen, Farben, Pinsel und Stifte in einen dunklen Raum im Erdgeschoss getragen, um den Salon für freundschaftliches Zusammensein freizumachen. Hanna, Jan und Sarah hatten Betriebsamkeit aus Europa mitgebracht, Whisky vom Schiff, Weinvorräte aus Spanien und aus Rabat. In seinen einsamen Monaten hatte Hellfer kaum Alkohol getrunken – darum spürte er ihn jetzt stärker als sonst. Nicht nur an diesem Abend. Aber an diesem Abend war der Streit ausgebrochen, nachdem Hanna jenen bösen Satz so hingesagt hatte, vielleicht gedankenlos, vielleicht als gezielten Stich. Die Freunde hatten sich eingemischt, schließlich war man grußlos auseinander gegangen. Hellfer war allein im Salon geblieben, dann auf die Dachterrasse gestiegen, hatte weiter getrunken. Der Alkohol hatte die Erinnerung an den Streit immer bedrückender gemacht.

In völliger Dunkelheit – er konnte sich nicht erinnern, wo er seine Lampe hatte liegen lassen – tappte er weiter ins Erdgeschoss, tastete sich durch den verwinkelten Gang zu dem Raum mit seinen Sachen.

Dort fand er eine Kerze und Streichhölzer, machte Licht, starrte auf das Durcheinander der Malutensilien und auf die an der Wand lehnenden Mappen, die seine Bilder, Aquarelle und Zeichnungen enthielten. Dann handelte er, ohne nachzudenken, mechanisch wie eine Aufziehpuppe. In seinem Kopf gab es nur noch den bösen Satz und die Worte, die danach gefallen waren.

Alle Fenster im Erdgeschoss waren vergittert. In diesem Raum aber ließ sich einer der Eisenstäbe aus der Verankerung heben und entfernen. Ali, der Verwalter des Hauses, hatte ihm den Trick gezeigt – für alle Fälle. Er löste das Eisen, legte es leise auf den Boden, griff nach den Mappen, schob eine um die andere nach draußen, ließ sie zu Boden fallen, schlüpfte schließlich selbst durch den Gitterspalt und sprang auf die Erde, lud sich die Mappen wieder auf, sorgsam bedacht, dass kein Blatt, kein Karton herausrutschte. Er trug seine Last zur Nordseite des Hauses. Die ersten Skizzen, die er eilig zusammengeknüllt hatte, brannten schnell. Der Widerschein der Flammen spielte über die fensterlose Mauer. Ohne noch einmal einen Blick darauf zu werfen, legte er Blatt um Blatt ins Feuer, sah zu, wie sich die weiße Rückseite des Papiers bräunte, krümmte, bis die Flamme heraussprang. Ein leichter Meerwind trieb den Rauch vom Haus weg übers Bled – keiner der Schlafenden im Obergeschoss würde etwas Ungewohntes wahrnehmen.

Mit den Zeichnungen und Aquarellen war er bald fertig. Die mit einer Leinenstruktur überzogenen Kartons der Acrylbilder fingen nicht so leicht Feuer, aber als sie dann doch brannten, bildete sich auf der Erde ein heißer Gluthaufen, in den er die restlichen Platten nur noch hineinzuwerfen brauchte. Er achtete darauf, dass immer die Rückseite nach oben zu liegen kam. Nur einmal vergriff er sich, sah in dem Augenblick, in dem die Flammen vom Rand her hochzüngelten die geometrisch strenge Struktur der Koubba von Sidi Kaouki, dieses von mancherlei Geheimnissen umwitterten Grabbaus am felsenzerklüfteten Strand. Es war eines der entscheidenden Bilder gewesen. Tagelang hatte er darüber gebrütet, immer wieder neu begonnen, bis er eine Möglichkeit gefunden hatte, das Gesehene und die ideale Form zu einer neuen Gestalt zu verbinden.

Das brannte nun dahin. Und zusammen damit verbrannte der alte Traum: Malen. Mit Pinsel und Farbe eine eigene Welt erschaffen.

Als von all dem nur noch Asche übrig geblieben war, schob er sie mit dem Fuß zu einem Haufen zusammen, legte einen Kreis aus Steinen drum herum, trug weitere Steine herbei, schichtete einen flachen Kegel auf – wenigstens ein Grabhügel sollte an vier Monate Hoffnung erinnern.

Der Riegel des Einfahrtstors ließ sich von innen leicht zurückschieben. Hellfer schlüpfte hinaus, zog das Tor hinter sich zu, so gut es gehen mochte. Um es zu schließen, hätte er seinen Schlüssel gebraucht. Der Zufahrtsweg zum Haus verlief zwischen weißgekalkten Mauern, über die hier und da die Äste eines Feigenbaums oder einer Argane hingen. Rasch war der breitere Weg erreicht, der vom Dorf zur Landstraße führte. Hellfer balancierte auf dem Grat zwischen den tief eingegrabenen Karrengeleisen, in denen hier und da noch Pfützen vom gestrigen Gewitter standen. Er ging und ging, aber er wusste nur sehr ungenau, was er in den nächsten Stunden tun würde. Im Geäst der Bäume zischelte der böse Satz: "… als ob du …"

Der Weg verlor sich in einem freien, hier und da mit Dorngebüsch oder hoch aufgeschossenen Agaven bestandenen Feld. – die Spuren liefen auseinander – jedes Fahrzeug suchte sich hier seine eigene Piste. Da lag der weiß schimmernde Rinderschädel, der Hellfer in den letzten Monaten oft als Wegweiser gedient hatte. Und da war die Straße, der schmale Asphaltstreifen, der Essaouira mit dem Süden verband: Agadir, Tantan, Laâyune, Dakhla …

Hellfer wandte sich nach Norden. Er ging jetzt ohne Eile. In zwei oder zweieinhalb Stunden würde er die Stadt erreichen – viel zu früh.

Als er Motorenlärm hörte und vor sich die Scheinwerfer eines Autos aufblitzen sah, verließ er die Straße, verbarg sich zwischen Felsen. Sekunden später schoss eine schwarze Limousine aus der nächsten Kurve, geriet mit dem rechten Vorderrad in den Schotterstreifen neben dem Asphalt, wurde brutal nach links gerissen, schleuderte ein paarmal gefährlich auf dem Teerband hin und her und verschwand dann mit heulenden Reifen in der Nacht. Hellfer nahm gerade noch wahr, dass das Nummernschild wie bei allen Fahrzeugen aus der Gegend mit einer Vier begann. Er erinnerte sich an Geschichten, die ihm Ali erzählt hatte und die von den Gelagen handelten, zu denen die Honoratioren der Stadt sich mit Bordellbesitzern, Rauschgifthändlern und Immobilienhaien in den sorgfältig abgeschirmten Hinterzimmern gewisser Restaurants oder in einsamen, aber mit Champagner und hübschen Mädchen bestückten Landhäusern trafen. Erst vor wenigen Wochen war der Polizeipräsident am Stadtrand in einen Kandelaber gerast und hatte damit dem städtischen Bautrupp zusätzliche Arbeit, dem Leichenbestatter einen kleinen Verdienst und einem hungrigen Amtsanwärter eine unerwartete Chance verschafft.

Ein paar hundert Meter weiter schreckte Hellfer vor einer unförmigen Masse am Straßenrand zurück. Ein Felsblock? Kein Felsblock, sondern der Körper eines großen Tieres: Was einmal ein Dromedar gewesen war, lag unnatürlich verkrümmt auf dem Asphalt, der Hals endete in einem blutenden Klumpen, die Vorderläufe zuckten noch. Ein Werk des besoffenen Mercedes? Nicht ohne Grund wurde man hierzulande immer wieder vor Nachtfahrten gewarnt, da sich auf den Straßen nicht nur unbeleuchtete Fuhrwerke, sondern auch Esel, Rinder oder Kamele herumtreiben konnten. Der Geruch, der von der krepierenden, zerschmetterten, aufgeschlitzten Kreatur ausging, löste Brechreiz aus – knapp gelang es ihm, sich ein paar Schritte zu entfernen. Als das Würgen endlich abnahm, drückte er sich in möglichst großem Abstand an dem finster blutenden Haufen Tier vorbei, atmete tief durch, als ein Windstoß frische Meerluft in seine Lungen spülte und freie, schwarze Straße vor ihm lag.

Vor der neuen Brücke über den Oued nahm Hellfer den Schotterweg nach Diabat, dem berüchtigten Stranddorf, wo einst die Hippies mit Jimmy Hendrix als Vorbild um die Wette gekifft und gevögelt hatten. Jetzt war Diabat nur noch eine trübe Häuserzeile. Tagsüber verleideten aggressive Bettelkinder einem den Aufenthalt. Verfall, abblätternde Farbe und Abfallhaufen prägten das reizvolle Ortsbild. Bei Nacht war davon nichts zu sehen. Wütendes Hundegebell aber verriet, dass die Siedlung keineswegs unbewohnt war.

Bei den ersten Häusern fand er den Pfad, der durch die Dünen zum Strand hinunter führte. Jenseits der Bucht verschwendeten die Lichterketten an der Strandpromenade von Essaouira jenen kostbaren Strom, der in den Dörfern des Hinterlands fehlte. Der Wind hatte nachgelassen. Die Dünung rollte in trägen, nur selten zu weißer Gischt sich brechenden Wogen aus der Schwärze des Ozeans heran. Es war kalt. Trotzdem zwang sich Hellfer, die Kleider abzulegen und ins Wasser zu steigen, hundert Züge ins Meer hinaus zu schwimmen, ohne zurückzublicken. Man hörte immer wieder von tückischen Strömungen.

Idiot, dachte er, vor zwei Stunden hast du sterben wollen – bloß wegen eines Satzes, den deine Frau vielleicht nur so hingesagt hat, und weil deine besten Freunde mit deiner Malerei nichts anfangen können. Und jetzt kriegst du's mit der Angst zu tun, wenn du an einem Strand, der tagsüber von Badenixen und Windsurfern bevölkert ist, keinen Boden mehr unter den Füßen spürst.

Er keuchte, als er aus dem Wasser stieg. Die Kleider lagen eine ziemliche Strecke entfernt – es gab also doch eine Strömung. Das Gefühl der Wärme, das er empfand, nachdem er sich mit dem Unterhemd trocken gerieben hatte und wieder in die Kleider geschlüpft war, hielt nicht lange an. Vor Sonnenaufgang war nicht daran zu denken, sich irgendwo hinzulegen. Also wanderte er am Saum des Meeres entlang nach Süden bis zu den Ruinen-Klötzen jenes Palastes, den Sultan Mohammed ben Abdallah vor 200 Jahren in die Einöde gesetzt hatte. Als das erste fahle Grau im Osten erschien, kehrte er um, und als sich endlich die Sonne über den Horizont schob, suchte er ein windgeschütztes Plätzchen in den Dünen, ließ sich in den Sand fallen und war eingeschlafen, bevor er an das Groteske seiner Lage auch nur einen Gedanken hatte verschwenden können.

Beim Erwachen bot sich ein völlig verändertes Bild: Gruppen von Touristen und ein paar einheimische Familien hatten sich auf dem besonnten Strand niedergelassen, Decken ausgebreitet, Sonnenschirmchen in den Sand gesteckt. Kinder spielten an der Wasserlinie, ein paar mutige Schwimmer hatten sich schon in die Wellen gewagt, ein paar Windsurfer glitten jetzt noch ganz gemächlich. Bald würde die Brise auffrischen und aus den harmlosen Plastikbrettern aggressiv dahinpreschende Sportgeräte machen. Drei dunkle Rinder wandelten am Saum des Wassers entlang. Hellfer fragte sich, wo sie hergekommen sein mochten und was sie hier suchten.

"Bonjour, M'siö! Un peu de chocolat?"

Es war ein älterer Mann, der sich neben Hellfer in den Sand gesetzt hatte und ihn erwartungsvoll ansah. Hellfer schüttelte den Kopf:

"Pas de chocolat."

Der Mann grinste nur, rutschte etwas näher, holte eine Plastiktüte aus den Falten seiner Djellaba und hielt sie Hellfer hin:

"Tu veux chocolat? Très bon! Très bon prix! Pour toi extra bon prix!"

Durch das Plastik sah Hellfer die kleinen, braunen Vierecke. Er verstand.

"Chocolat marocain? No merci. Schukran, la!"

Haschisch war ungefähr das Letzte, wonach er jetzt Verlangen spürte. Ein-, zweimal hatte er in den vergangenen Monaten einen Joint angeboten bekommen, hatte auch höflich ein paar Züge genommen, ohne irgendeine besondere Wirkung zu verspüren, außer dass ihm der Geschmack des Rauchs eine gewisse Übelkeit verursachte. Shit war offensichtlich nicht seine Sache. Da zog er noch den Mahia vor, den sauren Feigenschnaps, der in einem düsteren Schuppen hinter Bab Doukkala verkauft wurde. Es gab dort auch Scotch und französischen Cognac, allerdings zu Preisen, die sein Budget gesprengt hätten.

Er stand auf, begann Richtung Diabat zu gehen. Der Mann folgte ihm, tanzte um ihn herum, insistierte mit seiner Litanei aus "chocolat – bonne qualité – bon prix ...", wurde schließlich aggressiv, verfluchte den unwilligen Kunden als "Berbère", "Impérialiste", "Raciste". Mit einem vernichtenden "Juif" gab er schließlich auf, blieb zurück.

Es mochte gegen zehn Uhr gehen, als Hellfer durch das Bab Sebaa die Stadt betrat. Er überquerte die wie immer von Touristen, Hausfrauen und würdevollen Männern belebte Avenue de l'Istiqlal, erreichte die Place Moulay el Hassan. Im *Café de France* hatte er sich nach jeder Mal- oder Einkaufstour durch die Stadt erholt, hatte gezeichnet, gelesen, Briefe geschrieben, Menschen beobachtet. Der alte Kellner in seinem ehemals roten Frack brachte unaufgefordert das Blechkännchen mit Tee, aus dessen Schnabel frische Pfefferminzblätter ragten. Hellfer bestellte Cornes de Gazelle und drückte einem herausfordernd mit der Bürste auf seinen Schuhputzkasten trommelnden Jungen eine Zehnernote in die Hand:

"Koutoubia!"

"Oui M'siö."

Der Knirps brachte tatsächlich die gewünschten Zigaretten, war zufrieden, dass er das Wechselgeld behalten durfte, erbettelte aber noch einen Glimmstängel, den er mit schlauer Miene hinters Ohr steckte:

"Pour Papa."

Hier würde Hellfer sitzen bleiben, bis Hanna und die Freunde kämen. Ob sie ihn vermissten, suchten? Ob sie annahmen, er habe einfach eine kleine Morgenwanderung unternommen und werde schon irgendwann in das einsame Haus im Bled zurückkehren? Wenn sie den Steinkegel, den Aschehaufen im Garten gefunden hatten, würden sie beunruhigt sein. Aber wahrscheinlich waren sie gar nicht in den Garten gegangen, hatten ihm eine Notiz hinterlegt, waren, wie geplant, nach Moulay Bou-Zerkhtoum gefahren. In diesem Fall würden sie gegen Abend in die Stadt kommen, um fürs Essen einzukaufen, in Jack's Fax-Boutique nach Nachrichten aus der Heimat zu fragen und dann im *Café de France* das übliche Tonic nehmen. Und er würde eben schon dasitzen, etwas müde winken, Fragen mit einem Achselzucken beantworten. Es war so sinnlos, irgendetwas zu erklären.

*

"... als ob du ein Künstler wärst ..."

Als vergiftete Harpune hatte sich Hannas Satz gestern Abend in seinen Kopf gebohrt, hatte darin gewütet, hatte ihn dazu gebracht, seinerseits Sätze zu sagen, an die er sich nicht mehr erinnerte, die aber zweifellos falsch gewesen waren. Sarah hatte vorsichtig zu vermitteln versucht, aber durchblicken lassen, dass sie Hannas Skepsis gegenüber seiner Malerei teile – das Wort "dilettantisch" klang in ihrem Mund wie ein Todesurteil. Schließlich hatte Jan seinem Freund gönnerhaft auf die Schulter geklopft:

"Komm, Andreas, altes Haus – wenn es dir Spaß macht, Bilder zu malen, haben wir ja jegliches Verständnis dafür. Das ist als Hobby nicht schlechter als Briefmarkensammeln oder Minigolfspielen. Aber hast du es wirklich nötig – du bei deiner Position! – mit deinen Bildern auch noch an die Öffentlichkeit zu gehen?"

Hellfer hatte nichts mehr erwidert. Die Frauen waren wortlos gegangen. Jan hatte noch einen Whisky getrunken und sich nach einer Zigarettenlänge schweigend verabschiedet. Ein paar Augenblicke später war das eigentümliche Doppelquietschen zu hören, das verriet, dass die Türe zu Hannas Zimmer geöffnet und rasch wieder geschlossen wurde. Hellfer hatte sich längst jegliche Eifersucht verboten, aber jetzt versetzte ihm das Geräusch doch einen Stich. Er fühlte sich noch mehr allein gelassen als zuvor.

Er hatte getrunken, war auf die Dachterrasse gestiegen, hatte weiter getrunken, an den Tod gedacht, aber nicht den Mut gefunden, sich auf die Zementplatten zu werfen oder zu dem rostigen Rasiermesser eines früheren Hausbewohners zu greifen. Stattdessen hatte er die Arbeit von vier Monaten zerstört – und damit die Chance, diese unglaubliche Chance, die ihm wenige Tage zuvor gegen jede vernünftige Erwartung geboten worden war.

Er war durch die Nacht gewandert, hatte im Atlantik gebadet, im Sand geschlafen, saß müde, zerknittert, unrasiert und dreckig im *Café de France* auf der Place Moulay el Hassan und verstand nicht mehr wirklich, was in den vergangenen Stunden vorgegangen war.

Wie war es überhaupt dazu gekommen, dass er im Februar alleine nach Marokko aufgebrochen war, um sich vier Monate lang seiner heimlichen Leidenschaft, der Malerei, hinzugeben? Das "Sabbatical" war die Idee eines Fortschrittsgläubigen im städtischen Personalreferat gewesen, der die zuständigen Instanzen davon überzeugt hatte, dass es frischen Wind in die Verwaltung bringen – und nebenbei die defizitgeplagte Stadtkasse ein wenig erleichtern – würde, wenn man bestimmten Mitarbeitern anbot, drei bis sechs Monate unbezahlten Urlaub zu nehmen. Nicht ohne eine gewisse Berechnung hatte Hanna das Projekt sofort unterstützt.

Die ersten Wochen in dem einsamen Haus tief im Bled waren schlimm gewesen. Die Isolation machte Hellfer zu schaffen, der tägliche Kampf um die nötigsten Nahrungsmittel, die auf dem Souk der zehn Kilometer entfernten Stadt zu besorgen waren, die eingeschränkten Fortbewegungsmöglichkeiten, die Beschwerlichkeit, abends bei Kerzen- oder Petroleumlicht lesen zu müssen – und vor allem die Tatsache, dass er das Gefühl hatte, seine Bilder würden von Tag zu Tag unbeholfener. Nachdem er sich fast eine Woche mit einem Akt am Strand herumgeplagt hatte, einem 30 mal 42 cm großen Acrylkarton mit einem schlecht kopierten Illustriertenfoto vor pingeligen Muscheln und Steinen, war er fast bereit gewesen aufzugeben, Pinsel und Zeichenblock wegzuschmeißen und den sinnlos gewordenen Rest seines Urlaubs mit touristischen Aktivitäten totzuschlagen.

Gegen Ende des ersten Monats aber hatte sich die Situation verändert: Er hatte ein Fahrrad erworben, das ihn von Bus und Taxi unabhängig machte. Er hatte seine persönlichen Bedürfnisse radikal eingeschränkt, lebte meist von Brot, Schachtelkäse, Ölsardinen und Tomaten – Dingen, die auch im Dorf zu bekommen waren. Er hatte sich eine Gasflasche mit aufgesetztem Rohr beschafft, an dessen Ende ein Glühstrumpf hing, der, so lange man ihn nicht durch eine unvorsichtige Erschütterung zerstörte, ein zischendes Licht spendete, bei dem sich auch nachts arbeiten ließ. Und er hatte entdeckt, wie er beim Malen vorgehen musste: Statt sich sofort in ein Bild zu stürzen, eine Komposition zu erzwingen und sich dann mit Details zu plagen, setzte er sich in den Schatten und schaute einfach hin: auf die Bucht von Essaouira, auf einen Strand, auf eine Koubba, ein Stadttor, eine Palmengruppe ... Nach Stunden begann er, das Bild im Kopf zu malen, Konturen, Farben, Größenverhältnisse festzulegen. Erst ganz zuletzt nahm er Aquarellblock oder Malkarton und Pinsel zur Hand und brachte das Gedachte oftmals mit wenigen Strichen und Farbtupfern zu Papier. Missriet das, unternahm er weitere Versuche, bis das Gemalte ihm angemessener Ausdruck des Gesehenen schien. So lernte er, dass ein leicht unregelmäßiges weißes Band zwischen Azur- und Grünblau – zwischen Himmel und Meer – ein sehr viel suggestiveres Bild der fernen Stadt Essaouira ergab als jeder Versuch, Häuserkuben, Minarette, Mauerflächen und Bäume realistisch wiederzugeben.

War er glücklich gewesen bei dieser Arbeit? Er hatte sich immer wieder gesagt, dass er diese Art der Malerei in seiner nördlichen Stadt kaum würde fortsetzen können – sein Beamten-Alltag ließ ihm nicht die nötige Ruhe, und dazu kam das Misstrauen, das Hanna seinen Malversuchen seit jeher entgegengebracht hatte. Sie war eine bewundernswert tüchtige, in ihrer Arbeit stets an die Grenzen ihrer Leistungsfähigkeit gehende Ärztin und hatte für amateurhaftes Zeitverplempern und dilettantische Ambitionen nur Verachtung übrig. In seinem letzten Brief hatte er sich zu folgender Formulierung durchgerungen:

Du darfst zufrieden sein. Dein Sonntagsmaler ist hier in Marokko gestorben. Die alles andere ausschließende Konzentration, die es braucht, um ein Bild zu schaffen, das als etwas Gestaltetes bestehen kann – diese

Konzentration werde ich nicht mehr aufbringen, wenn ich mich von Montag früh bis Freitag Abend mit Subventionsanträgen, Baugesuchen und Renovationsprojekten befassen muss.

Hanna hatte darauf mit einem doppelt unterstrichenen Dein-Wort-in-Gottes-Ohr reagiert und im übrigen nur mitgeteilt, wann sie mit den Freunden nach Marokko aufbrechen werde, welche Etappen man einzulegen, an welchem Tag man in Essaouira einzutreffen gedenke und dass man ihn, Hellfer, allenfalls per Fax an Jack's Boutique über Verzögerungen informieren werde. Noch einen zweiten Brief hatte der graue Postbeamte Hellfer ausgehändigt, ein Couvert ohne Absender, das er erst Stunden später misstrauisch aufriss, um dann ungläubig auf die wenigen Zeilen zu starren:

Lieber Andreas, hab Dank für deinen Bericht und die beigefügten Fotos. Deine Arbeiten scheinen auf den ersten Blick reine Konstruktion, aber dann erkennt man die Gestalt der Dinge, ahnt Häuser, Landschaften, Menschen, die exotische Stadt am Meer, die magische Küste. Alles vibriert, die Farben atmen – sogar auf den schlechten Abzügen. Was du früher gemacht hast, war nett, aber immer noch mit einer Duftnote von Sonntagsmalerei. Marokko hat dich davon befreit. Nutze die letzten Wochen! Bis Oktober ist die Galerie ausgebucht, aber im November kommt deine Ausstellung. Einzelausstellung! Und – meine Bedingung! – exklusiv bei

deiner Claudine.

Hanna und die Freunde kamen pünktlich. Betriebsamkeit, Gelächter, Unternehmungsgeist erfüllten das einsame Haus im Bled. Claudines auf eine Karte mit Mondrians Roter Windmühle geschriebene Mitteilung, die ihm vor Freude fast den Atem genommen hatte, wurde immer unwirklicher. Lange zögerte er, davon zu sprechen. Gestern hatte er die Karte ganz nebenbei über den Tisch geschoben. Hannas Reaktion war vorhersehbar, in ihrer verletzenden Schärfe aber doch ein Schock gewesen:

"Muss das sein? Du hast jetzt vier Monate Ferien gehabt. Vier Monate tun und lassen können, was dir passte. Als ich deinen letzten Brief las, habe ich gedacht, du seiest von deiner lächerlichen Passion geheilt. Und jetzt willst du auf einmal so tun, als ob du ein Künstler wärst. Wenn die gute Claudine wirklich etwas von Kunst verstünde, würde sie Sachen wie deinen Akt am Strand nicht einmal in ihrem Papierkorb dulden."

Der Akt am Strand musste versehentlich liegen geblieben sein, als Hellfer den Salon für Hanna und die Freunde freigemacht hatte. Außer diesem schwindsüchtigen Bild hatten weder Hanna noch Jan und Sarah irgendetwas von seinen Arbeiten gesehen – Sarah hatte mehrmals den Wunsch geäußert, seine Bilder und Aquarelle zu betrachten, aber die Tage waren zu ausgefüllt gewesen und er selber war immer wieder davor zurückgeschreckt, das, was er in den vergangenen Monaten geschaffen hatte, vor fremde Augen hinzustellen.

Er war eben kein Künstler. Als Junge hatte er davon geträumt, an die Akademie zu gehen, Maler zu werden. Wohlmeinende Leute hatten ihm abgeraten und bei seinen Eltern hatte die Vorstellung einer Künstlerlaufbahn nur Hohngelächter hervorgerufen. Folgsam hatte er seine Wünsche unterdrückt, Kunstgeschichte und Archäologie studiert, eine Beamtenstelle angenommen. Er war kein Künstler geworden. Nur in den letzten Monaten …

"Und jetzt willst du auf einmal so tun, als ob du ein Künstler wärst."

Wegen dieses Satzes, wegen des ganzen lächerlichen Streits hatte Hellfer die Arbeit von vier Monaten zerstört – und eine unglaubliche Chance.

Drei Jahre war es nun her, dass Claudine die Galleria Bell' Arte eröffnet, erstmals internationale Namen in die Stadt gebracht, zugleich aber auch begonnen hatte, lokale Künstler zu fördern – sofern sie ihren hohen Ansprüchen genügten. Hellfer, der ihr eines Tages die besten seiner alten Arbeiten aus der Studienzeit und einige seiner jüngsten Versuche zu zeigen wagte, gehörte nicht dazu. Claudine weigerte sich, etwas davon im hintersten Winkel einer Gruppenausstellung aufzuhängen. Aber sie lud ihn ein, an ihren Montagabenden teilzunehmen. Da trafen sich Künstler und Liebhaber, um über einzelne Arbeiten oder allgemeine Trends zu diskutieren. Manchmal drängten sich mehr als zehn Leute in Claudines Salon, gelegentlich war man zu dritt oder zu zweit. Hellfer war gerne mit Claudine zu zweit, obwohl er sich bei der jungen Frau keine männlichen Chancen ausrechnen konnte – sie lebte seit Jahren in unverbrüchlicher Partnerschaft mit einem beruflich meist abwesenden Pressefotografen. Aber er konnte dann von seinen Malversuchen sprechen, das eine oder das andere Blatt zeigen. Er spürte, dass diese Frau ihn ernst nahm, auch wenn ihre Kritik bisweilen ätzend ausfiel. Ermutigt durch solche Gespräche und Diskussionen begann er, mit neuen Techniken, neuen Formen zu experimentieren – die Resultate allerdings überzeugten weder ihn noch die Galeristin. Als Claudine ihn eines Abends fragte, ob er nie daran gedacht habe, seine Beamtenstellung aufzugeben, um "ernsthaft zu malen", erschrak er vor der Kühnheit dieses Gedankens, doch später, wenn er wieder mal über einem missratenen Versuch brütete, klammerte er sich an die Worte der strengen Meisterin. Und seinen Aufbruch nach Marokko hatte er stets als einen Aufbruch in dieser Richtung verstanden. Jetzt war davon ein Kegel aus Bruchsteinen über einem Haufen Papierasche vor der fensterlosen Nordseite eines Hauses im Bled von Rhazoua, dem Schlachtfeld, übrig geblieben. Falls er dorthin zurückkehrte, dachte er, würde er ein paar Fotos davon machen, die er später über seinen Schreibtisch hängen könnte. Fotografien besitzen den Vorteil der Verschwiegenheit.

"Was ist ein Künstler", hätte er Hanna erwidern können. "Ich habe bloß Kunstgeschichte studiert, habe bloß eine Dissertation über Kirchner geschrieben, jenen Kirchner, der Architektur studieren musste und der von sich sagte: Ich muss zeichnen bis zur Raserei, nur zeichnen … und an sonst nichts denken. Ich bin, wie du weißt, stets ein braver Beamter gewesen. Aber vier Monate in Marokko sind eine lange Zeit …"

Andreas Hellfer, Leiter der Abteilung Denkmalpflege im städtischen Baureferat, saß also auf der Terrasse des *Café de France* auf der Place Moulay el Hassan in Essaouira, wo er in den vergangenen Monaten oft gesessen war, eine blecherne Teekanne, ein Glas und einen Teller Cornes de Gazelle vor sich, und fühlte sich müde, leer, ausgehöhlt. Der Maler Andreas Hellfer war erledigt. Abgeschrieben. Die Verbrennung der Bilder war nicht rückgängig zu machen. Claudine wird für ihr Herbstprogramm einen hoffnungsvollen – echten – Künstler finden. Und er wird in Zukunft höchstens noch Planskizzen denkmalgeschützter Bauten oder Umzeichnungen verwitterter Reliefs für Publikationen in Fachzeitschriften anfertigen.

In ein paar Stunden werden Hanna und die Freunde hier im *Café de France* auftauchen, mit Fragen und Vorwürfen ist zu rechnen. Als Antwort bleibt ihm nur der Hinweis auf einen Aschehaufen.

Er musste kurz eingenickt sein. Die Frau, die anscheinend in diesem Moment ungefragt an seinem Tisch Platz genommen hatte, musterte ihn aus großen, schwarz umrandeten Augen.

"Probleme? Sorgen? Was macht die Malerei?"

Die Frau musste ihn kennen. Folglich müsste er wissen, wer sie war, müsste sich erinnern. Dieses etwas flache Gesicht mit der stumpfen Nase und dem heftig geschminkten Mund, dieses ungebärdige, fast drahtige Schwarzhaar, diese Narbe knapp über dem rechten Auge auf der dunklen Stirn … Ganz langsam setzen sich Bruchstücke zusammen. Ein Name krabbelt ins Gedächtnis: Alifa.

Leif Laasens berühmte Galerie an der Avenue l'Istiqlal wird in einem Reisehandbuch als Leuchtturm der zeitgenössischen Malerei bezeichnet. Laasen soll ein Wikinger sein, der vor Urzeiten hier bei den Purpurinseln von Mogador vor Anker gegangen ist, sein Langschiff hinter sich verbrannt und auf der von einem französischen Architekten brutal durchs Gassengewirr der Medina gezogenen Avenue einen Kunsthandel eröffnet hat. Ob er das tat, weil ihm die Stadt gefiel, weil ihn die einheimischen Strichjungen erregten, weil er das große Geschäft witterte oder weil er sich einer Mission verpflichtet fühlte? Heute sitzt Monsieur Laasen in seinem muffigen Büro, hat die ganze Galerie im Auge, raucht drei Päckchen Marlboro am Tag, lässt sich alle halbe Stunde frischen Tee bringen, telefoniert, faxt, blättert in seinen Papieren, ist nicht sonderlich reich, nicht sonderlich glücklich – einfach: hängen geblieben. Seine Galerie besitzt einen guten Ruf. Die Blätter der Hauptstadt schreiben über seine Ausstellungen und alle paar Jahre darf er einen Bericht aus *Le Monde* oder der *Times* ausschneiden, einrahmen und an die Wand hängen.

Er vertritt Maler wie den phantastischen Mohamed Tabal, den geometrischen Rachid Amarhouch und den expressiven Abdelmalik Berhiss, aber das Geschäft geht schleppend. Leute, die aus Europa nach Essaouira kommen, wollen saufen, bumsen, baden, billig leben, Esoterik schlabbern oder Haschisch rauchen. Allenfalls kaufen sie Messingtabletts, Thujaholzschachteln oder Teppiche. Aber Bilder? Moderne Kunst? Ethnoart? Ethnoart geht noch am besten. Unter dem Etikett lassen sich auch Tabal, Tazarin und Maimoune verkaufen, scheinbar naive, jedenfalls sehr bunte Bilder von Geisterwesen mit puppenhaften Gesichtern.

Dazu kommen dann noch ein paar echt Naive mit Oasenidyllen, Stadtansichten oder Wüstenpanoramen. An solchen Bildern kleben nach einer Vernissage die meisten roten oder grünen Punkte.

Auf Alifas Bildern – neun kleinen Formaten, die in der hintersten Ausstellungskoje kaum zwei Meter Wand beanspruchten – klebte nach der Vernissage, die Hellfer vor ein paar Wochen besucht hatte, nur ein einziger grüner Punkt. Jeder weiß, was ein grüner Punkt bedeutet: Reserviert. Meist hat ihn ein Freund aus Sympathie, Mitleid oder Berechnung da hinkleben lassen. Und wenn die Ausstellung zu Ende geht, wird er mitteilen, dass er sich bedauerlicherweise doch nicht habe entschließen können …

Die Reden waren gehalten, die Plastikbecherchen geleert, die Häppchen gegessen, die roten Punkte – *Verkauft* – nicht allzu zahlreich, geklebt. Laasen hatte Hellfer mit mürrischer Kollegialität begrüßt: Doch, doch, seine Arbeiten – Hellfer hatte ihm einige Tage zuvor vier Acrylkartons und sechs Aquarelle übergeben – seien gar nicht so schlecht, das Problem sei nur, dass seine, Laasens, Kundschaft hier eher die Bilder einheimischer Künstler erwarte, und er sehe leider vorderhand keine Möglichkeit, einen deutschen Maler auszustellen, und Hellfer möge doch gelegentlich seine Sachen wieder mitnehmen …

Immerhin hatte er Hellfer ohne Anführungszeichen als Maler bezeichnet. Und wenn Hellfer etwas weniger empfindlich gewesen wäre, lägen wenigstens diese zehn Arbeiten immer noch im Lager der Galerie Laasen.

Hellfer hatte die schlaffe Hand des Wikingers geschüttelt und war zum Ausgang gegangen. Dort aber beunruhigte ihn eine plötzliche Erinnerung an etwas, was er gesehen und doch nicht wirklich wahrgenommen hatte. Langsam schritt er noch einmal die Wände, die Kojen ab. Da waren die Gesichterteppiche Tabals, die verrenkten Körper von Berhiss, die naiven Stadtbilder. Auch die neun Bildchen in der letzten Koje schienen auf den ersten Blick in diese Kategorie zu fallen: Sie zeigten Tore, Gassen und Plätze von Essaouira in betont schlichter, flächiger Manier. Mit der Perspektive schien die Malerin gewisse Probleme zu haben. Und doch ging von diesen kleinen Formaten eine Kraft aus, die Hellfer zwang stehenzubleiben. Das Besondere an ihnen war, dass sie von unzähligen Menschenfigürchen belebt wurden, die, wie sich bei genauem Hinsehen erkennen ließ, mit ein paar expressiven Pinselstrichen auf den Malgrund gesetzt waren. Und diese Menschen schienen zu sprechen. Einen Moment lang glaubte Hellfer tatsächlich ein vielfältiges Raunen zu vernehmen.

"Gefallen sie dir?"

Neben Hellfer stand eine nicht mehr junge Frau in europäischer Kleidung, Jeans, langärmliges Hemd, Turnschuhe, ein dunkles, fast männliches Gesicht, trotz des heftig geschminkten Mundes ohne Anspruch auf Schönheit.

"Gefallen sie dir? Kauf doch eins, besser zwei. Ich könnte ein bisschen Geld ganz gut gebrauchen. Ich bin Alifa …"

"André. Deine Sachen haben eine starke Sprache, sie packen einen, wenn man sie lange anschaut, sie dringen in dich ein … ich würde gerne eines kaufen, aber ich bin … " Er zögerte mit dem Wort, sprach es dann aber doch aus: "Welcher Maler hat schon Geld ..."

"Meine Bilder sprechen – gut, dass du sie hörst. Meine Menschen sollen sprechen. Mit vielen Stimmen. In vielen Sprachen."

Man plauderte noch ein paar Minuten. Alifa notierte ihre Adresse auf einem Fetzen Papier, Hellfer versprach, sie in den nächsten Tagen in ihrem Atelier zu besuchen, aber dann war anderes wichtiger, und als er schließlich nach dem Zettel suchte, fand er ihn nicht mehr.

Nun saß sie ihm also gegenüber im *Café de France* auf der Place Moulay el Hassan, ließ sich zu einem Tee einladen, ersparte ihm freundlicherweise jede Ausrede, schaute ihm schweigend ins Gesicht.

"Du bist traurig. Was ist geschehen? Magst du erzählen?"

Und Hellfer erzählte. Von seiner Kindheit, von seinem Studium, von seiner unterdrückten Leidenschaft für die Malerei, von seinem Beruf, von den Bildern, die er in den letzten Monaten gemalt, von den neuen Ausdrucksformen, die er gefunden hatte, von Claudines Einladung, von Hannas "Als-ob-du-ein-Künstler", dem bitteren Streit und dem Autodafé der letzten Nacht. Er begriff nicht, wie er einer vollkommen Fremden, von der er nichts wusste als den Namen, all diese Dinge samt intimen Details über sich, Hanna und die Freunde anvertrauen konnte. Aber die Erzählung erfüllte ihn mit grimmiger Genugtuung.

"Du hast alle Bilder verbrannt?"

"Alle. Mehr als ein Dutzend größere Sachen in Acryl, viele Aquarelle, Zeichnungen, Skizzen. Ein einziges Bild ist noch im Haus – ein Akt am Strand, scheußliches Ding aus den ersten Wochen hier. Das ist zufällig irgendwo liegen geblieben. Und es ist die einzige Arbeit, die meine Leute je gesehen haben. Ich verstehe, dass sie darüber die Nase rümpfen."

Alifa schwieg eine Weile, versank in Nachdenken.

"Und wenn deine Frau, deine Freunde kommen, wenn sie dich hier im Café finden, wirst du mit ihnen zurückkehren?"

"Es wird mir nichts anderes übrig bleiben. Letzte Nacht hätte ich mich vielleicht – vielleicht auch nicht – erschossen, wenn ich einen Revolver gehabt hätte."

Alifa überlegte, dann hob sie entschlossen den Kopf:

"Wenn du möchtest, kannst du ein paar Tage bei mir bleiben. Damit du nicht missverstehst: Ich teile mit meiner Freundin Fatéma ein großes Atelier hier in der Altstadt, nicht weit vom Bab Sebaa. Zum Atelier gehören zwei Zimmer. Im einen schlafen wir, das andere dient als Gästezimmer, das heißt, wir vermieten es – hundert Dirham pro Nacht, wäre das in Ordnung?"

Zu jedem anderen Zeitpunkt seines bisherigen Lebens hätte Hellfer ein solches Angebot mit höflichem Dank ausgeschlagen. Jetzt aber ... Hatten die Monate der Trennung so viel Entfremdung bewirkt? War es der böse Satz? der Streit mit den Freunden? die Bilderverbrennung? die weiße Leere im Kopf? Er überlegte nicht lange:

"Dann komme ich endlich dazu, deine Bilder in Ruhe anzuschauen. Meine Leute werden ganz gut ohne mich zurechtkommen. Die hundert Dirham sind kein Problem."

In "Jack's Fax-Boutiqe" schrieb Hellfer auf ein leeres Blatt, das an der Oberkante den Absender eines Büros in Marrakesch trug:

Ihr Lieben – ich bin wieder in Ordnung, aber nach eurem Todesurteil über meine Arbeit der letzten vier Monate brauche ich ein wenig Zeit, um wieder ganz in die Rolle des grauen Beamten zu kriechen.

Am 14. Juli werde ich zur Stelle sein. Verpasse ich euch hier, erwarte ich euch am 15. in Tanger. Sollten wir uns auch dort verfehlen – es gibt Linienbusse nach Europa.

Für den Fall, dass euch mein Untertauchen beunruhigen sollte, bitte ich um Verzeihung. Macht euch keine Gedanken – in vier Wochen werdet ihr den kleinen Denkmalpflegebeamten Andreas Hellfer wieder in pflichtbewusster Erwartung neuer Büroaufgaben antreffen. Bis dahin schöne Tage und angeregte bzw. ruhige Nächte!

Das Blatt durchlief die Maschine, diese spuckte knittriges Thermopapier aus, dem niemand mehr ansehen konnte, dass es bloß eine Kopie und kein in Marrakesch abgeschickter Fax war.

Alifas Atelier lag im obersten Stockwerk eines verwahrlosten Neubaus gleich hinter der Stadtmauer. Fenster und Türen aller Wohnungen öffneten sich auf Laubengänge, die den düsteren Innenhof umzogen. Essensgerüche, Kindergeschrei und Frauenstimmen erfüllten die Luft. Aber als Alifa die Türe zu ihrem Reich hinter sich zugezogen hatte, blieb diese Welt draußen. Ein großes Oberlichtfenster beleuchtete den Raum. An der einen Längsseite lief ein breiter Arbeitstisch hin, dessen Fläche mit Stapeln von Zeichenpapier, Malplatten, Farbtuben, verschiedenartigen Gefäßen, Büchern und Heften übersät war. An der Wand darüber hingen zahllose Zettel mit Porträtskizzen und Notizen, dazwischen auch einzelne Zeitungsausschnitte und Fotos. Gegenüber, also auf der Seite des Eingangs, wurde offensichtlich gewohnt. Da gab es einen Gaskocher, ein mit Geschirr und Esswaren gefülltes Regal, einen Kühlschrank, Plastikstühle, einen Tisch und einen Fernseher. An der rechten Schmalseite des Raums thronte ein altertümlicher Computer auf einem improvisierten Gestell aus Kisten und Brettern:

"Fatémas Arbeitsplatz – sie verdient ihr Geld, unser Geld, damit, dass sie Prospekte und Flugblätter für alle möglichen Geschäfte, Restaurants, Hotels macht. Darin ist sie genial. Bloß für ihre Gedichte interessiert sich leider kein Mensch."

In der vierten Wand öffneten sich drei Türen:

"Unser Zimmer – es hat sogar ein richtiges Fenster! –, das Bad, das Gästezimmer. Es geht auf den Hof und ist ein bisschen dunkel, aber beim Schlafen wird dich das nicht stören, und in der übrigen Zeit bist du stets in unserem luxuriösen Salon willkommen, solange du uns nicht vom Arbeiten abhältst. Und wenn du Licht und Luft suchst – hinten im Gang ist die Treppe zum Dach. Weil es dort nur ein provisorisches Geländer gibt, fürchten sich die anderen Hausbewohner davor, es zu betreten. So ist es unsere private Terrasse. Also, bitte: hier dein Zimmer:"

Alifa stieß die Türe auf und ließ Hellfer in eine Kammer treten, in der es gar nicht so dunkel war, dafür aber ziemlich muffig roch. Die Einrichtung bestand aus einem breiten Bett, einem Stuhl und einer Holzkiste, die notfalls als Tisch dienen konnte. Hellfer nickte Alifa dankbar zu, begann sein Hemd aufzuknöpfen und ließ sich, sobald er allein war, auf das fast weiße Laken fallen.

Das Zusammenleben gestaltete sich problemlos. Fatéma, die freundliche Libanesin, war meist unterwegs, um Aufträge hereinzuholen, den Druck ihrer Prospekte und Plakate zu überwachen und die täglichen Einkäufe – einschließlich Zigaretten, frischer T-Shirts, Unterhosen und Socken für Hellfer – zu besorgen. War sie im Atelier, arbeitete sie an ihrem Computer mit einer Konzentration, die durch kein Erdbeben zu erschüttern gewesen wäre. Alifa malte bis zum Einbruch der Dämmerung und bereitete dann aus den von Fatéma eingekauften Zutaten eine Tajine mit Hammel- oder Hühnerfleisch, hin und wieder auch Couscous oder ein Fischgericht.

Die kühlen Morgenstunden verbrachte Hellfer auf dem Dach mit der Lektüre der Romane und Erzählungen, die er im Bücherregal der Frauen fand. Die Autoren Marokkos schreiben meist französisch. So tauchte er mit Tahar Ben Jelloun in die verwunschene Welt des alten Fes, wanderte mit Khaïr-Eddine durch die abgelegenen Täler des Atlas, lachte mit Driss Chraïbi über die grotesken Missverständnisse zwischen Tradition und Technik und litt mit Abdelhak Serhane unter den Zerreißproben zwischen Mittelalter und Moderne, denen die Gesellschaft des totalitären Königreichs ausgesetzt ist. Ihm war, als habe er das Land erst jetzt durch die Stimmen seiner Schriftsteller wirklich kennen gelernt.

Nachmittags schaute er Alifa beim Malen zu, beobachtete, mit welcher Sorgfalt sie ihre Stadtlandschaften entwarf, Farbnuancen gegeneinander setzte, mit Schatten, Licht und den Skalen des Ausbleichens, Verwitterns, Verfallens spielte. Rasch gab er den Gedanken auf, über Probleme der Perspektive zu sprechen – das war nicht ihr Thema. Im Übrigen entwarf sie ihre Szenerien völlig frei aus der Erinnerung. Nie sah er sie eine Vorlage, eine Fotografie oder auch nur eine Skizze benützen:

"Ich male meine Stadt", sagte sie, "nicht das steinerne Essaouira. Niemand kann mir vorhalten, dass dieser Hufeisenbogen in Wirklichkeit nur ein Viereck ist und dass jenes Minarett eigentlich kleiner und außerdem in einem anderen Winkel erscheinen müsste."

Waren die Gebäude vollendet, ging sie daran, den Raum davor mit Menschen zu füllen, und das war offensichtlich der wichtigste Teil ihrer Arbeit. Ein oberflächlicher Betrachter hätte wahrscheinlich im unteren Bilddrittel nur ein Gewimmel von sehr stilisierten, meist nur aus wenigen Linien und einigen Farbspuren bestehenden Figürchen bemerkt, die kaum größer waren als ein Fingerglied. Alifa aber verwendete Stunden auf jedes ihrer "Menschenzeichen": Wenn sie aus ihrer Sammlung von Porträtskizzen und Fotografien schließlich eine ausgewählt hatte, trat sie zunächst in einen langen, stummen Dialog mit der dargestellten Person. Dann unternahm sie mit einem feinen Pinsel erste Versuche auf einem Stück Packpapier, verbesserte, entwickelte Varianten, fügte Farbflächen hinzu, verwarf das Ganze, begann von neuem. Am Schluss lagen zwanzig, dreißig Entwürfe vor ihr, bevor sie sich daran machte, die endgültige Fassung des Zeichens in ihr Bild zu übertragen, etwa vor das blendende Weiß einer frisch gekalkten Hauswand zu setzen oder vor das ins Grau rieselnde Ocker einer alten Mauer. In diesem Moment durfte man sie nicht durch die kleinste Bewegung, das geringste Geräusch ablenken. Hellfer beobachtete amüsiert, dass er in solchen Augenblicken sogar den Atem anzuhalten versuchte. War die delikate Operation vollendet, entspannte die Malerin sich, zündete eine Zigarette an, trank einen Schluck Tee und war zu einer Plauderei bereit. Als ihr ein Zeichen besonders gut gelungen schien, forderte sie Hellfer auf, es genau zu betrachten.

Was er sah, schien auf den ersten Blick mehr Ähnlichkeit mit einem chinesischen Schriftzeichen als mit einer menschlichen Figur zu haben: eine Konfiguration aus blauen, schwarzen und braunen Linien, die an mehreren Stellen unvermittelt scharf abknickten. Ein hingewischtes Fetzchen Rot hätte ein Hemd andeuten können, ein weißliches Dreieck ein Gesicht. Dann sah er plötzlich, dass das Figürchen möglicherweise ein Instrument in der Hand hielt, eine Art Gitarre, deren Klangkörper aber wirkte, als sei er zerbrochen. Nach unten hin franste die Figur sichtlich aus, schien statt der Beine nur Käferfüßchen zu haben, die den Boden kaum berührten.

Alifa nickte zu Hellfers Beobachtungen, schob ihm schließlich eine Fotografie hin, die einen schmalen Siebzehnjährigen in Jeans und rotem Hemd zeigte, dessen Mund zu lachen versuchte, während das hässliche Gesicht mit den abstehenden Ohren eher starr wirkte:

"Mein Freund Abdelasiz. Seine Mutter war Arbeiterin in einer Fischfabrik in Safi. Als sie entlassen wurde, hat sie ihren Sohn zur Familie des Vaters in Essaouira gebracht und ist in ihr Dorf im Süden zurückgekehrt. Natürlich hat sich niemand um den Jungen gekümmert. Er ist praktisch auf der Straße aufgewachsen. Er träumt davon, Musiker zu werden, aber keine Gruppe will ihn haben. So schlägt er sich als Straßenhändler durch, verhökert billigen Schmuck und bietet den Touristen alle möglichen Dienstleistungen an – meist vergeblich, denn er ist weder hübsch noch geschickt, und Französisch hat er auch nie richtig gelernt. Nächstes Jahr kommt er zur Armee. Da ist eine Zeitlang für ihn gesorgt …

Die Figur daneben, diese ineinander verschobenen, geknickten Ellipsen, das ist Malika, ein Bauernmädel aus der Gegend von Tleta Henchane. Sie hatte das Glück, einen Gewürzhändler vom Souk zu heiraten. Jetzt fühlt sie sich plötzlich als Dame und Städterin, und weil es früher für Damen aus der Stadt zum guten Ton gehörte, verschleiert aus dem Haus zu gehen, wickelt sie sich jetzt in einen Haïk, dieses unmögliche Gewand, das keine moderne Frau mehr trägt. Auf dem Land waren die Frauen sowieso nie verschleiert, denn in so einem Haïk kannst du ja keine Kuh auf die Weide führen, geschweige denn einen Acker bearbeiten. Diese Malika ist eine dumme Gans, die den ganzen Tag vor dem Fernseher hockt und Kekse in sich rein frisst. Neben ihr steht Amir, der beinahe ehrliche Gewürzhändler vom Souk. Wenn du bei ihm zehn Gramm Safran kaufst, sind doch vielleicht drei Gramm echte Krokosblütenfäden aus Taliouine drin.

Und schau diese junge Frau in schlanker Djellaba, die ihr Haar so kokett zurückstreicht – ich glaube, man sieht sogar meinem Zeichen, meiner Chiffre, noch an, dass sie eine Schönheit ist. Ihren Namen habe ich vergessen, aber nicht ihr Bild, das in der Zeitung war, weil sie irgendeinen Wettbewerb gewonnen hatte.

Neben ihr steht Busta, der gute Busta. Er kommt aus Mauretanien, war lange Boy bei einer reichen Künstlerin aus Europa, hat nach ihrem Tod noch ihr Haus gehütet und verteidigt, bis ihn die Grundstücksmafia rausgeschmissen hat. Heute muss er froh sein, wenn man ihn nachts einen Parkplatz in der Ville Nouvelle bewachen lässt. Drum ist er so grau – im Gegensatz zu Ibrahim, der behauptet ein Touareg zu sein; manchmal findet er Leute, die sich von seiner dunklen Hautfarbe verführen lassen und ihn als Guide für eine Expedition in den Süden anheuern. Halb vor ihm steht Badia – wenn man sie auf der Straße sieht, könnte man sie für eine Französin halten, darum das Blau-Weiß-Rot ihrer Bluse. aber wenn du genau hinschaust, siehst du, dass die Farben nicht decken, dass dic schwarzen Risse in der Mauer hinter ihr durchscheinen. Badia ist die Tochter eines Polizeioffiziers, sie hat ein Lyceum besucht, aber sie ist in ihrem ganzen Leben noch nicht einmal bis Tanger gekommen.

Die dunkle Gestalt neben ihr, die aussieht, als würde sie zwei schwere Taschen schleppen, das ist meine Freundin Merjem, Lehrerin, verdient ganz ordentlich, aber sie hat einen unehelichen Sohn und muss außerdem für einen invaliden Bruder und eine geistig verwirrte Schwester sorgen; die vier leben in einem halb eingestürzten Haus in der alten Mellah – fürchterlich. Hinter ihr kommt Moulay gerade um die Ecke des Hauses – man sagt, er sei der beste Bootbauer der Stadt, aber leider ist er in letzter Zeit ein bisschen fromm geworden, geht fünfmal in die Moschee, sitzt zwischendurch im Café, schwafelt vom Heiligen Krieg; und seine Kunden können ewig warten. Joussef, der Fischer, der da, der kleine Blaue, hat mit ihm deshalb solchen Streit gekriegt, dass er sein neues Boot in El-Jadida bestellt hat. Und diese weiße Gestalt mit der roten Zackenlinie, die aussieht, als wollte sie sich eben aus dem Bild wegstehlen, das ist Fatima, Arzttochter, hat in Paris Ökonomie studiert, sollte einen reichen Bauunternehmer heiraten, irgendwas ging schief; jetzt sitzt sie, die perfekt Französisch, Englisch und Spanisch spricht, vierzehn Stunden pro Tag an der Rezeption eines kleinen Hotels.

Genug geredet. Genug gemalt für heute. Morgen ist ein anderer Tag. Und ich brauche noch mindestens zwanzig Menschenzeichen, bis die Stimmen stark genug sind. Zuletzt kommt immer der schwarze Hassan aufs Bild – Hassan, der große Künstler, der 'Maitre', der seine Gemälde in einem düsteren Gewölbe unter der Stadtmauer ausstellt und vor fünf Jahren zum letzten Mal eine seiner abstrakten *Haremsdamen* an einen blinden Amerikaner verkauft hat. Er lebt vom Handel mit Messingtellerchen, auf denen 'Souvenir du Maroc' steht. Ein Verrückter, aber ein guter Kerl mit tristem Schicksal – hat Jahre als Politischer in einem dieser Wüstengefängnisse gesessen, aus denen kaum einer lebend rauskommt. Und als er doch freikam, hatte seine Frau einen anderen geheiratet. Sein einziger Sohn ist in der Sahara erschossen worden. Als Chiffre für ihn habe ich ein kompliziertes Gebilde aus schwarzen Linien und Häkchen mit drei goldenen Tupfen entwickelt, das du auf jedem Bild findest. Die anderen Zeichen kommen nur einmal vor."

Es fiel Hellfer schwer, sich von der Betrachtung des kaum dreißig mal dreißig Zentimeter großen Bildes zu lösen, das sich eben unter seinen Augen bevölkert hatte mit Hoffnungen und Qualen, kleinen Schurkereien, Träumen, Enttäuschungen, schwieligen Händen, vergeblichen Kämpfen. Wie es Alifa gelang, all dieses Leben in sprechende Zeichen umzusetzen, das war das Geheimnis ihrer besonderen Begabung, die offensichtlich nur von wenigen wahrgenommen werden konnte. Hellfer entschloss sich zu einer nüchternen Frage:

"Kennst du diese Menschen? Oder sind sie Erzeugnisse deiner Phantasie?"

Alifa schüttelte den Kopf:

"Es genügt, wenn ich mich hin und wieder ein paar Stunden auf dem Souk herumtreibe oder am Hafen, wenn ich Fatéma auf ihren Gängen begleite, wenn ich ein paar Stationen weit mit dem Bus fahre oder mich in ein Café setze. Das Bild eines Menschen prägt sich mir sofort ein, und seine Geschichte erfahre ich meistens in weniger Zeit, als es braucht, ein Glas Tee zu trinken."

Hellfers Bemerkung, das sei eine beneidenswerte Begabung, wischte sie mit einer müden Geste weg:

"Wenn es eine Begabung ist, hätte sie leicht mein Unglück werden können: Du weißt, ich bin in Alexandria geboren. Mein Vater war ein ebenso emsiger wie glückloser Kaufmann, handelte mit Uhren und Radios, auch mit Teppichen. Als seine Geschäfte immer schlechter liefen, eröffnete er einen Laden in Casablanca, wo es dann aber bald Probleme mit der Konkurrenz gab. So zog die Familie nach Tunis weiter. Nur ich sollte in Casa bleiben – ich hatte eben die Aufnahmeprüfung in eine gute Designerschule bestanden. Vaters Cousin Idriss und Chadisha, seine Frau, nahmen mich in ihr Haus auf. Als Gegenleistung sollte ich gelegentlich an der Bar ihres privaten Nachtclubs ein paar Stunden aushelfen. Anfangs machte mir das großen Spaß. Chadisha zeigte mir, wie man Drinks mixt, sie brachte mir bei, wie ich mir die Gesichter, Namen und Lieblingsgetränke der Gäste merken konnte. Sie lehrte mich auch, wie man Menschen durch freundlich beiläufig gestellte Fragen zum

Reden bringt und wie man zuhören muss, bis sie sich vergessen und einem Einzelheiten anvertrauen, die sie in manchen Fällen besser für sich behalten hätten. Eben für solche Einzelheiten interessierte sich Onkel Idriss. Gefiel ihm eine besonders gut, schob er mir schon mal ein paar Hunderter über seinen Schreibtisch.

Dann verschwand Chadisha. Erst hieß es, sie mache Ferien in der Schweiz, dann war von einem kranken Bruder die Rede, den sie pflegen müsse. In ein paar Monaten werde sie zurückkommen, und bis dahin – das sei doch nicht zuviel verlangt – würde ich die Bar auch alleine führen können. Ich erhielt dafür einen netten Lohn, musste aber meine Ausbildung unterbrechen, weil ich nie mehr vor fünf oder sechs Uhr morgens ins Bett kam.

Über der Bar des Clubs und dem so genannten Salon, wo die Gäste während der Striptease-Nummern Kaviar oder Pastetchen essen, später tanzen, flirten oder sich schlicht mit Scotch oder Champagner betrinken konnten, gab es diskrete Räume, die den Mitgliedern zur Verfügung standen, wenn sie mit jemandem ungestört zusammensein wollten. Ohne Genaueres zu wissen, ahnte ich doch, dass dort oben nicht nur Liebesspiele stattfanden, sondern auch andere Zusammenkünfte, bei denen es um Politik oder noch Gefährlicheres ging.

Eines Morgens – ich war kaum eingeschlafen – betrat Onkel Idriss mein Zimmer, rüttelte mich wach, befahl mir, die wichtigsten Sachen in eine Tasche zu verstauen, eine unauffällige Djellaba anzuziehen und den nächsten Bus nach Marrakesch zu nehmen. Zum Abschied drückte er mir ein Paket Banknoten in die Hand und eine Visitenkarte: 'Alte Freunde – bei denen kannst du unterschlüpfen, bis die Aufregung sich gelegt hat.'

Ich sah Idriss mit dem Taxi wegfahren. Seither habe ich nichts mehr von ihm gehört. Jahre später traf ich zufällig ein Mädchen, das damals in der Küche gearbeitet hatte, und ließ mir erzählen: Ahnungslos war sie an jenem Tag in den Club gekommen und hatte dort Dutzende von Polizisten angetroffen, die das Unterste zuoberst kehrten, sie und ein paar andere Frauen in einen Kellerraum sperrten, mit unverständlichen Fragen quälten, schlugen, vergewaltigten, schließlich in ein Gefängnis brachten, aus dem sie erst nach wochenlangen Verhören entlassen wurde. Ich denke mir lieber nicht aus, was sie mit mir gemacht hätten, denn im Gegensatz zu den Küchenmädchen und Tänzerinnen kannte ich zwar auch nicht das ganze Geheimnis des Clubs, wusste aber um viele 'Einzelheiten', für die sich der Sicherheitsdienst unseres Königreichs wahrscheinlich brennend interessiert hätte. Mein Glück war, dass die Angestellten des Clubs mich nur unter meinem Arbeitsnamen Laila gekannt hatten und dass ich auch auf den Lohnlisten nirgends aufgeführt war. So blieb ich unbehelligt.

Seither lebe ich ziemlich bescheiden von meiner 'beneidenswerten Begabung': Menschen zum Reden bringen, Menschen zuhören – nur dass es in den Geschichten, die ich heute erfahre, nicht mehr um Devisen und Drogen, Bestechung und falsche Visa geht, sondern um so einfache Sachen wie die richtige Mischung von echtem Safran und billigem Gelbpulver, um Fische und Bootsplanken, Messingtellerchen, banale Liebesdienste, Schulhefte und Straßenmusik. Und dass ich das Gehörte nicht mehr an einen Nachtclubbesitzer weitergebe, sondern als Menschenzeichen in meinen Bildern aufhebe."

Abends genoss man auf dem Dach des Hauses die kühle Meerbrise, sah den Mond über die östlichen Hügelkämme hochkommen, rätselte über Sternbilder. Wenn die Muezzin der Medina ihr "Allahu akbar" über den weißen Häuserkuben zum letzten Gebetsruf verflochten, verließ Fatéma das Dach für ein paar Minuten. Alifa konnte dann sarkastisch werden:

"Sie betet – eine echt gläubige Muslima. Dabei stammt sie aus einer Mischehe – ihr Vater war Christ, ihre Mutter eine liberale Anwältin. Sie selber hat in Oxford studiert bis ihre Eltern im Bürgerkrieg umgebracht wurden. Sie heiratete einen marokkanischen Diplomaten, der wenig später nach Damaskus ging, wo sie Schülerin eines großen Gelehrten wurde, der sie mit den spirituellen Werten unserer Religion vertraut machte. Seither betet sie fünfmal am Tag, hält die Fastengebote, spendet den Armen, meidet Alkohol und Zigaretten. Und Männer, jedenfalls seit sich der ihre hat von ihr scheiden lassen. Was tut's – ich bin eine ziemlich schlechte Muslima. Wäre auch eine schlechte Christin oder Jüdin. Ich finde, das Leben ist zu kurz für Gebote und Gebete – ganz abgesehen von all dem Unheil, das im Namen Gottes angerichtet wurde und wird. Manchmal streiten wir über solche Fragen, aber wir kommen wunderbar miteinander aus, wir lieben uns."

Fatéma erschien wieder auf dem Dach, entspannt, beinahe heiter.

"Darf ich euch ein Gedicht vorlesen? Eben habe ich die richtige Wendung für den Schluss gefunden."

Die arabischen Laut- und Reimketten blieben für Hellfer akustische Kalligraphie – und Alifas Übersetzung zwangsläufig eine trockene Folge von fremdartigen Bildern und Begriffen. Nur eine Zeile, ein Verspaar vielleicht, blieb in seinem Gedächtnis haften: "Vaterstern treibt durch den Raum der Nacht zum glänzenden Schoß der Mutter Mond."

Er stand auf, trat an die Brüstung der Dachterrasse, die nur aus dünnen Latten zwischen aufragenden Armierungseisen bestand, starrte hinunter in die schwarzen Gassen der Medina. Kein Vaterstern …

Eine kühle Hand zog ihn zurück.

"Keine schwarzen Gedanken an die schwarze Gasse dort unten! Keine schwarzen Gedanken an verbrannte Bilder! Keine schwarzen Gedanken an … du weißt schon. Komm, ich erzähle euch das Märchen von dem Mädchen, das in eine Tote, eine Taube und eine Gazelle verwandelt wurde. Es stammt von den Berbern im Hohen Atlas und beginnt so:

Es war einmal, vielleicht aber auch nicht, eine wunderschöne Frau …"

Am nächsten Tag verfiel Hellfer, während er Alifa beim Malen zusah, plötzlich in eine Art Halbtraum, aus dem er aufschreckte, als die Malerin, nachdem sie eben ein weiteres Zeichen vollendet hatte, ein Glas Tee vor ihn hinstellte und ihn um Feuer für ihre Zigarette bat. Er entschuldigte sich für seine Unaufmerksamkeit, betrachtete und lobte die neue Chiffre, obwohl er eigentlich nur das Bild sah, das eben aus seinem Unterbewusstsein aufgestiegen war. Schließlich bat er Alifa um ein Stück Papier, einen Pinsel und ein wenig schwarze Farbe, und während sie sich wieder an ihre Arbeit machte, versuchte er festzuhalten, was er gesehen, geträumt hatte.

Stunden später zerknüllte er ein mit zahllosen Linien und Figuren übersätes Blatt und schleuderte es in den Papierkorb, protestierte aber nur halbherzig, als Alifa es wieder herausholte, glatt strich und nachdenklich betrachtete:

"Dein erstes Menschenzeichen! Darf ich dich als meinen ersten Schüler betrachten? Spaß beiseite: Es ist schrecklich, was du dir da angetan hast. Ich errate ein Gesicht – dein Gesicht, verstümmelt, zerhackt, verbrannt, zerrissen, verkrümmt, und von allen Seiten wird es bedrängt von diesen kantigen Flächen, diesen harten Linien. Sind das deine Pflichten? deine Enttäuschungen? deine Ängste? Keine Spur Hoffnung? War das so schlimm gestern Abend – das Gedicht vom Vaterstern? Der Glanz der Mutter Mond trügt, aber bei Fatéma gibt es doch einen Schimmer – da leuchtet ein unbekannter Irrstern auf, dessen Bahn die des Einsamen einmal kreuzen kann."

Hellfer schüttelte den Kopf:

"Entschuldige, Alifa, ich weiß nicht, ob dieses Gekrakel wirklich mit mir zu tun hat – es kam mir einfach so. Und das mit dem Vaterstern, das musst du nicht so ernst nehmen, es war eine kurze, schwarze Anwandlung. Natürlich sähe mein Leben anders aus, wenn Hanna und ich ein Kind hätten haben dürfen; wenn ich nicht seit 25 Jahren in einem Büro sitzen und das Erbe der Vergangenheit verwalten müsste, statt zu tun, wonach ich mich sehne: mit Pinsel und Farbe eine – meine – Welt zu schaffen. Alles hätte auch jetzt noch eine andere Wendung nehmen können, wenn ich auf diesen bewussten bösen Satz mit ein bisschen Selbstbewusstsein geantwortet hätte, statt wie ein neurotisches Kind zu reagieren, das sein Lieblingsspielzeug kaputt haut, um die Erwachsenen zu bestrafen.

Es ist, wie es ist. Ich kenne Menschen, die Schlimmeres aushalten müssen. Und wenn ich erst einmal wieder zwei Wochen an meinem Schreibtisch sitze, wird mir das Leben ertragbar vorkommen."

Hellfer machte es sich zur Gewohnheit, an den Nachmittagen, die er neben Alifa im Atelier verbrachte, mit geschlossenen Lidern dazusitzen, bis sich vor seinem inneren Auge ein Gebilde aus geraden und gekrümmten Linien, Zacken, Kreisen, Flächen fixiert hatte, dessen Bedeutung ihm zwar unklar blieb, dessen innere Spannung ihm aber den Mut gab, es auf ein Stück Papier zu übertragen. Manchmal scheiterte er dabei trotz aller Hartnäckigkeit, manchmal wunderte er sich über die Sicherheit, mit der es ihm gelang, das Produkt seiner Versenkung mit Pinsel und Tusche festzuhalten. Zur Entspannung übte er sich zwischendurch in arabischer Kalligraphie, formte Namen und Wörter, indem er die schwungvollen Linien der arabischen Buchstaben mit fließenden Pinselstrichen so aufs Papier setzte, dass die Schriftzeichen sich zu einer eigenen, neuen Gestalt fügten.

Manchmal tauchten in seinen Bildern Elemente auf, die möglicherweise zu seinem eigenen Gesicht gehörten: ein aufgerissenes Auge, ein zusammengepresster Mund ... Häufiger waren Spuren fremder Körperlichkeit: ein Raubvogelschnabel, eine Löwentatze, eine Faust, ein Paar Hörner – ausnahmsweise auch mal eine Blume, die Kontur eines Busens. Es war Alifa, die ihn dazu brachte, die Blätter, statt sie wegzuwerfen, wenigstens mit einem Datum zu versehen und in einer Mappe aufzubewahren.

Im Lauf der Tage wurde er fast süchtig nach dieser Arbeit. Er ertappte sich dabei, dass er während der morgendlichen Lektüre von Serhanes Schwarzen Jahren die Gesichter der beiden Jungen, von denen der Roman erzählt, mit grafischen Ideen unterlegte und dass er vor dem Einschlafen nicht mehr seinen zerstörten Bildern nachtrauerte, nicht mehr mit Hanna rechtete, nicht mehr Alifas Körper phantasierte, sondern nur noch darüber grübelte, was ihm auf dem Blatt des Nachmittags gelungen oder misslungen war und wie er versuchen könnte, die Bilder seiner Versenkung noch direkter, noch rücksichtsloser in Pinselbewegungen umzusetzen.

Manchmal gab er sich auch der Vorstellung hin, den 14. Juli verstreichen zu lassen, eine nicht endende Kette von Tagen neben Alifa im Atelier zu sitzen, Kalligraphien und Zeichen zu entwerfen, zu beobachten, wie diese Arbeiten seinen Halbträumen immer ähnlicher wurden. Das Leben in der nördlichen Kleinstadt ginge weiter, seine Stelle im Amt für Denkmalpflege würde neu besetzt. Hanna, obwohl sie das nicht brauchte, erhielte irgendwann eine Witwenrente. Und er lernte Arabisch, würde sich mit falschen Papieren im Land bewegen – und irgendwann müsste ihm gelingen, das endgültige Zeichen für Andreas Hellfer zu finden – vielleicht einen waagrechten Strich mit Verwerfungen in der Pinsellinie, vielleicht ein schlichtes Kreuz, senkrecht oder diagonal, tot oder erledigt. Dann könnte Neues beginnen.

Hellfer erschrak, als er eines Tages beim Blick auf eine Zeitung, feststellen musste, dass ihm nur noch eine halbe Woche blieb. Spätestens am 13. Juli würde er sich entscheiden müssen. In diesem Moment stürmte Alifa ins Atelier:

"Kinder, eine neue Zeit ist angebrochen. Laasen hat zwei von meinen Bildern verkauft. Verkauft! Rote Punkte! Und der Käufer ist ein seriöser

Kunde. Laasen hat mir schon einen Vorschuss ausgezahlt. Das wird gefeiert! Ich habe ein Abendessen bei Ahmed bestellt. Es gibt Pastilla und Ahmeds Brochettes – und seine berühmten Ghoriba. Und – Fatéma, du wirst ein wenig die Augen schließen – er besorgt uns eine gute Flasche Wein. Du kennst ja die Geschichte von der alten Dame, die mit einer Flasche Cognac auf die Hadsch ging ..."

Hellfer kannte den Witz, aber er mochte nicht recht ins Gelächter einstimmen:

"Ich werde euch wohl nicht begleiten können – ich will nicht riskieren, heute schon meinen Leuten zu begegnen, die vielleicht gerade einen Abendspaziergang durch die Stadt machen, bevor sie im *Châlet de la Plage* essen gehen. Das würde mir die letzten Tage hier verderben. Es wäre auch nicht gut, wenn irgendein anderer mich sähe, einer der weitererzählen könnte, er sei gestern dem M'siö André samt zwei Damen in der Rue de la Skala begegnet. Die Zeit, die ich bei euch gelebt habe, muss mir ganz allein gehören."

Alifa überlegte nicht lange:

"Du wirst uns begleiten, mein Freund, und niemand wird dich erkennen."

Sie gab Fatéma einen Wink und machte sich daran, Hellfer zu entkleiden. Der war so überrascht, dass er alles mit sich geschehen ließ, dass er sogar gehorsam die Augen schloss, als das von ihm verlangt wurde. Er spürte rauen Stoff auf der Haut, ließ sich ein paar Schritte weit ins Zimmer der Frauen schieben. Als er die Augen wieder öffnen durfte, sah er sich einem bärtigen Alten in einer bis zum Boden reichenden grau-weiß gestreiften Djellaba gegenüber, und es dauerte tatsächlich einen Moment, bis er begriff, dass dieser ärmliche Marokkaner, dessen Gesicht fast völlig im Schatten der großen Kapuze verschwand, sein Spiegelbild war. Fatéma kniete vor ihm, zog Turnschuhe und Socken von seinen Füßen und tauschte sie gegen ein Paar geflickte Plastiksandalen.

"So wird es gehen, ya-achî. Am besten behältst du das Zeug gleich an, dann hast du dich bis heute Abend daran gewöhnt."

Es war ein merkwürdiges Gefühl, nach so vielen Tagen zum ersten mal wieder das Haus zu verlassen, durch Straßen zu gehen, fremden Menschen auf Augenhöhe gegenüberzustehen, schwatzenden Männern, würdig durchs Gewimmel schreitenden Greisen, arbeitslosen Lastträgern, Frauen im Haïk, Frauen im Hosenanzug, Frauen in elegant bestickten schwarzen oder dunkelgrünen Djellabas, wie sie auch seine Begleiterinnen trugen – und europäischen Touristen in ihrer grotesken Freizeitverkleidung, Männern ihn Khaki oder geblümten Hemden, Frauen mit schamlos nackten Beinen und kaum verhüllten Brüsten. Niemand beachtete Hellfer. Kein fragender, zweifelnder Blick traf ihn. Mit dem schlurfenden Gang, zu den ihn die ausgelatschten Sandalen zwangen, hätte er jede Moschee betreten, jedem würdigen Greis die Hand küssen, sich neben jeden Bettler an eine Ecke stellen können.

Bevor sie das Restaurant aufsuchten, machten sie noch einen Umweg über die Skala, die seewärts gerichtete Bastion der Medina, auf deren breiter Mauerkrone Bronzekanonen von vergessenen Schlachten und Siegen erzählen. Die Sonne war eben im Begriff im Meer zu versinken und tauchte Mauern, Zinnen, Türme und Häuserkuben in rotglühendes Licht. Überall standen Gruppen, Pärchen, Einzelne und blickten nach Westen. Manche scherzten und lachten, andere genossen das Schauspiel wortlos. Fatéma bestand darauf, mit ihrer kleinen Kamera ein paar Bilder von Alifa und Amar – so nannten ihn die Frauen, seit er die Djellaba trug – zu machen. Zuletzt drückte sie den Apparat einem jungen Mann in die Hand, lehnte sich zusammen mit den beiden anderen für ein Gruppenbild an die Lafette einer "Anno Domini 1783 nella Fonderia Reale di Genova" gegossenen Kanone. Der Jüngling schien zu missbilligen, dass die beiden Frauen für das Bild ihre Köpfe an Hellfers Schultern lehnten, aber schließlich drückte er doch auf den Auslöser, gab die Kamera stumm zurück und verschwand grußlos.

Ahmeds Restaurant war an diesem Abend gut besucht. Neben der Türe saß eine Gruppe Deutscher, deren Unterhaltung manchmal etwas laut wurde. Sonst waren nur Einheimische da. Alifa und ihre Gäste wurden zu einem leicht erhöhten Platz im Hintergrund des Lokals geführt und nahmen dort auf einem mit blauen Tüchern bedeckten, mit zahlreichen Kissen belegten Diwan Platz. Als Tisch diente ein großes Messingtablett auf niedrigem Holzgestell. Es war offensichtlich so etwas wie die Ehrenloge, und Ahmed demonstrierte die besondere Hochachtung für diese Gäste noch dadurch, dass er persönlich mit einer Kanne und einem Becken erschien und zuerst Hellfer-Amar, dann den beiden Frauen Wasser über die Hände goss. Nach ihm kam ein scheuer Kellner mit Gläsern, einer Mineralwasser- und einer Coca-Colaflasche, aus der er allen einschenkte. Alifa leerte ihr Glas auf einen Zug, schwenkte es mit Wasser aus und bedeutete Hellfer, es ihr gleichzutun, denn nun trat Ahmed wieder herzu, zauberte aus den Falten seiner Djellaba eine in braunes Papier gewickelte Flasche und füllte die beiden Gläser:

"Sidi Larbi", murmelte er und fuhr dann lauter fort: "Ya marhaba – seid willkommen!"

Die Flasche ließ er diskret unter Alifas Diwan verschwinden.

Die Pastilla gilt als Krönung der marokkanischen Küche. Hellfer hatte bisher nie die geringste Lust gehabt, diese mit Taubenfleisch, Rosinen, Zucker und anderen Gewürzen gefüllte Pastete zu versuchen; jetzt aber musste er zugeben, dass die kleinen Happen lustvoll auf der Zunge zergingen. Fatéma erwies ihre Toleranz, indem sie mit ihrem Cola-Glas den beiden Weintrinkern lächelnd zuprostete. Hellfer brachte einen Toast auf das Geheimnis von Alifas Malerei aus. Ahmed erschien von Zeit zu Zeit, um die Gläser wieder zu füllen, wobei er stets darauf bedacht war, dass die Flasche den Blicken der anderen Gäste verborgen blieb. Die Brochettes erwiesen sich als köstliche Kombinationen aus Fisch, Krabben und Muschelfleisch. Fatéma erzählte Anekdoten aus ihrer Studienzeit in Oxford, Alifa sprach von ihrer Idee, statt der ewigen Stadtbilder nächstens einmal eine der kleinen Fischersiedlungen an der Küste zu malen und dabei zu versuchen, alle Bewohner ins Bild mit hineinzunehmen. Hellfer beteuerte, dass er Claudine dazu bringen werde, ihre Galerie für Alifa zu öffnen:

"Ich hätte ja im November dort ausstellen können. Ich werde versuchen, sie davon zu überzeugen, dass deine Bilder viel interessanter sind als es meine gewesen wären."

Man knabberte schon an den Süßigkeiten, als es plötzlich ruhig wurde im Raum. In der Mitte des Lokals stand ein junger Mann mit einem Rbab und wartete, bis auch das letzte Gespräch verstummte, so dass er mit seiner Darbietung beginnen konnte. Er begann. Er quälte die beiden Saiten seines länglichen Instruments, stampfte irgendeinen Takt mit dem rechten Fuß, sang hier und da mit rauer Stimme ein paar Verse – und hörte erst auf, als die Gäste sich nicht länger durch seine unmusikalische Darbietung stören ließen und zu ihren Gesprächen zurückkehrten. Mit fordernder Hand machte er die Runde durch das Lokal, erhielt hier ein paar Münzen, dort einen lappigen Geldschein. Zuletzt trat er auf das Podium, auf dem Hellfer mit den Frauen saß, und obwohl Alifa ihm eine Banknote hinstreckte, verkündete er sinngemäß wohl etwa, dass er zu Ehren dieser besonderen Gäste noch ein besonderes Stück darbieten werde. Schon hob er das Instrument, setzte den Bogen an, da stand Fatéma ganz ruhig auf, legte ihre Hand auf den Hals der primitiven Violine. Für einen Moment schien es, als sei die Szene damit beendet, doch plötzlich fixierte der Jüngling Hellfer, beugte sich über den Tisch und bellte ihm eine längere Schimpftirade ins Gesicht.

Was das für ein Mann sei, der sich von seinen Frauen daran hindern ließe, ein Musikstück zu genießen, übersetzte Alifa leise, während Fatéma nun ihrerseits die Stimme hob, um den Kerl wegzuschicken, was dessen Zorn ganz offensichtlich nur steigerte. Und da beging Hellfer einen Fehler: Er richtete sich auf und schrie den Wütenden an:

"Es reicht, hör auf, um Gottes willen, Verschwinde!"

Natürlich verrieten Tonfall und Aussprache den Fremden. Der Mann verstummte kurz, wechselte dann in ein gutturales, fast nur aus Substantiven bestehendes Französisch:

"Betrüger! Lügner! Du bist keiner von uns! Franzose! Ungläubiger! Frauenverführer! In unsern Kleidern! Mädchenhändler! Kapitalist! Betrüger! Imperialist! Spion! Jude!"

Da ihm momentan kein schlimmeres Schimpfwort einfiel, verstummte er, ließ seine tiefliegenden Augen von einem zum andern und dann über den Tisch wandern, entdeckte die noch nicht ganz ausgetrunkenen Gläser, griff sich das von Alifa, roch daran, verzog sein Gesicht zu einer angewiderten Grimasse und schüttete den Wein auf den Tisch:

"Alkohol, du Teufel! Alkohol! Verführer! Todsünde! Verbrecher! Teufel! Alkohol trinken, Frauen verführen ..."

In dem Stil ging es weiter. Fatémas Stimme hatte keine Chance. Alifa kauerte geduckt auf ihrem Diwan. Hellfer hatte sich erhoben und sah sich vergeblich nach einem Gegenstand um, der ihm notfalls als Waffe hätte dienen können. Die anderen Gäste hatten ihre Tische verlassen und bildeten einen aufgeregten Halbkreis um die Szene.

"Du Teufel, du Ungläubiger, du Betrüger in unseren Kleidern."

Der Mann hob jetzt sein Rbab, als wollte er es auf Hellfers Kopf zerschmettern, aber in diesem Moment trat Ahmed, der Wirt, hinter ihn, nahm ihm das Instrument aus der Hand, warf es seinem Kellner zu und schob den plötzlich willenlos Schlotternden zum Ausgang des Lokals. Wenige Minuten später kehrte er an den Tisch zurück, verbeugte sich:

"Freunde, entschuldigt den Bruder. Er ist kein schlechter Mensch, nur ein schlechter Musiker. Und er hat schlechten Umgang in letzter Zeit, Leute die den Namen Allahs missbrauchen und vom Djihad faseln. Leute, die die Gebote des Propheten – gesegnet sei sein Name – missachten, Hass predigen und Mord. Gastfreundschaft gebietet der Koran – auch gegen Menschen anderen Glaubens. Und wenn es einem Gast gefällt, sein Hemd gegen die Djellaba zu tauschen, so folgt er unserem uralten Sprichwort: 'Der Besucher richte sich nach den Gesetzen der besuchten Menschen.' Willkommen M'siö, ich betrachte es als eine Ehre, dass Sie als Fremder sich der Kleidersitte unseres Landes unterwerfen."

Man hatte Ahmed für sein beherztes Eingreifen und seine freundliche Rede gedankt. Man war noch eine halbe Stunde bei Tee und Gebäck zusammen gesessen, bis das Schweigen unerträglich wurde. Auf dem Heimweg hatte Hellfer mehrmals geglaubt, sie würden verfolgt, hatte sich vorgestellt, wie es wäre, von einer Rotte wütender Fanatiker umringt, beschimpft, geschlagen, ausgezogen zu werden, ohne sich wehren zu können. In der Nacht hatte er miserabel geschlafen, war immer wieder hochgeschreckt, hatte die glühenden Augen des jungen Mannes vor sich gesehen, seinen fauligen Atem gerochen. Letzteres, sagte er sich, hing allerdings vor allem damit zusammen, dass ihm die Verdauung des ungewohnt üppigen Mahles etliche Schwierigkeiten machte.

Als er am späten Morgen aufstand, fand er das Atelier leer. Alifa schien zusammen mit Fatéma weggegangen zu sein. Missmutig kroch er wieder ins Bett, versuchte vergeblich zu lesen oder zu schlafen, spürte, dass er Fieber bekam, suchte im Badezimmer erfolglos nach geeigneten Tabletten, kroch wieder ins Bett, rollte sich, von Schüttelfrost gepackt, zähneklappernd zusammen, spürte dann plötzlich, dass er sich übergeben musste, kniete über dem schwarzen Loch des Abtritts, bis ein neuer Fieberfrostanfall ihn ins Bett zurücktrieb. Nur mit halbem Bewusstsein bemerkte er, dass irgendwann Alifa und Fatéma an sein Lager traten, seine Stirn befühlten, sich flüsternd berieten und ihm schließlich ein heißes, bitteres Getränk einflößten. Er ließ alles willenlos mit sich geschehen, auch dass sie seinen Körper in ein feuchtes Tuch wickelten, viele Decken auf ihn legten, ihn schwitzen ließen, bis er das Bewusstsein verlor, wegschlief, durch wirre Traumwelten wanderte, schließlich ganz ins Dunkel versank.

Als er aufwachte – wie lange hatte er geschlafen? – war es heller Tag. Durch die offene Türe seiner Kammer sah er Alifa an ihrem Arbeitstisch hantieren. Ihr Radio spielte leise andalusische Musik. Er verfolgte die sparsamen Bewegungen, mit denen die Malerin an einem Menschenzeichen arbeitete. Vielleicht setzte sie gerade das des verrückten Maitre Hassan – die schwarzen Linien und Häkchen mit den goldenen Tupfen – als geheime Signatur auf das vollendete Bild.

Sein eigenes Zeichen war an jenem Nachmittag entstanden, als er sich in der kratzenden Djellaba auf seinen ersten und einzigen Ausgang als Amar vorbereitete. Es bestand aus drei Kurven, die ein schlankes, mit der Spitze nach links zeigendes Dreieck bildeten; der Kopf war ein Gitter eng sich kreuzender Linien; in der Fläche des Dreiecks gab es hellblaue, graue und rote Farbspuren; von weitem konnte man darin tatsächlich eine verhüllte Menschenfigur mit wirrem Haarschopf sehen, die eine Hand nach links ausstreckte, wo ein vertikaler Strich im Raum hing.

"Meine ungemalten Bilder?", hatte Hellfer gefragt. Alifa hatte geschwiegen und vielsagend gelächelt. Er hatte sie gebeten, ihm den Entwurf dieses Zeichens zu überlassen. Wortlos hatte sie einen eng bekritzelten Bogen aus dem Abfallkorb gefischt, mit dem Japanmesser ein knapp visitenkartengroßes Papierstück herausgeschnitten, in arabischen Lettern Amar und in lateinischen André an den Rand geschrieben und das Ganze in ein Mäppchen aus gefaltetem Zeichenkarton gelegt.

Es musste irgendwo … Ja, es lag auf dem Stuhl neben seinem Bett. Er betrachtete das Blättchen mit seinem Zeichen, das gekurvte Dreieck, den Gitterkopf, die zarten Farben, die ungemalten Bilder. Aber etwas war anders – der Schriftzug Amar war gelöscht; über dem André schimmerten Spuren von Rot.

Obwohl Hellfer nicht genau wusste, wie lange er geschlafen, gefiebert, deliriert hatte, war ihm plötzlich klar, dass ihm nur noch ein Tag in seinem Versteck bei Alifa und Fatéma blieb. Im Moment fühlte er sich zu matt und zerschlagen, um aus dem Bett zu kriechen.

Morgen aber wird er aufstehen, am Vormittag Serhanes *Schwarze Jahre* zu Ende lesen, den Nachmittag bei Alifa im Atelier verbringen, ihr noch einmal beim Malen zusehen.

Er wird Alifa bitten, ihm eines der neuen Bilder zu überlassen, auch wenn er es erst später bezahlen kann. Am Abend wird die Malerin noch einmal eine Tajine mit Hammelfleisch bereiten, nach dem Essen werden sie zu dritt im Mondlicht auf dem Dach sitzen, Fatéma wird Gedichte vorlesen, er wird einfach dem Klang lauschen.

Am folgenden Morgen, am Morgen des 13. Juli, wird Andreas – nicht Amar – Hellfer jenes Hemd anziehen, in dem er von Rhazoua fortgegangen ist. Die paar Kleidungsstücke, die Fatéma ihm im Lauf der Zeit besorgt hat, wird er zusammen mit den letzten großen Banknoten auf dem Tisch in seiner Kammer zurücklassen, Alifas Bild und die Blätter mit seinen Zeichen-Versuchen in eine stabile Schachtel packen, keinen Begleitbrief beilegen, das Ganze an Claudine adressieren. Mit einer geschwisterlichen Umarmung wird er sich von Alifa verabschieden – und von Fatéma, falls sie anwesend sein sollte.

Er wird zur Hauptpost gehen, das Bilderpäckchen aufgeben, dann den Friseur an der Rue Attarine aufsuchen, sich die Haare kurz schneiden und den Vierwochenbart abnehmen lassen und sich schließlich auf die Terrasse des *Café de France* an der Place Moulay el Hassan setzen, Tee trinken, *Le Monde* von gestern lesen, warten.

Irgendwann werden Hanna und die Freunde kommen, um sich von den Anstrengungen der letzten Einkäufe zu erholen, ein letztes Tonic zu trinken. Wenn sie ihn entdecken, wird es allerhand Aufregung geben, Fragen, Vorwürfe. Entschuldigungen? Er wird ein paar Floskeln gebrauchen. Schließlich wird Sarah – sie findet in kritischen Situationen am schnellsten das rechte Wort – vorschlagen, dass man den unerwarteten Ausfall des Freundes auf sich beruhen lassen solle. Jan wird ihr beipflichten, vielleicht die etwas maliziöse Bemerkung anfügen, man habe sich auch ohne ihn gut unterhalten. Endlich wird auch Hanna, möglicherweise noch ein wenig schmollend, nachgeben.

Man wird gemeinsam aufbrechen, zu dem wie immer am Hafen geparkten Auto gehen. Hellfer wird dabei einen ganz leichten Druck über dem Herzen verspüren: Ein gefaltetes Stückchen Karton, das Alifas Zeichen in der Tasche des Hemds gegen Staub, Schweiß und unbefugte Blicke schützt.

Café Italien

Der Mann passte nicht in diese Umgebung. Das *Café Italien*, Karims Café, ist bunt und freundlich. Die Gäste diskutieren, plaudern, tuscheln. Einheimische bewegen sich verhalten, schauen genau, flüstern sich ihre Beobachtungen zu. Touristen wuchten ihre Fototaschen auf die leeren Stühle, spielen Erschöpfung oder Abenteuerlust. Stammgäste verständigen sich durch einen Wink mit dem Kellner, lesen ihre Zeitung und stehen auf, wenn sie eine Dame begrüßen.

Der Fremde saß reglos im Hintergrund, reglos und grau. Das farbige Licht, das durch die Hufeisenbögen der Fenster fiel, erreichte ihn nicht. Eine Glocke von Staub schien ihn zu umgeben, seinen Tisch, seine Kleider, sein Gepäck. Selbst die Wand hinter ihm wirkte grau.

Das *Café Italien* war wie immer gut besucht, unbeschwerte Menschen drängten sich in dem nicht sonderlich großen Raum. Der Tisch neben dem Fremden blieb leer.

*

Djema el Fna im grellen Mittagslicht hatte Kay enttäuscht. Sie fühlte sich unwohl im Gedränge, sah nur hässliche Bauten, Bettler, Polizisten, achtundfünfzig genormte Orangensaftstände und die grelle Show für Touristen.

Leute mit Kamera am Hals brechen hier in schrille Begeisterung aus, fokussieren Schlangenbeschwörer und Wasserverkäufer, zoomen sich die Tanzberber aufs Magnetband und die grellen Gnaoua-Musikanten. Kay besitzt nicht einmal einen Fotoapparat. Wenn ein Detail sie interessiert, hält sie es mit raschen Strichen in ihrem Notizbuch fest. Auf unserer Reise in die Königsstädte, durch den Atlas und die Täler am Rand der Wüste hatte sie dieses Heft nicht oft aus der Tasche gezogen.

Die Kutubia, das Wahrzeichen von Marrakesch, verbarg sich seit Jahren hinter Baugerüsten. Ich hatte Fotografien des stolzen Minaretts dabei, Kay nickte, als ich erklärte, dass es zu den schönsten des Westens gehöre. Ich zeigte ihr eine alte Ansichtskarte, auf der zu erkennen war, dass auf diesem Platz noch vor hundert Jahren die Köpfe enthaupteter Staatsfeinde zur Schau gestellt wurden. Ihnen verdankt er seinen makabren Namen: Djema el Fna. Die Franzosen übersetzen das vornehm mit "Réunion des trépassés", die Deutschen bezeichnen die alte Richtstätte von Marrakesch etwas brutal als "Platz der Gehenkten". Vielleicht hätte ich das besser für mich behalten.

Am Morgen hatten wir die Jardins Menara besucht, diese weitläufigen Baumgärten, die sich in klarer Symmetrie um ein riesiges Wasserbecken gruppieren. In den Fluten dieses quadratischen Sees spiegelt sich ein eleganter Pavillon, der einst den Sultanen von Marokko als bevorzugtes Liebesnest diente. Von einem dieser Herrscher wird berichtet, dass er im Morgengrauen am Fenster zu stehen und zuzuschauen pflegte, wie man die Gespielin seiner letzten Nacht im großen Wasserreservoir ertränkte.

"Männerphantasien."

Wir besuchten den Palast des Wesirs Ba Ahmed. Kay erblickte nur prunkselige Dekadenz. Mit einigem Recht – auch ich mag diese Blähung von Stuck und Kostbarkeiten nicht sonderlich, halte es aber für meine Pflicht, sie auswärtigen Gästen zu zeigen, denn Marrakesch ist, wenn man von den Moscheen absieht, nicht sonderlich reich an Sehenswürdigkeiten. Und der Zutritt zu den Moscheen bleibt uns Ungläubigen bekanntlich verwehrt.

Schließlich weckten dann wenigstens die Gräber der Saadier ihr Interesse, diese kunstreichen Kapellen, die Sultan Ahmed der Goldene für sich und die Seinen errichtet hat, diese filigranen Jenseits-Räume aus Carrara-Marmor und Zedernholz. Wir hatten Glück – wir waren fast die einzigen Besucher im stillen Palmengarten. Kay stellte Fragen, schaute lange, zeichnete dies und jenes. Für Augenblicke schien alles wieder zu sein wie einst, als wir in unserem Deux-chevaux durch Südwestfrankreich zogen, um die romanischen Kapitelle eines gewissen Maitre de Cabestany zu studieren.

Als wir aber die verzauberte Stätte verließen, verdarb ein aufdringlicher Typ, der uns unbedingt zu einer Stadtrundfahrt in der Pferdekutsche zwingen wollte, ihre Laune wieder gründlich. Und der Platz der Gehenkten, auf den wir dann gerieten, weil ich Kay durch die malerische Rue Riad ez Zitoun führte, war nicht dazu angetan, ihre Stimmung zu verbessern.

Jetzt musste ich ihr sofort die Möglichkeit geben, sich zu entspannen. Zu meiner Wohnung wäre es nicht weit gewesen, aber dort standen noch die halb ausgepackten Taschen, die uns während zweier Wochen auf unserer Rundreise begleitet hatten. Dort stand der Koffer, den sie schon am Morgen für den Rückflug vorbereitet hatte, als könnte sie es nicht erwarten, endlich aus diesem Land wegzukommen. Diesen Anblick hätte ich jetzt nicht ertragen.

So führte ich Kay ins *Café Italien*. Warum es so heißt, wird wohl auf ewig ein Geheimnis Karims, seines Besitzers, bleiben. Es unterscheidet sich auf den ersten Blick nicht allzu sehr von anderen Cafés, die sich *Essalam*, *Baraka* oder *Scheherazade* nennen. Alle bestehen aus Bergen von Honiggebäck, ein paar Metalltischen und einem träge kreisenden Ventilator. Nur, dass im *Italien* die Mandelhörnchen eine Spur zarter, die Cornes de Gazelle eine Idee schmelzender, Böden und Wände sauberer sind. Kein Papierfetzchen, kein Zigarettenstummel verunstalten das Weiß der Fliesen, die Spiegel haben keine blinden Flecken, Tassen und Teller besitzen einen intakten Goldrand, und auf jedem Kaffee schwimmt ein präzise dosiertes Schäumchen. Auf Einheimische wirkt das schon so exotisch, dass sie ihre aus dem fernen Sous oder dem Atlas zu Besuch angereisten Familien hierher führen, um sie einen Hauch Europa schnuppern zu lassen. Folglich trifft man stets etwas aufgeregte Gesellschaften, die sich aus Vertretern von drei oder vier Generationen zusammensetzen, vom echten, Kopf und Körper faltenreich verhüllenden Haik bis zum gefälschten Gucci-Leibchen alles tragen, was sich auf dem Markt findet. Die Männer geben sich lässig, die Frauen betrachten jedes Tässchen, jedes Tellerchen, jedes Gäbelchen mit gespannter Neugier; verfolgen jede Bewegung der Kellner mit ihren gesenkten Augen, denen auch das befremdliche Betragen der europäischen Touristen nicht entgeht.

Diese ziehen das *Italien* den anderen Cafés zwischen Djema und Kutubia vor, weil es genau das bietet, was man in knapp bemessenen Urlaubstagen schätzt: Maroc light mit bunten Arabesken und reinlichen Toiletten, exotischen Hufeisenfenstern und sprachgewandten Kellnern. Ich persönlich mag das Café auch wegen seiner Musik, die weder berberisch aufreizt noch europäisch heult. Vielleicht läuft immer das gleiche Band. Durch endlose Reihen von pentatonischen Lautenklängen rankt eine Frauenstimme, die in kunstvollen Reimen vermutlich von Sehnsucht, Schmerz und geträumter Erfüllung singt.

Auch Kay schien sich hier wohlzufühlen. Sie lauschte der Musik, lehnte sich zurück, genoss einen zweiten Espresso und ihre Orangen-Crêpes. Gegen jede Vernunft dachte ich plötzlich, dass es noch einen Rest von Hoffnung gäbe.

Ich hatte nie wirklich begriffen, woher Kays Abneigung gegen Marokko kam, aber das Land war ihr seit jeher zuwider gewesen. Sie hatte mir Geschmacklosigkeit vorgeworfen, als ich mich letzten Herbst an das Institut hier in Marrakesch verpflichtete:

"Muss es denn ausgerechnet dieser Polizeistaat mit seinem alten Operettenkönig sein?"

Dass an die Stelle des alten inzwischen ein junger getreten war, änderte nichts an ihrem Urteil.

Was hätte ich damals tun sollen? Ihr als arbeitsloser Jung-Akademiker nach Cambridge folgen und mich von ihrem Assistentenlohn aushalten lassen? In Berlin bleiben, Bewerbungen schreiben, warten, bis ich vielleicht irgendwo in Mecklenburg-Vorpommern von einer Kleinstadtverwaltung angestellt wurde?

xxxSie hatte gut reden. Auf sie hatte man anscheinend in Cambridge gewartet, um ihr die Schlüssel zu einer akademischen Karriere vor die Füße zu legen. Auf mich hatte man nicht gewartet. An dem Morgen, an dem ihr Vertrag aus Cambridge kam, rief ich meinen Schweizer Studienkollegen Roger an, der, kaum hatte er seinen Magistertitel in der Tasche, ans Institut für maghrebinische Urbanistik berufen worden war. Das ist eine von Privatleuten getragene Fondation, die sich um die Bewahrung kulturell wertvoller Altstadtbauten kümmert. Roger war seinerzeit wenig begeistert gewesen, dass man ihn "in die Wüste" schickte. Er hatte es als väterliche Strafe für seine mäßigen Studienleistungen angesehen und sich mit der Bemerkung verabschiedet, falls ich je Lust hätte, ihm am "Oued im Bled" Gesellschaft zu leisten, wäre ich herzlich willkommen. Jetzt freute er sich über meinen Anruf und verstand meine Situation. Als Kay gegen Abend aus dem Seminar zurückkam, hatte ich meine Bewerbung schon nach Marrakesch gefaxt. Zwei Wochen später war ich engagiert. Dass wir Berlin am selben Novembertag verließen, war Zufall.

Ich vermutete mittlerweile, dass die Arbeit in Cambridge Kay enttäuschte. Es gab Anhaltspunkte dafür, dass ihre Stelle weniger Perspektiven bot, als sie erwartet hatte. Außerdem war das Leben dort so teuer, dass von ihrem Gehalt offenbar kaum genug für das Porto eines Briefes nach Marokko übrig blieb. Das Geld für ihren Flug nach Marrakesch hatte ich mir von Roger leihen müssen. Immerhin waren Kay und ich noch verheiratet.

Ich hatte ihr gesagt, dass unser Institut Mitarbeiter suchte – und immerhin anständig bezahlte. Nur hätte sie sich überwinden müssen, das Zauberwort Cambridge in ihrem Curriculum auf den Rang einer Episode zurückzustufen und die Wirklichkeit dieses Landes hier anzunehmen, auch wenn sie tatsächlich nicht nur schön war. Da mochten Touristen und Reiseführer lange von farbenprächtigen Souks, romantischen Oasen und würdevollen Stadtkulissen schwärmen. Wer sich Tag für Tag mit der Untersuchung traditioneller Wohn- und Lebensformen, Bauweisen und Handwerksüberlieferung befasste, wusste es besser. Dafür gab es hier konkrete und – bildete ich mir wenigstens ein – nützliche Arbeit zu leisten.

Kay mochte Marokko nicht. Aus ihrer Sicht kann ich das begreifen. Schlimmer war, dass sie nicht verstehen wollte, wie viel mir daran gelegen hatte, sie Marokko lieben zu lehren. Trotzdem – war es nicht denkbar, dass in ein paar Wochen mitten im Geschirrgeschepper einer Institutscaféteria, auf dem regennassen Trottoir einer Vorstadtstraße oder in der Staubstille ihrer Seminarbibliothek mit einem Mal die Erinnerung an dieses Café aus ihrem Unterbewusstsein wieder aufstieg? Bestand nicht eine leise Hoffnung, dass diese Erinnerung so etwas wie Sehnsucht in ihr weckte? Ich hasste es, ohne meine Frau leben zu müssen.

Nachdem sie sich im *Café Italien* erholt hatte, führte ich Kay in den Zaubergarten des Malers Jacques Majorelle – das Museum war leider geschlossen – und von dort zur Medersa Ben Youssef und zur Koubba Ba'Adiyn. Sie nickte zu meinen Erklärungen, skizzierte ein paar Details. Aber dass die Mauer ihres Widerwillens – ihrer Vorurteile – gegen dieses Land wenigstens einen Riss bekommen habe, dass sie doch noch eine freundlichere Erinnerung an Marrakesch mit nach England nehmen werde, wagte ich kaum noch zu glauben. Zu unglücklich war unser Wiedersehen, war ihre erste Begegnung mit der sonnenverbrannten Wirklichkeit Marokkos verlaufen.

Als wir nach Einbruch der Dämmerung neuerdings das Café betraten, saß der Fremde immer noch an seinem Tisch im Hintergrund und schien kaum wahrzunehmen, was um ihn herum geschah. Ich fragte mich jetzt, ob ich das scharf geschnittene, kräftig gebräunte Gesicht nicht schon einmal irgendwo gesehen hatte, konnte mich aber nicht erinnern. Trotz der abgestoßenen Reisetasche neben seinem Stuhl wirkte er nicht wie ein Tourist. Europäer allerdings war er zweifellos, obwohl Jeans, Turnschuhe und olivgraues Hemd auch von einem Souk hätten stammen können. Von Zeit zu Zeit kritzelte er etwas in ein großes Leder-Notizbuch, dann lehnte er sich wieder zurück, starrte ins Leere, zündete sich eine Zigarette an und vergrub die Finger in das dünne, hellblaue Gewebe des Chech, den er wie einen Shawl um den Hals geschlungen hatte. Die Zigarettenasche fiel auf sein Hemd; er klopfte sie weg, als er neuerdings zum Stift griff, um weiterzuschreiben. Einmal winkte er den Kellner zu sich heran, der sich dienstbeflissen zu ihm niederbeugte. Da es zufällig gerade fast still war im Raum, bemerkte ich, dass er seinen nächsten Kaffee stumm bestellte, indem er auf seine Tasse deutete und dann die Hand mit leicht gespreizten Fingern bittend nach oben drehte.

Von weiteren Beobachtungen wurde ich abgelenkt durch Kays Frage, wo wir zu Abend essen würden. Eine wichtige Frage. Kay ist mager wie eine Ratte. Ich habe den Verdacht, dass sie sich in Cambridge von Jogurt, Zwieback und Tee ernährt. Gerade darum kann sie imperative Essgelüste an den Tag legen. Außerdem ging es um unser letztes gemeinsames Abendessen. Es musste also sofort besprochen werden, ob wir ein Taxi nach Gueliz nehmen sollten, um dort im *Bagatelle* französische Küche zu genießen, oder ob wir noch ein letztes Mal miteinander halbwegs echtes Marokko erleben, einen Gang über die abendlich kochende Djema el Fna wagen und uns mit einem Couscous Royal auf der Dachterrasse des *Hôtel de France* zufrieden geben wollten. Zu meiner Überraschung entschied sie sich für letzteres.

So nichtssagend El Djema el Fna am Tage ist – nachts zittert die Luft über dem riesigen Platz vor Trauer und Gier. In grellem Gaslicht beschwören berberische Wunderdoktoren die Heilkraft ihrer Kräuter, Drogen, Tierzähne, Schlangenhäute und gerösteten Chamäleons. Artisten wirbeln ihre Glieder, bis den Zuschauern Hören und Sehen vergeht. Geschichtenerzähler lassen Augen und Zähne blitzen und zeichnen mit schmalen Fingern in die Nacht. Würziger Rauch steigt aus der Holzkohlenglut der Essbuden, wo namenlose Fische und unsagbare Fleischstücke brutzeln. Wahrsagerinnen versuchen ihr Glück, natürlich auch Taschendiebe und die letzten fliegenden Händler mit Silberreifen und Korallenketten. Und alle paar Schritte schwirren die geschundenen Saiten primitiver Violinen über die Akkorde, die aus den phantastisch geformten Bäuchen selbstgebauter Lauten geschlagen werden, darunter rasen die Trommeln und Rasseln, die Stimmen der Sänger steigern sich ins Finale. Und die in dichtem Kreis gelagerten Körper der Lastträger, Marktschreier, Touristenkutscher vergessen ihre Schwielen, manche entspannen sich auf dem harten Pflaster, manche richten sich auf, folgen dem Rhythmus, klatschen die komplizierten Synkopen mit. Beißender Dampf, die Geister der Gehenkten ziehen über die Köpfe der Lebenden. Lichter zerreißen die Nacht. Die Menschen schütteln ein grausames Gestern ab. Das Morgen ist elend genug.

Kays Heißhunger war erstaunlich. Sie ließ sich fast sämtliche Fleischbrocken und Berge von gedünstetem Weizengrieß auf den Teller schieben. Das von der Speisekarte verheißene Dessertbüfett bestand aus einem Korb Orangen, den der Ober an unsern Tisch trug. Kay nahm sich die vier größten Früchte und schenkte dem Rotbefrackten ein schmelzendes Lächeln, was mich allerdings nicht von der Notwendigkeit entband, ihm meinerseits einen Extra-Zehner zu verehren.

Gegen Mitternacht standen wir ein drittes Mal vor dem *Café Italien.* Die meisten Lichter waren gelöscht. Der Fremde saß immer noch am gleichen Tisch im Hintergrund, starrte auf sein Notizbuch und schien den guten Karim kaum wahrzunehmen, der in nur noch halb unterwürfiger Haltung vor ihm stand und ihn offenbar beschwor, endlich seinen Platz zu räumen.

Hätten wir uns einmischen, dem Unbekannten ein Bett in meiner Wohnung anbieten sollen? Kay schlug es vor. Ich machte unser Menschenrecht auf einen ungestörten letzten Abend geltend. Schließlich würden wir uns auch im besten Fall für Monate nicht mehr sehen. Und sofern es mir nicht gelungen war, Kays Vorurteile – ihre "gesunde Skepsis gegenüber dem Arabian way of life" – abzubauen, konnte dieser Abend auch unser allerletzter gewesen sein.

Es war mir nicht gelungen. Vielleicht wäre Kay sogar bereit gewesen, Cambridge aufzugeben, aber was sollte sie in einem Land, von dem sie fast nur die nach Europa schielende Fratze aus Bazargeschrei und Teppichhändlerblicken wahrgenommen hatte? Ich hatte alles versucht, ihr das wahre Marokko zu zeigen – und alles falsch gemacht: In der Märchenwelt des alten Fes übergab sie sich beim Anblick blutiger Schafhäute an der Tala el kabira. Als ich sie in Volubilis küssen wollte, interessierten sie nur die römischen Mosaiken. Das Schlangen-Tor von Rabat und das Sultansgrab von Meknes hingegen ließen sie kalt. Andererseits erfasste ihr geschultes Auge sofort die Unterschiede zwischen almohadischem, merinidischem und saadischem Dekor. Fachkundig sprach sie von polygonem, floralem und arabeskem Stil, kufischer und kursiver Zierschrift. Doch offenbar löste all das in ihr nur professionelle Reflexe aus. Die machtvollen Bögen der Almohaden-Moschee in der wilden, roten Bergeinsamkeit von Tin-Mal machten ihr Eindruck, sie sah und zeichnete die unglaublichsten Einzelheiten. Aber dann auf der Passhöhe blieb sie im Auto sitzen, studierte ihren Reiseführer, während ich, trotzig allein, in der verrußten Bar einen viel zu stark gesüßten Kaffee trank, in dieses Abendlicht, diese endlos sich staffelnden Bergpanoramen hinausstarrte und mich in Weltschmerz verlor.

Hingerissen war sie von den magischen weißen Zeichen an den Lehmhütten bei Tioute, die sie vergeblich zu skizzieren versuchte, da finstere Kinder den Wagen umstellten, sooft wir anhielten. Mit fachlichem Interesse betrachtete sie die steinzeitlichen Felsgravuren am Rand der Sahara, wo uns allerdings nur wenig Zeit blieb, da mein Orientierungssinn in der glühenden Weite des Reg versagt hatte, so dass wir zuerst einen ortskundigen Guide suchen mussten, der uns dann auf jenen Hügelrücken führte, wo die schwarzen Steinplatten mit den Bildern von Giraffen und Elefanten, Gazellen und Springböcken liegen.

Die babylonischen Silhouetten und das magische Dekor des Kasbas am Drâa nahm sie zur Kenntnis. Und alles, was dazwischen lag – die Stunden auf flimmernden Straßen und steinigen Pisten, die Nächte in schäbigen Wüstenherbergen, bizarre Felsen, kreisrunde Dreschplätze, rotglühende Sanddünen, horizontweite Geröllwüste, das im Schatten der Palmen ziehende Wasser der Oasen-Kanäle, die von Kindergeschrei erfüllten Gassen eines lehmmauerumgürteten Ksar, das Bettlergewimmel auf dem Souk von Rissani – all das missfiel ihr, beunruhigte sie, widerte sie an. Ich spürte das an ihrer bemühten Freundlichkeit, an ihren ironischen Fragen – und an der Hast, mit der sie sich nach einem aus Gemüse, Hammelfleisch und einer Prise Sand bestehenden Abendessen zurückzog, an dem entschlossenen Ruck, mit dem sie sich im schmalen Bett der Auberge zur Wand drehte. Ich spürte es vor allem an der Komponente von Pflichterfüllung, die ihre Bewegungen bestimmte, wenn sie sich dann doch einmal überwand, ihren Körper zur Verfügung zu stellen.

Hätte Kay sich noch ein einziges Mal umgedreht, bevor die Glasschiebetüre des Airport of Marrakesch sich hinter uns schloss – hätte sie das kristalline Profil des Hohen Atlas zwischen Himmelsblau und Palmenkulisse wahrgenommen, wäre mir wenigstens ein Schimmer von Hoffnung geblieben. Doch ihr Auge suchte nur die Anzeigetafel, auf der die nächsten Abflüge nach Casablanca, Paris und London verzeichnet waren. Wir küssten uns vor einem Zollbeamten, der indigniert wegschaute. Und ich wusste, dass unser "Auf bald!" allenfalls für den milchigen Himmel und die ordentlichen Vorgärten von Cambridge Gültigkeit hatte, nicht für die Sonne, die roten Mauern von Marrakesch.

*

Es war nackte Sentimentalität: Nach Kays Abreise nahm ich die Gewohnheit an, im *Café Italien* zu frühstücken. Sentimentalitäten lassen sich rechtfertigen. Karims Café liegt nur wenige Schritte von meiner Haustüre entfernt. Ich sparte mir also die Mühe, Kaffee zu kochen, genoss ein duftendes Croissant oder ein paar orangensüße Crêpes. Ich konnte in Ruhe Zeitung lesen, ein paar Briefzeilen für Kay zu Papier bringen – die Taxifahrer, die mich jeden Morgen ins Institut transportierten, hielten bald schon unaufgefordert vor der Hauptpost.

Und nichts veränderte sich im *Italien*: Die Musik blieb die gleiche – diese träumenden Lautenakkorde, durchflochten von einer dunklen

Stimme aus Einsamkeit und Hoffnung; die Gäste – immer die nämlichen Jeans und Shorts, Haiks und Djellabas. Die Kellner behielten ihre sauber geflickten Jacken und ihre Gesichter. Nur der Fremde veränderte sich, allerdings fast unmerklich. Er saß stets am gleichen Tisch, hatte die Reisetasche neben sich stehen, kritzelte in sein Notizbuch. Niemals verließ er das Lokal. Er schien sich das Recht ertrotzt zu haben, hier zu schlafen. Ob er auf dem Boden lag oder auf ein paar Stühlen oder ob er ewig dort am Tisch saß? Er stank nicht, war stets sauber rasiert. Auch Geld musste er besitzen, denn immer stand eine Kaffeetasse vor ihm, ein Teeglas, ein Teller mit Mandelgebäck. Aber im Lauf der Wochen verblasste seine Haut, wurde dünner, erdfarbener, seine Bewegungen starben allmählich ab, sein Blick driftete weg. Hätte ich versuchen sollen, ihn anzusprechen? Hätte das etwas geändert?

Eines Morgens geschah dieses: Ich trank meinen Kaffee, senkte meine Zähne in ein lockeres Croissant und entzifferte Kays letzten Brief. Er enthielt ironische Mitteilungen über Empfänge und Seminarintrigen, die üblichen Seitenhiebe auf meine "afrikanische Trägheit", Bemerkungen über Bücher, die sie gerade las – und ganz zuletzt als Postskriptum die Nachricht, dass sie Holger Hollenhaus, den einzigen Juristen in unserem alten Freundeskreis, gebeten habe, "gewisse rechtliche Schritte" einzuleiten, denn:

"Wir gehören ja wohl nicht mehr zueinander."

Ich starrte in den Rauch meiner Zigarette.

"Wir gehören ja wohl nicht mehr zueinander."

Darf man so einen Satz schreiben, auch wenn man wissenschaftliche Assistentin in Cambridge und der andere bloß Mitarbeiter eines privaten Forschungsinstituts in Marrakesch ist? Darf man so einen Satz einem Mann um die Ohren hauen, mit dem man immerhin fünf Jahre, im Großen und Ganzen glückliche Jahre, verheiratet war? Und darf man das im Postskriptum eines eher banalen Plauderbriefchens tun, an einem Ort, wo der Empfänger allenfalls die Mitteilung erwartet, dass es seit drei Wochen regnet, dass irgendein Professor zum Ritter des Hosenbandordens erhoben worden oder dass der Hinterreifen des Fahrrads schon wieder platt ist?

"Wir gehören ja wohl nicht mehr zueinander."

Ich hoffte, dass die blaugrau aufsteigenden, sich kräuselnden und verschlingenden Zigarettenrauchfäden mir einen Satz eingeben würden, der mein Entsetzen über diese zweizeilige Nachschrift gnadenlos ins Gesicht meiner Gattin schmettern würde.

Wir hatten uns – nicht ohne Bitterkeit – getrennt, unsere beruflichen Wege hatten uns auf verschiedene Kontinente geführt. Aber sie war meine Frau, ich war ihr Mann, ich liebte sie. Ich hätte nicht zu ihr nach Cambridge kommen können. Dazu war ich offenbar nicht gut genug. Aber sie hätte zu mir kommen können. Doch dazu war sie sich zu gut. Ich konnte schließlich eine Zeitlang ohne sie leben, aber ich konnte mir keine Zukunft ohne sie vorstellen. Unsere Wege hatten uns für ein paar Jahre auseinander gebracht – aber vor uns lag doch noch ein Leben, ein Leben, in dem es schließlich nicht nur Wissenschaft, Erfolg und Karriere geben sollte.

Oder war da irgendwo in den Korridoren, zwischen den viktorianischen Büchergestellen, auf den gedrechselten Kathedern von Cambridge ein Weißer Ritter, der seine männliche Lanze in die Übernahmeschlacht warf und mit der Aussicht auf eine Assistenzprofessur winkte?

Ich hoffte auf einen Satz, der verletzte und zugleich versöhnte, schockierte und klagte, beleidigte und verführte, einen Satz, der mich als Versager und Opfer, Kay als verdammtes Flittchen und bewunderte Frau zeichnete, einen Satz der mit Kurzschlusshandlungen drohte und unsere Liebe beschwor. Und das auf höchstens drei Zeilen. Der Satz wollte mir nicht gelingen.

Das Rauchgeschlinge aus dem glühenden Ende meiner Zigarette gab mir keinen solchen Satz ein. Nie war mein Gehirn so leer gewesen. Ich dachte nichts mehr, hörte nichts, sah nichts, bis eine seltsam hartnäckige Bewegung meine Aufmerksamkeit fesselte – das Kreisen eines Scheuerlappens auf den weißen Fliesen des Bodens. Wie immer zog die kleine schwarze Frau ihre Reinigungsarabesken mit lautloser Konzentration und vermied es geschickt, an Tisch- oder Stuhlbeine zu stoßen oder gar die Füße der Gäste zu belästigen. Doch als sie sich dem Platz des Fremden näherte, muss sie durch irgendetwas abgelenkt worden sein. Jedenfalls rammte sie seinen Stuhl mit der ganzen Kraft ihres Putzeifers. Erschrocken hielt sie inne, doch bevor sie irgendeine Entschuldigung stammeln konnte, sackte die Gestalt leicht in sich zusammen, verlor ihre

Konturen, wurde fahlgrau, rieselte, floss, stürzte zu Boden und blieb dort als formloser Haufen aus ascheartigem, aber offenbar schwerem, nur geringfügig aufstäubendem Material liegen.

Ein paar Sekunden lang schaute die Frau unschlüssig auf ihr Werk, dann blickte sie sich verstohlen nach den Kellnern um, die gerade auf der anderen Seite des Raumes beschäftigt waren, wuselte zum Eingang der Toilette, holte Schaufel und Besen, begann, den Dreck zusammenzukehren, in ihren Abfallkübel zu kippen. Außer mir schien keiner der Gäste den Vorgang bemerkt zu haben. Man las weiter Zeitung oder Reiseführer, redete, lachte, trank.

Als die Frau mit ihrer Arbeit fertig war, auch den Stuhl sauber abgefegt hatte, griff sie nach dem Notizbuch des Fremden, das immer noch aufgeschlagen zwischen Tassen und einer halbleeren Mineralwasserflasche lag. Zuerst schien sie es zu den übrigen Abfällen in ihren Kübel werfen zu wollen, dann aber zögerte sie, blätterte die noch unbeschriebenen Seiten um, kalkulierte wohl, was ihr ein Papierhändler dafür geben würde.

War es Neugier? Hoffte ich, einer phantastischen Geschichte auf die Spur zu kommen? Empfand ich so etwas wie Sympathie für den Fremden, den Zerfallenen? Beneidete ich ihn in diesem Moment um sein schmerzloses Ende? Ich winkte die schwarze Frau an meinen Tisch, schob ihr eine Zehnernote hin, erhielt dafür den Anflug eines Lächelns und das abgegriffene Buch. Schon der erste Blick zeigte mir, dass die Handschrift zwar klein, aber nicht unleserlich war. Auf das für Kay bestimmte, immer noch leere Briefblatt kritzelte ich die Mitteilung, dass man mich heute nicht mehr im Institut erwarten solle, übergab die Botschaft einem Taxifahrer und machte mich ans Lesen. Ein Psychologe hätte mein Verhalten als Flucht des Schwächlings vor der unangenehmen Realität interpretiert.

Auf der ersten Seite fand ich einen kurzen Text, der einem Kenner zeitgenössischer Lyrik wahrscheinlich mehr zugesagt hätte als mir.

> *kalt – kalt das bett – kalt der platz neben mir – erfroren die stille – vereist die stimmen – schnee auf den augen – die kälte der wüste – städte – straßen ... der kalte tod – bettler erfriert – frauen legen ihr tiefgefrorenes fleisch ins eis der sonne ...*

millionäre konservieren ihre kadaver in flüssigem stickstoff – hoffend auf auferstehung – glückliche narren ...

traurige leiberreiberin – leckerin – kriecherin – schlange – schlange erfriert – sonne vereist – über der wüste flimmert frost ...

einsamkeit – schneit auf städte – menschen – straßen – erstickt – tage und nächte – der bettler erfriert – die sonne – vereist – kalt das bett ... kälte wird einsamkeit erwürgen

Diese Zeilen waren mit sorgfältig gemalten Druckbuchstaben aufs erste Blatt des Lederbuchs geschrieben. Die folgenden Seiten ließen sich hingegen nur mühsam entziffern – und enttäuschten, denn sie enthielten nicht viel mehr als Datums- und Ortsangaben samt ein paar Zahlen, die sich vermutlich auf zurückgelegte Distanzen bezogen:

Tanger, 15. 4. – ex
Al Hoceima, 16. 4. – 370
17. Melilla
18. Tetouan – 440
Oujda, 20. 4. umsonst 550 km
Fes, 21. – 340
22. Midelt
23. Er Rachidia 160
Dakhla, 25. 4. 1100 Kilometer – nichts

In diesem Stil ging es Seite um Seite weiter. Der Fremde musste Marokko in fieberhafter Hast und, wie mir schien, völlig planlos durchreist, oft Hunderte von Kilometern am Tag zurückgelegt haben. Im Mai wurde er langsamer, blieb oft mehrere Tage am gleichen Ort.

Laâyoune, 4. 5. – 540 km
5. 5. - nichts
6. 5. –
Laâyoune, 8. 5. C. unvorstellbar, Sturm, Plastikfetzen

Gelegentlich gab es jetzt solche kryptischen Kurznotizen, die nach und nach wenigstens eine Vermutung über das Motiv seiner Reise erlaubten:

Foum-Zguid, 12. 5. – 320 km – C. in diesem Café?
Tanger, 16. 5. – C. wirklich seit März nicht mehr?
22. Casablanca – Appartement unbewohnt. Nachbarn?
Azrou, 24. 5. – M. in der Cooperative glaubt sich an C. zu erinnern.

Tetouan – 680 – alles umsonst.

Rissani, 27. 5. – ihre (?) Schrift im Gästebuch der Auberge Timbuktou, aber die Buchstaben ergeben einen fremden Namen. Vier Wochen alt.

Es ging also um einen Menschen, dem letzten Eintrag zufolge einen weiblichen Menschen, dessen Name mit C begann, um eine Corinne, Claudia, Celine oder Christine – warum nicht Christine? –, die dem Fremden abhanden gekommen war. Seine Frau? seine Geliebte? Schwester? Tochter?

Zwischen den kalendarischen Mikronotizen des letzten Monats fanden sich verstreut einige Sätze, die in der gleichen behutsamen Schönschrift geschrieben waren wie der Eingangstext. Ihre Bedeutung ging mir erst später auf.

9. 5.

Der treue Hund in Tanger glaubt an das große Glück, bis ihn die Wirklichkeit am Genick packt.

11. 5.

Adam, bewohne den Garten mit deinem Weib, aber nahet nicht jenem Baum, sonst seid ihr Ungerechte.

14. 5.

Und sie tanzte nicht vor ihm, sie ließ ihre Schleier nicht fallen, sie bewahrte ihre Un-Schuld und wurde verdammt zu endlosem Bewusstsein.

25. 5.

Wer alles verloren hat, sollte auch seinen Stolz verlieren – es bleibt ihm immer noch das Lachen.

29. 5.

Der große Mann, von seinem kleinen Bruder im Stich gelassen, sucht sein Gottesurteil in der Wüste. Der Feigling kämpft.

Mit dieser Notiz schienen die Eintragungen zu enden. Die nächsten Seiten enthielten nichts weiter als hier und da einen bizarren Flecken, der von verschüttetem Kaffee kommen konnte, von einer versehentlich eingeklemmten Blüte oder einem zerquetschten Insekt. War das wirklich alles? Hatte ich nicht während Wochen beobachtet, wie der Fremde immer wieder geschrieben hatte – nie mehr als ein paar Wörter, aber im Lauf der Zeit musste er doch Dutzende von Seiten gefüllt haben. Hatte er noch ein anderes Buch gehabt? Eines, das mit ihm zerfallen war?

Ich beschloss, doch noch ins Institut zu fahren, zahlte, erhob mich und stieß dabei den Lederband zu Boden. Er blätterte sich auf und zu meiner Verwunderung sah ich, dass es doch noch eine Anzahl Seiten gab, die mit enger, winziger Schrift bedeckt waren.

Jetzt betrachtete ich das Buch genauer. Es war in starkes, braunes Leder gebunden. Die Vorderseite zeigte in kräftiger Prägung, sogar noch mit einem Schimmer von Gold so etwas wie ein Wappen, vielleicht auch ein Firmensignet: ein daumengroßes Feld mit mehreren diagonalen Streifen, auf denen sich bei sehr genauem Hinsehen noch die Reste irgendwelcher Tierfiguren – vielleicht Hunde oder Panther – ausmachen ließen. Die Rückseite war glatt. Das Ganze zeigte hässliche Gebrauchsspuren, Flecken, Kratzer, aufgeraute Stellen, doch war die Vorderseite durch dieses Wappen oder Signet immer noch so deutlich gekennzeichnet, dass ich gar nicht daran gedacht hatte, das Buch umzudrehen und von der Rückseite her aufzuschlagen.

Der Fremde aber musste von vorne und von hinten hineingeschrieben haben. Die vorderen Seiten enthielten jene Sätze, Satzfragmente und Eintragungen über Orte und Distanzen, aus denen wenig zu erfahren war. Dann folgten weiße Blätter. Öffnete man das Buch aber umgekehrt, erschienen andere Texte, die mit feinem Bleistift dermaßen eng geschrieben waren, dass sie sich nur mit Hilfe der Lupe entziffern ließen, die der hilfsbereite Karim mir aus seinem Büro brachte.

Ich bestellte einen weiteren Kaffee und vertiefte mich in die Lektüre. Der Unbekannte hatte offensichtlich jeden Satz so genau überlegt, dass es kaum Korrekturen oder Streichungen gab. Trotzdem kam ich nur langsam vorwärts, und es dauerte eine Weile, bis ich erkannte, dass auf den rund vierzig randlos vollgekritzelten Blättern fünf in sich abgeschlossene Geschichten vor mir lagen, Geschichten, die offenbar zu den fünf Sätzen vom neunten, elften und vierzehnten, fünfundzwanzigsten und neunundzwanzigsten Mai gehörten.

Ich vergaß Kays Brief, vergaß die Dokumentation, auf deren Fertigstellung Roger drängte, vergaß die Musik und den Lärm im *Café Italien* …

VIER ZAHLEN

Der treue kleine Hund von Tanger glaubt ans Glück, bis die Wirklichkeit ihn am Genick packt.

Ich habe keine Gewalt angewendet – bei Gott, ich schwöre es. Der M'siö ist einfach gestolpert, gestürzt, hat sich nicht mehr gerührt. War völlig zu – Allah vergebe ihm! Alkohol die ganze Nacht. Schon beim Essen mehr als eine Flasche. Ich hab' ihn doch die ganze Zeit beobachtet – ihn und seine Hure.

Seine Madame, ich weiß.

Wenn ich ihr vor dem *Hotel Valencia* begegnen, ihr die Autotüre halten oder den Koffer tragen dürfte, würde ich sie respektvoll als Madame anreden. Ich würde mich verbeugen und von unten in ihr nacktes Gesicht sehen. Sie haben alle so nackte Gesichter, die Frauen aus Europa. Ich würde ihr in die Augen sehen – ich wette, sie hat grüne Augen. Sie würde den Blick nicht senken. Sie würde mich schamlos anstarren, vielleicht sogar lächeln, etwas Nettes sagen, bevor sie mir ein paar Münzen in die Hand drückte, die Hure. Frauen aus Europa sind Huren. Sie spielen Madame, und sie warten bloß darauf, bis sie einen von uns erwischen und sich zwischen die Beine ziehen. Dann stöhnen sie, weil sie so einen noch nie in sich gespürt haben, und sie werfen sich zurück ... Und dann Gnade dir Gott, dann beißen sie zu, diese Masihi-Huren. Und wenn sie tausendmal Madame heißen.

Das *Marco Polo* hat große Fenster. Die Tische stehen so, dass man den Leuten zuschauen kann, die da fressen und saufen. Man hört nicht, was sie reden, aber man sieht die Gier in ihren Gesichtern, wenn sie sich mit Stoffservietten das Maul abwischen bevor sie zum Glas greifen, um noch mehr Wein oder Bier in sich reinzuschütten.

Die meisten Gäste sind Deutsche, Fernfahrer, die ihre Lastzüge hinter den Eisengittern des Hafengeländes abgestellt haben. Sie warten auf die nächste Fähre nach Algeciras, und sie sind zufrieden, weil sie wieder mal die marokkanischen Straßen hinter sich gebracht und ihre Vierzigtonner bis zum Rand mit Tomaten aus Oualidia vollgestopft haben, mit Orangen aus Kenitra oder mit Fisch aus Laâyune. Morgen werden sie über spanische Autobahnen donnern, dann über französische, deutsche, bis sie ihre Fracht – Insch'a Allah – in Städten wie Düsseldorf oder Leipzig abliefern. Jetzt fressen sie Huhn und saufen Bier, und einer hat immer schon ein Mädchen aufgerissen. Später torkeln sie zum Hafen, der wachhabende Gendarm spürt das lappige Papier einiger Zehnernoten zwischen den Fingern, drückt ein Auge zu. Dann zieht der Boss die Vorhänge. Die andern stehen draußen, rauchen, reißen Witze, kommentieren das Rütteln der Fahrerkabine, warten bis sie an der Reihe sind. Mit den Typen ist kein Geld zu verdienen. Es kommt schon mal vor, dass einer stehen bleibt, wenn du ihm etwas von einer Fat'ma ins Ohr flüsterst, aber nach zehn Sekunden kriegt er's mit der Angst und trottet seiner Horde nach.

Einen Abend lang vor dem *Marco Polo* zu stehen und die Gäste zu beobachten lohnt sich höchstens wegen der paar Touristen, die sich – selten genug – hierher verirren. Wer heute noch nach Tanger kommt, geht mit einem diplomierten Fremdenführer in die Medina, und nachts bleibt er brav im Hotel in der Neustadt. Natürlich gibt es auch Junkies, Althippies, Globetrotter, aber die können sich nicht mal das *Marco Polo* leisten.

Nicht jeden Tag bleibt so ein M'siö mit seiner Dame hier im Hafenviertel hängen. Es kommt eigentlich nur dann vor, wenn die Fähre Verspätung hat, wenn es dunkel ist, bevor die Zollformalitäten erledigt sind: Man kennt sich nicht aus, wagt sich nicht mehr ins nächtliche Verkehrsgewühl, landet schließlich im *Hotel Valencia.* Wahrscheinlich kriegen die meisten einen Schock, wenn sie die hohen, kahlen Zimmer sehen, die vermoderten Tapeten, die zerschlissenen Vorhänge. So haben sie sich Afrika nicht vorgestellt. Dabei hat das *Valencia* einen Balkon mit Schmiedeeisengitter und Fahnenstangen, an denen früher, wenn hier Diplomaten und Offiziere abstiegen, die Flaggen ihrer Länder wehten. Erzählt man sich.

Mein M'siö und seine Dame hatten jedenfalls nicht im *Valencia* absteigen wollen. Sie waren mit ihrem weißen Landrover vorsichtig aus dem Hafengelände herausgerollt, hielten sogar einen Moment vor dem Hotel, aber was sie sahen, schien ihnen nicht zu gefallen, jedenfalls fuhren sie über den Boulevard d'Espagne davon. Keine Ahnung, was sie suchten. Ich gab die Hoffnung auf, kaufte mir bei der buckligen Alten zwei Camel, setzte mich auf den Randstein, rauchte, verfluchte meinen Hunger und die Schäbigkeit des *Valencia*, verfluchte meine Eltern und dieses Land, in dem du krepieren kannst, ohne dass jemand sich umdreht, verfluchte vor allem diese Europäer, die sich hinter hochgekurbelten Autofenstern verschanzen.

Doch plötzlich stand der weiße Wagen wieder da, und zwar direkt vor dem Hotel. Ich sah, wie die beiden ausstiegen, in der Halle verschwanden, nach wenigen Minuten zurückkamen. Dann schob Abdel das scheppernde Garagentor zur Seite – und ich wusste, dass sie sich spätestens in einer Viertelstunde zum *Marco Polo* auf den Weg machen würden. Abdel schickt ausländische Gäste immer dorthin. Er wird seine Provision kassieren.

Da kamen sie schon, streiften hart an mir vorbei. Der M'siö war größer als ich gedacht hatte, aber er ging gebückt, kraftlos, eingehüllt in einen wattierten Mantel, der um seine Figur schlotterte. Die grauen Haare standen struppig vom Kopf ab, die riesige Nase war in nervöser Bewegung. Dagegen war seine Begleiterin eine Schönheit mit ihrer rotblonden Löwenmähne. Üppige Körperformen, selbstbewusster Gang. Und ein Parfum! Sie schritt zielgerichtet weiter, während er immer wieder stehen blieb, um einen Blick auf die Speisekarten der kleinen Hafenkneipen zu werfen.

Sie war dann gezwungen zu warten, was sie schlecht vertrug. Allah vergebe ihr! Sie stampfte und schrie dem M'siö unverständliche Wörter zu. In so einem Moment tauchte Ali, die Ratte, auf, dienerte sich an die Fremden heran, stammelte französische Brocken, die er auswendig gelernt hatte: "Gutes Essen" und "nicht teuer" und "schöne Frauen". Die Dame klemmte ihre Tasche fest unter den Arm, drängte sich dicht an den M'siö, so dass die beiden zu einem vierbeinig fortschreitenden, in Misstrauen gepanzerten Monster wurden. Trotzdem folgte ich ihnen weiter und unterdrückte die Regung, diesem Ali eine zu verpassen – Typen wie er verpatzen uns kleinen Guides dauernd das Geschäft. Sie treiben die Fremden geradezu in die Arme der offiziellen Stadtführer, die mit ihrer weißen Djellaba und ihrer runden Plakette so vertrauenerweckend wirken – nicht weil sie Vertrauen verdienen, sondern weil sie einen entfernten Onkel in der Verwaltung haben.

Ich ließ also die beiden das *Marco Polo* finden und nahm meinen Beobachtungsposten auf der Mauer vor dem großen Fenster ein. Die Nacht war kalt, ich fror. Drinnen musste es warm sein, die Madame hatte nicht nur den Mantel ausgezogen, sondern auch die Jacke. Die obersten Knöpfe ihrer Bluse waren offen, wenn sie sich über den Teller beugte, sah ich von meinem erhöhten Standpunkt aus ihren Busen – nackt bis auf ein bisschen Spitzengewebe direkt auf der Haut. So sind sie: Machen die Männer verrückt und zeigen doch nichts her.

Der M'siö musste sehen, was ich sah, aber es schien ihn nicht zu erregen. Ruhig streifte er die Fleischbrocken von seinen Spießchen, schaufelte sich Reis in den Mund, trank seinen Wein, rauchte, zog ein ledergebundenes Buch aus der Tasche und begann zu schreiben.

Am Tisch neben den beiden saß Jan, der Holländer. Alle vierzehn Tage parkt er seinen Sattelschlepper im Hafengelände und trifft seine Malika hier im *Marco Polo*. Er setzt sich nie zu den anderen Fernfahrern; die rufen ihm wahrscheinlich recht anzügliche Sachen zu, aber er lacht nur und dreht ihnen den Rücken. Letztes Jahr, als Malika noch kein Telefon besaß, hat er mich manchmal in ihr Haus geschickt, um sie zu holen. Einmal hatte sie gerade einen anderen Liebhaber bei sich. Ich sagte Jan, sie sei verreist. Da hat er mich zum Essen eingeladen, und danach haben wir die halbe Nacht geredet und geraucht und getrunken – Allah vergebe mir! Jan spricht Französisch und außerdem ein Arabisch, das sich fast so fremd anhört wie die Sprache der Ansager von Radio Kairo. Trotzdem haben wir uns gut verstanden. Er hat, sagt er, jahrelang Arabisch studiert und viele Universitätsdiplome bekommen, aber die nützen ihm nichts. So fährt er eben Lastwagen. Es macht ihm sogar Spaß. In Amsterdam hat er eine Frau und einen Sohn, in Tanger eine Geliebte. Nach dem Essen verbringt er die Nacht mit ihr oben in der Medina. Er schenkt ihr Zigaretten, Parfum, manchmal eine Flasche Cognac. Sicher gibt er ihr auch Geld. Trotzdem verkauft sie das Parfum, den Cognac – und ihre Nächte, sobald Jan weggefahren ist. Sie muss ihre Mutter und ihre kleine Tochter ernähren. Malika ist krank. Jan glaubt, dass sie an chronischer Bronchitis leidet und bringt ihr jedesmal, wenn er aus seinem Schneeland kommt, eine Schachtel mit Medikamenten. Malika beteuert, dass sie alle seine Pillen brav schluckt. In Wirklichkeit verkauft sie sie auf dem Gran Socco, hustet weiter, verliert Gewicht. Sie weiß, dass Jans Medizin ihr nichts nützt.

Malika färbt ihre Hände mit Henna. Henna bedeutet Reinheit und Unschuld. Als der M'siö und seine Madame diese Hände bemerkten, hörten sie schlagartig auf zu essen, tuschelten miteinander, rückten so weit wie möglich weg. Offenbar meinten sie, Malika leide an einer ekelhaften, womöglich ansteckenden Hautkrankheit. Jan beobachtete sie, lachte in sich hinein, zog Malikas Hände an seinen Mund und küsste sie.

Der M'siö – Allah vergebe ihm! – zahlte mit einer Kreditkarte. Wer im Marco Polo mit einer Kreditkarte zahlt, nimmt in Kauf, dass der Rechnungsbetrag um zehn Prozent erhöht wird. Er hatte also kein Geld in der Tasche. Und dafür war ich zwei Stunden in der Kälte gesessen!

Hätte ich die Hoffnung aufgeben sollen, ihn und die Madame für ein Trinkgeld ins Hotel zurückbegleiten zu dürfen? Hätte ich doch!

Als sie das Restaurant verließen, trat ich ihnen so höflich wie nur möglich entgegen, bot meine Dienste an und ließ nebenbei etwas von Taschendieben und anderen nächtlichen Gefahren verlauten. Die erwartete Ablehnung quittierte ich mit einer stummen Verbeugung, folgte ihnen in einigem Abstand, holte sie, als sie am Boulevard d'Espagne zögernd stehen blieben, mit ein paar raschen Schritten ein und deutete nach links: "*Hotel Valencia*." Dann ging ich voran, schnauzte ein paar Matrosen an, die uns vor einer Hafenspelunke den Weg versperrten, murmelte nochmals ein leises "Attention aux voleurs", eilte zum Eingang des Hotels und hielt ihnen die Glastür auf. Die Hure ließ ein gurrendes "Merci" aus dem Gesicht tropfen und schritt zur Reception. Der M'siö blieb stehen, kramte sein Portemonnaie aus der Innentasche, kippte sich ein paar Münzen auf die Handfläche, betrachtete sie kopfschüttelnd und gab sie mir dann. Zweihundert Pesetas – eine magere Ausbeute für einen ganzen Abend. Aber mehr Kleingeld schien er wirklich nicht bei sich zu haben. Vielleicht empfand er wegen der Geringfügigkeit der Summe ein schlechtes Gewissen. Jedenfalls verschwand er grußlos in der düsteren Halle.

*

Jeder andere hätte diese Münzen jetzt gegen vierzehn Dirham gewechselt und sich in irgendeiner Garküche den Magen mit einer billigen Tajine aus Rüben, Kartoffeln und ein paar Klumpen Hammelfett vollgeschlagen. Aber nicht Amar. Amar kann warten.

Ich behielt den Hotelausgang im Auge. Versuchte zu erraten, was oben in dem hohen Zimmer mit den vermoderten Tapeten geschah. Wie die Madame ihre Kleider ablegte, fröstelnd in ein kaltes Bett kroch. Wenn der M'siö jetzt zu ihr kam, nach ihren Brüsten faßte, wenn sie sich nicht abwendete, wenn er ihr Nachthemd hochschob, die Spitzen ihres Busens zu lecken begann, dann war mein Spiel verloren. Dann würde sich der alte Mohamed meiner erbarmen, mir für meine zweihundert Pesetas ein paar Rüben mit Hammelfett und ein Brot hinschieben. Ich würde zwar nicht satt werden, aber später würde ich mich rächen und mir auf meiner Matratze sehr genau vorstellen, wie sie es in ihrem Zimmer hinter dem Balkon mit den Fahnenstangen getrieben hatten. Claude – Allah sei seiner Seele gnädig – hat mir immer wieder beschrieben, wie's die Damen und Herren aus Europa machen, wie sie sich streicheln und stoßen und lecken und schlecken und wie die Frauen auf den Männern reiten, bis ihnen der Atem vergeht.

Es dauerte nicht lange, bis die krumme Figur des M'siö aus dem Dunkel des Treppenhauses wieder ins Licht der Hotelhalle trat. Er wechselte ein paar Worte mit Abdel und kam dann ins Freie. Das war der entscheidende Moment. Wenn es mir jetzt gelang, sein Vertrauen zu gewinnen, war das Warten nicht vergebens gewesen.

Ich hatte mich so hingestellt, dass das Licht auf mein Gesicht fiel. Ich konnte nur hoffen, dass er mich wiedererkennen würde. Tatsächlich nickte er mir zu, ließ es sich gefallen, dass ich neben ihm herging, beantwortete meine Fragen nach Herkunft und Reiseziel. Schließlich fragte er sogar nach meinem Namen, meinem Leben. Dass er dabei die Höflichkeitsform gebrauchte, bewies, dass er Marokko nicht kannte. Ich erzählte meine beste Geschichte, die von dem armen Hirtensohn aus dem Rif, der es mit Fleiß und unendlicher Ausdauer zu einem Ausbildungsplatz an einer höheren Schule gebracht hatte, dann aber mit einer regimekritischen Gruppe in Verbindung geraten und rausgeflogen war.

Anscheinend war die Geschichte nicht schlecht gewählt. Der M'siö fragte nach Einzelheiten und bedauerte dann: Er könne mich nicht einmal zu einem Glas Tee einladen, denn er habe nach der Landung noch keine Möglichkeit gehabt, Geld zu wechseln. Offenbar war es mir tatsächlich gelungen, ihm so etwas wie Vertrauen einzuflößen. Er ließ sich – wir waren bis in die Gegend des Bab El Bahar gekommen – in Samirs Café führen, wo ich dafür sorgte, dass er für seine beiden Zehn-Dollar-Scheine eine anständige Menge Dirhams erhielt. Wir tranken Tee, diskutierten über Menschenrechte und die Regierung, über Armut und Ausbeutung; er schien, auch wenn viele Einzelheiten ihm unbekannt waren, nicht schlecht informiert über die Lage in unserem Land.

Später lenkte ich das Gespräch vorsichtig auf das Thema Frauen. Da er nicht reagierte, erzählte ich etwas von schönen Jungen, die für jedes Vergnügen zu haben wären. Endlich begriff er – und brach in Gelächter aus: Ob ich meinte, er sei bloß nach Tanger gekommen, um es mit der erstbesten Prostituierten oder dem nächsten Strichjungen zu treiben? Ich tat ein bisschen gekränkt. Offenbar bedauerte er seine Heftigkeit – er fragte, ob ich ein Lokal wüsste, wo man um diese Zeit gute Musik hören könnte.

So nahm ich ihn mit zum Bab El Assa gleich unter dem Dar el Makhzen, dem alten Sultanspalast. Nur ein paar Freunde von Idriss waren an diesem Abend im Café, außerdem drei oder vier Bauern aus dem Rif; die wohl irgendwelche Geschäfte gemacht hatten – sie wirkten einfältig und zufrieden. Auf ihrem Tisch stand eine Flasche Fanta, in ihren Gläsern aber war bestimmt mehr Schnaps als Limonade. Als wir eintraten, begann Idriss gerade, den langen Gesang von Lailas Sehnsucht vorzutragen, wobei er sich selbst auf dem 'ûd, der zwölfsaitigen Laute, begleitete. Omar trommelte den schwierigen Rhythmus dazu, Aziz unterstützte die Singstimme mit dem rbâb, übernahm in den Pausen des Gesangs die Melodie allein. Sie machten ihre Sache fabelhaft, selbst die Bauern aus dem Rif verstummten, mein M'siö lauschte gebannt, schien alles um sich herum zu vergessen, obwohl er kein Wort von dem Text verstand.

Nachdem der letzte klagende Ton verstummt war, setzte sich Idriss zu uns, tauschte ein paar freundliche Worte mit dem M'siö und steckte mir unauffällig zehn Dirham zu. Einer seiner Freunde reichte ihm die kleine trompetenförmige Haschischpfeife. Idriss rauchte sie in zwei tiefen Zügen, klopfte die Asche aus dem silbernen Röhrchen und bot es mit einer fragenden Bewegung seinem neuen Gast an. Der schüttelte den Kopf. Ob es möglich wäre, ein Glas Wein zu bekommen? Idriss blickte auf die Uhr. Um diese Zeit sei es schwierig, noch Wein aufzutreiben, aber ein Fläschchen Mahia ...

Der M'siö verzog das Gesicht nach dem ersten Schluck, der scharfe Feigenschnaps schien ihm wenig zu behagen. Aber Idriss brachte ihm Orangensaft zum Mischen. Hätte ich ihn warnen sollen, als er die zweite Flasche bestellte? Er schien zu wissen, was er tat. Er betrachtete die Etikette mit dem siebenarmigen Sabbatleuchter sehr genau, musste also sehen, dass das Zeug vierzig Prozent Alkohol enthielt. Trank trotzdem weiter. Lauschte der Musik. Schwieg. Hätte er sich nicht alle Viertelstunde eine neue Zigarette angezündet, hätte man glauben können, dass er schlief.

Als Idriss und seine Kollegen ihre Instrumente zusammenpackten – die Bauern aus dem Rif waren längst abgezogen –, erhob er sich, ohne zu schwanken, zahlte seinen Schnaps, gab ein anständiges Trinkgeld und versprach mir zehn Dollar, wenn ich ihn sicher ins Hotel zurückbrächte. Für zehn Dollar hätte ich ihn bis Kapstadt begleitet oder wenigstens bis Cap Spartel. Zehn Dollar! Dafür schuftet ein Maurer eine halbe Woche.

Bei Gott: Ich habe keine Gewalt angewendet. Wir sind die steile Gasse zur Medina hinuntergegangen, und da ist er plötzlich gestolpert, gestürzt, hat sich nicht mehr gerührt. Ich bin sehr erschrocken. Hätte ich die Polizei holen sollen? Die hätten ihm auch nicht geholfen – aber mich hätten sie mitgenommen. Die versprochenen zehn Dollar wären weg gewesen, wahrscheinlich auch das Geld, das mir der M'siö zuerst gegeben hatte, und die zehn Dirham von Idriss ...

Ich kniete also neben ihm nieder, knöpfte seinen Mantel auf, holte das Portemonnaie aus seiner Hose. Mehr als meine zehn Dollar, das schwor ich mir, wollte ich nicht herausnehmen. Ich habe noch nie einen Menschen beraubt. Doch gerade in diesem Moment näherten sich Schritte, Angst packte mich, ich rannte weg. Meine Knie zitterten. Als die Schritte sich entfernt hatten, kehrte ich zu dem reglos auf der Treppe Liegenden zurück, schob ihn dicht an die Hauswand, so dass kein später Heimkehrer versehentlich auf seinen Kopf treten konnte. Tot war er nicht. Er stöhnte, ich spürte flache Atemzüge. Sollte ich das Portemonnaie in seine Tasche zurückstecken? Und wenn dann ein anderer es nahm?

Da fiel mir Abu Tahar ein. Der Alte wohnte in einem Kellergewölbe gleich um die Ecke; er würde wissen, was zu tun war. Er behauptet, ein Sherif zu sein, von manchen Leuten im Quartier wird er verehrt wie ein Marabout.

Ich musste mehrmals an der schmalen Türe klopfen, bis er mich einließ. Offenbar hatte er schon geschlafen, aber er hörte sich meine Geschichte ohne Murren an. Dann verlangte er, das Portemonnaie zu sehen. Drei grüne Scheine mit dem Bild eines fahnengeschmückten Palastes zog er aus dem Leder: Einen gab er mir, das war mein versprochener Lohn, zwei glitten in die Tasche seiner grünen Djellaba. Ein paar zerknitterte Dirhamnoten stieß er verächtlich zurück. Eingehend betrachtete er ein kleines, silbern schimmerndes Stück Plastik mit eingeprägten Buchstaben und Zahlen. Ich hatte noch nie eine Kreditkarte von nahem gesehen, aber ich wusste sofort, dass das ein solches Wunderding war und dass man damit in besseren Läden bezahlen und aus gewissen Automaten bei den großen Banken dicke Bündel Bargeld herausholen kann. Tahar erklärte mir, wie das funktioniert: Man muss die Karte in einen Schlitz stecken, dann muss man vier Zahlen kennen und auf die entsprechenden Tasten der Maschine drücken. Wenn man sich auch nur in einer einzigen Zahl irrt, macht es Piep, und die Maschine frisst die Karte in sich hinein.

Schweigend durchforschte Tahar das Portemonnaie. Verschiedene Zettel kamen zum Vorschein, Rechnungen, Billetts, Blättchen, auf denen irgendetwas notiert war, was selbst Tahar nicht lesen konnte, zuletzt zwei Fotografien. Die eine zeigte zwei Mädchen – der M'siö hatte irgendwann seine beiden Töchter erwähnt –, auf der anderen war die Madame abgebildet, die schöne, rote Masihi-Hure. Dieses Bild untersuchte Tahar sehr genau, drehte es nach verschiedenen Seiten, hielt es gegen das Licht, dann lachte er.

"Dumm sind sie, diese Masihiyun. Schau, auf dem Foto steht ein Name. Die Farbe der Schrift ist ausgelöscht, aber man sieht noch die Vertiefungen, die der Kugelschreiber hinterlassen hat. Und man sieht vor allem, dass das nicht der Name der Frau ist. Eine Frau wie die heißt nicht Aida. Die heißt Michelle oder Susan. Also was bedeutet Aida? Du kennst doch das Alphabet der Franzosen. Der wievielte Buchstabe ist A? Und I? und D? und wieder A?"

Langsam begriff ich, was Tahar meinte. Ich zählte die Buchstaben des Alphabets ab. Kam auf die Zahlen: A stand für eins, I für neun, D für vier, A wieder für eins. Eins, neun, vier, eins.

"Kluger Junge", murmelte der Alte, "versuch es damit, wenn Gott will, wirst du dein Glück machen."

Ich beobachtete die Wafa-Bank wenigstens zwei Stunden lang aus dem Dunkel einer Seitengasse. Die Geldmaschine leuchtete in die Nacht hinaus, aber ich wagte nicht, einfach hinüberzugehen und die Karte in den Schlitz zu schieben, denn in unregelmäßigen Abständen fuhr ein Wagen der Gendarmerie Royale über den Boulevard. Ich hatte wenig Lust, dabei beobachtet zu werden, wie ich an einer Geldmaschine mein Glück versuchte – eins, neun, vier, eins. Auch der dümmste Polizist musste Verdacht schöpfen, wenn er einen Jungen wie mich mit einer Kreditkarte hantieren sah. Als es hell wurde und die Straße sich belebte, schlich ich mich näher, drückte mich unweit des leuchtenden Apparates herum, wagte mich aber immer noch nicht ganz heran. Eins, neun, vier, eins. Ich wusste ziemlich genau, was ich zu tun hatte, aber ich beschloss, zuerst wenigstens einem anderen Kunden zuzuschauen, mir die Reihenfolge seiner Bewegungen genau einzuprägen. Eins, neun, vier, eins.

Endlich blieb ein europäisch gekleideter Herr vor dem Apparat stehen, blickte sich misstrauisch um, entnahm seiner Brieftasche eine Karte ähnlich der meinen, steckte sie in den Schlitz, wartete einen Moment und fluchte dann leise auf Arabisch vor sich hin. Mit zwei Schritten war ich bei ihm, fragte sehr höflich, ob ich ihm helfen könne. Er schüttelte bloß den Kopf:

"Diese Idioten! So was gibt es auch nur hier in Marokko – weißt du, was da auf dem Bildschirm geschrieben ist? 'Der automatische Schalter steht ab neun Uhr zu Ihrer Verfügung.' Schwachsinn! Überall in Europa kannst du zu jeder Tages- und Nachtzeit aus diesen Automaten Geld beziehen, aber hier! Neun Uhr! Um neun sollte ich schon in Larache sein, wo es ganz sicher keinen Bankautomaten gibt."

Neun Uhr also, Stunden noch. Ich bezog wieder meinen Posten auf der gegenüberliegenden Straßenseite, beobachtete noch ein paar Leute, Ausländer meist, die vergeblich versuchten, aus der Maschine Geld herauszuholen.

Endlich schien irgendwer den Apparat angestellt zu haben. Ich sah einen dicken Amerikaner die Karte einschieben, warten, auf die Tasten drücken, warten und endlich ein Paket Banknoten aus dem Bauch der Maschine zerren. Eins, neun, vier, eins.

Den nächsten Kunden beobachtete ich aus der Nähe, sah genau hin, wie er das Kärtchen in den elektrisch beleuchteten Schlitz steckte, wie er seine Zahlen tippte, wie er geduldig wartete, nochmal auf Tasten drückte und wie sich endlich mit leichtem Surren ein neuer Spalt auftat, wie dort ein Paket Banknoten erschien. Zur Sicherheit beobachtete ich den Vorgang noch ein zweites, ein drittes Mal, prägte mir genau ein, welche Tasten man drücken musste, nachdem man die Karte eingeführt und die vier geheimen Zahlen eingegeben hatte.

Der Moment schien günstig. Das Trottoir vor dem Bankgebäude war fast menschenleer, nur zwei verschleierte Frauen näherten sich langsam, aber die würden nicht wagen, ihren Blick auf mich zu richten. Ich nahm allen Mut zusammen. Bismillah! Es musste gelingen. Eins, neun, vier, eins. Beim zweiten oder dritten Versuch brachte ich es fertig, die Karte richtig in den Schlitz zu stecken. Ich wartete, ich tippte meine Zahlen, ich wartete wieder, ich bestellte den höchstmöglichen Betrag. Und das Wunder geschah: Aus dem tiefen dunklen Spalt mit Plastikhärchen und Gummilippen wurde ein Paket Geldscheine geboren, schob sich direkt in meine Hand. Ich riss sie an mich, ohne sie zu zählen, verbarg sie in der Tasche meines Hemdes. Zweitausend Dirham, ein Vermögen.

Eine innere Stimme sagte mir: Geh! Lass es genug sein! Es gibt noch andere Banken. Doch Abu Tahar hatte mir versichert, dass der Trick wenigstens dreimal hintereinander funktionieren müsse. Und ich wollte heute noch in sein Gewölbe zurückkehren, ihm die Hand küssen und ein dickes Notenbündel in seine Tasche schieben.

Eins, neun, vier, eins. Die Maschine tat ihre Pflicht, der fruchtbare Spalt öffnete sich mir ein zweites Mal.

Eins, neun, vier ... Die Hand, die mir den Arm auf den Rücken drehte, war an Gewalt gewöhnt, und die Stimme, die zu dieser Hand gehörte, klang nach Leder und Eisen:

"Zeig deine Papiere! Und Allah möge dir vergeben, wenn da ein anderer Name draufsteht ..."

Als wir auf dem Kommissariat ankamen, waren meine Taschen leer. Dafür glaubte mir der diensthabende Offizier schließlich auch, dass ich die Karte irgendwo auf der Straße gefunden, dass ich bloß aus Neugier an der Geldmaschine gespielt hatte. Mein Glück war, dass der M'siö anscheinend im Lauf der Nacht aus seinem Rausch erwacht und irgendwie ins *Hotel Valencia* zu seiner Madame zurückgekommen war; und dass er nur den Verlust seiner Kreditkarte gemeldet, keine Strafanzeige erstattet hatte. Nach drei oder vier Tagen ließen sie mich laufen.

Im Garten

Adam bewohne den Garten, aber nahe nicht jenem Baum, sonst bist du ein Ungerechter.

Ich hätte die beiden sofort hinauswerfen sollen. Einfach so in den Hof kommen! Freunde, das ist doch keine Art! Es ist ja möglich, dass Aïscha das äußere Tor nicht richtig geschlossen hatte – trotzdem!

Die Hunde bellten wie verrückt, aber, Freunde, das machte denen keinen Eindruck. Allah vergebe ihnen! Sie standen einfach da – der Mann und die Frau. Hätte ich sie nie gesehen! Sie standen seelenruhig auf dem mit weißen und schwarzen Flusskieseln gepflasterten Vorplatz und verlangten Inga zu sprechen. Die Hunde bellten, der Nordwind pfiff über die weißgekalkten Mauern des Riad, die Palmblätter klirrten, die Flügel des Windgenerators knatterten wie Flugzeugpropeller.

Die Herrin will um diese Tageszeit nicht gestört werden. Sie sitzt über ihren Entwürfen, zeichnet, berechnet, schneidet ein paar Stücke Stoff zu, heftet sie mit fliegenden Stichen aneinander, probiert, zeichnet wieder, stampft auf den Boden, rennt in ihrem Arbeitszimmer herum, wühlt in Stapeln von Fotografien und Entwürfen, stürmt dann ins Atelier, kontrolliert die Näharbeit von Aïscha, Latifa und den anderen, lobt dieses Stück, schimpft über jenes. Wir wissen nie ganz genau, warum ihr das eine gefällt, das andere nicht.

Um diese Zeit empfängt sie keine Besucher – außer Jean-Jacques natürlich, ihrem großen Freund. Jean-Jacques ist unser Nachbar; er kommt aus Vietnam, malt seltsame Bilder mit nur zwei oder drei Farben und muss jedes neue Kleid anschauen, das die Herrin gemacht hat. Wenn es ihm gefällt, lässt sie hundert Stück davon zuschneiden und nähen und schickt sie nach Amerika. Jean-Jacques ist kein Mann für die Herrin, bloß ein Freund. In seinem Haus leben zwei Nigerianer, die ihn massieren, mit ihm Musik machen, tanzen ... Allah möge ihre Hände verdorren lassen! Es sind hochmütige Burschen. Sie behandeln mich, als ob ich Araber oder Europäer wäre, dabei sind meine Eltern aus Mauretanien gekommen. Meine Haut ist so schwarz wie ihre.

Ich versuchte, die beiden Weißen loszuwerden:

"Madame Inga hat keine Zeit."

Sie taten, als verstünden sie mich nicht recht, beriefen sich auf Abdelkader, den Besitzer des Teehauses oben an der Landstraße, und auf irgendwelche "Freunde" aus Europa. Ich verwehrte ihnen den Zutritt zum inneren Riad, aber ich brachte es nicht fertig, sie zu vertreiben. Es waren ja Weiße ...

Ob die Herrin ihre Stimmen gehört hatte, ob sie einfach von dem Gebell der Hunde gestört worden war? Sie trat hinter mich. Ich hörte sie nicht, aber ich fühlte ihre Gegenwart. Ich fühlte ihre Hand – wenn ich diese Hand noch einmal spüren könnte! –, die mich sanft zur Seite schob. Dann ging sie den Fremden entgegen. Sie sprach Englisch wie immer, wenn Unbekannte kamen. Ich verstand nicht, was sie sagte, was die Fremden erwiderten. Meine Mutter ist erschossen worden, als ich noch klein war, seither habe ich nur noch Arabisch geredet – und mit Inga, der geduldigen Lehrerin, Französisch.

Nach wenigen Augenblicken schon gab es ein langes Händeschütteln, zufriedenes Lachen. Inga legte ihren Arm um die Schulter der Frau und führte sie in den alten Riad. Der Mann blieb alle paar Schritte stehen, um eine seltene Blüte zu beäugen oder eines von Ingas Steinbildern zu betasten.

Alle Fremden sind entzückt, wenn sie zum ersten Mal den Innenhof betreten, wenn sie den Brunnen sehen, die seltenen Pflanzen, die hufeisenförmigen Bögen, die leuchtend bunten Fliesen an den Wänden. In längst vergangener Zeit, hat Inga mir erzählt, war das der Palast eines mächtigen Caïd. Dann ist das Haus verfallen, ein Bauer hat es als Stall benützt und schließlich an Inga verkauft. Sie ließ das Dach und die alten Mauern in Stand setzen und kalken, die bunten Kacheln reinigen, neue Fenster und Türen machen; dann kaufte sie Teppiche, farbige Vasen, Tische und Diwane. Andere Möbel brachte sie aus ihrer fernen, kalten Heimat mit, und an die Wände hängte sie zahllose Bilder, eigene und solche von ihren Malerfreunden. Als das alles fertig war, legte sie neben dem alten Gebäude den neuen Hof an, pflanzte Büsche und Blumen rings um das Schwimmbecken, baute das Gästehaus mit seinen großen Fenstern, seinen vielen Zimmern, Bädern, Kaminen, Terrassen.

Jetzt ist das Anwesen so groß, dass ich oft, wenn ich der Herrin abends ihren Tee bringen will, lange mit dem kleinen Silbertablett über Höfe und Dachterrassen gehen muss, durch Korridore und Gemächer, bis ich sie schließlich in irgendeinem Winkel finde. Manchmal ist sie in ein Buch vertieft, oder sie kauert auf einem Diwan und schreibt einen Brief an den Mann, den sie immer noch liebt. In letzter Zeit ist es auch vorgekommen, dass sie eingeschlafen war oder sich zitternd unter einen Haufen Decken verkrochen hatte. Wenn ich mich zu ihr niederbeugte, sah ich einen fremden Glanz in ihren Augen, aber dann zuckte ein kleines, tapferes Lächeln um ihre Mundwinkel. Ich durfte es wagen, ihr Goldhaar zu berühren, ihren Kopf zu halten, das Teeglas an ihre Lippen zu führen. Wenn sie aber ein paar Schlückchen getrunken hatte, richtete sie sich heftig auf, warf die Decken weg, dankte mir mit ihrem flüchtigsten Nicken und ging ins Schlafzimmer, das nur über eine enge Wendeltreppe und die Dachterrasse zu erreichen ist und das ich bloß betreten darf, wenn sie ausdrücklich nach mir ruft.

Das Gästehaus stand in den letzten Jahren meist leer. Monsieur Sven, Ingas Mann, der mit seinen Freunden dort zu wohnen pflegte, war schon lange nicht mehr aus Amerika herübergekommen. Immer seltener erschienen auch Ingas Bekannte aus Marrakesch oder Safi. Hin und wieder konnte sie ein oder zwei Zimmer für ein paar Tage an Leute aus Europa vermieten. Dann war die Herrin stets aufgeregt. Ich musste das Schwimmbecken reinigen, nirgends durfte ein Hundedreck herumliegen, alle Fenster sollten geputzt, Möbel umgestellt, neue Bilder aufgehängt, Teppiche ausgebreitet, Geschirr und Wäsche herbeigeschafft werden. Und Inga sagte dann:

"Du wirst sehen, es wird ihnen gefallen, sie werden bleiben, sie werden wiederkommen, sie werden Freunde mitbringen, unser Gästehaus wird voll Menschen sein."

Es gefiel unseren Gästen, aber sie blieben nie lange. Sie hielten es nicht aus in der Einsamkeit des Bled. Sie reisten weiter oder zogen in ein Hotel in der Stadt. Sie kamen nie wieder. Sie brachten keine Freunde mit. Das Gästehaus blieb leer.

Mir war das recht. Ich mochte es nicht, wenn Leute im Haus waren. Nicht so sehr wegen der Arbeit, die sie verursachten. Aber die Herrin war dann so anders. Abends saß sie mit den Fremden am Bassin oder am Kaminfeuer, lachte mit ihnen, trank Wein mit ihnen oder Whisky, hörte seltsame Musik. Wenn ich ihren Tee brachte, nickte sie bloß zerstreut. Waren die Gäste abgereist, verfiel sie tagelang in wortloses Brüten.

Auch diese beiden Fremden waren nur gekommen, um ein Zimmer im Gästehaus zu mieten. Sie ließen sich von der Herrin durch die Höfe, Zimmer, Korridore und über die Dachterrassen führen. Sie bewunderten die Möbel, die Teppiche, die Pflanzen, die Aussicht und die Bilder, vor allem die Bilder. Immer wieder blieben sie davor stehen, fragten nach dem Maler. Ich verstand nicht, was sie sprachen, aber wahrscheinlich lobten sie Ingas Kunst – sie lachte und schien sich zu freuen.

Sie entschieden sich schnell: Sie würden das größte Zimmer im Gästehaus bewohnen, das mit eigener Küche, eigenem Bad, eigener Terrasse und einem besonderen Salon, in dem es mehrere Diwane, Sessel und den schönsten Kamin des Hauses gab. Sie feilschten nicht um den Preis – der schien sie wenig zu interessieren. Dabei sahen sie überhaupt nicht nach Geld aus. Der Mann trug abgewetzte Jeans und eine Nickelbrille wie diese alten Hippies, die im Sommer in Diabat ihr Haschisch rauchen und von den guten fernen Zeiten mit Jimmy Hendrix schwärmen. Nur, dass sein Kopf nahezu kahl war. Ich beschloss, ihn Al-Hanch zu nennen, die Schlange – ich kann mir die Namen dieser Europäer sowieso nicht merken. Die Frau war jünger, hatte ein schmales Gesicht, das von schwarzem Haar sanft eingefasst wurde. Ihr Mund und ihre Wangen lächelten gerne, aber in ihren großen, dunklen Augen wohnte Traurigkeit. Sie schien sich mit der Herrin vom ersten Moment an wunderbar zu verstehen. Ich nannte sie As-Sauda', die Dunkle. Gerne hätte ich ihren Bauch berührt.

Als die Fremden weggingen, ließ Inga sich in ihren Sessel fallen, gab mit leiser Stimme die üblichen Befehle. Von der Aufregung aber, die sie sonst in solchen Momenten befiel, war nichts zu spüren. Ich machte mich mit den Frauen an die Arbeit. Am nächsten Tag sollten die Fremden einziehen.

*

Und sie zogen ein. Sie rollten mit ihrem schweren Wagen in den äußeren Hof, und dann quoll es zu allen Türen heraus: Schachteln, Säcke, Kisten, Teppichrollen, Koffer, Taschen, Tonkrüge, Strohkörbe ... Der Mann wehrte meine Hilfe ab, aber die Herrin winkte mir, und so schleppten wir den Plunder gemeinsam in den Abstellraum neben ihrem Zimmer. Mit den Sachen hätte man ein ganzes Haus einrichten können.

Tagsüber benahmen sich die Fremden ziemlich normal. Sie badeten morgens im Schwimmbecken, dann tranken sie auf ihrer Terrasse Unmengen Kaffee und Orangensaft, aßen Brote mit Butter, Konfitüre, Käse und Eiern; später fuhren sie in die Stadt oder nach Sidi Kaouki an den Strand, oder sie saßen irgendwo im Schatten, lasen Bücher und Zeitungen, schrieben Briefe. Der Mann hämmerte manchmal auf einer kleinen Schreibmaschine herum – er verfasste Artikel für eine Zeitschrift in seiner Heimat, sagte mir Inga, und ihre Stimme verriet, dass sie das für eine bedeutende Tätigkeit hielt.

Die Frau konnte derweil stundenlang im Hof sitzen und einen Bougainvillienzweig oder eine Daturablüte malen. As-Sauda', die Dunkle. Ich beobachtete sie gerne, während ich das Schwimmbad reinigte oder die Fensterläden des alten Hauses mit blauer Farbe strich. Ihr Gesicht gefiel mir, die braune Haut ihrer Arme, die Bewegungen des in lockere Gewänder gehüllten Körpers, ihr glänzendes Haar. Ihre Freundlichkeit, wenn sie das Wort an mich richtete, kam aus einem großen Herzen, das spürte man. Auch der Mann versuchte nett zu sein, aber er schien immer an andere Dinge zu denken, wenn er mit mir sprach.

Ich hätte mich mit den beiden abgefunden, wenn nicht die Abende gewesen wären. Dass Inga mit Fremden zusammen saß, dass sie Wein trank und Sprachen redete, die ich nicht verstand – daran war ich gewöhnt. Im Gespräch mit diesen Leuten jedoch wurde das Verhalten der Herrin immer seltsamer. Sie zündete sich, was sie lange nicht mehr getan hatte, Zigaretten an, blickte dem Rauch nach und schwieg lange, leerte dann ihr Glas in einem Zug, streckte es dem Mann hin, der es, nachdem er einen Blick mit seiner Frau gewechselt hatte, rasch wieder füllte. Meist saßen die drei im Salon der Fremden am Kamin. Sobald ich das Feuer gemacht und den Tee gebracht hatte, den die Herrin an diesen Abenden kalt werden ließ, durfte ich gehen. Aber ich ging nicht. Ich verbarg mich im Bambusgebüsch am Schwimmbecken und beobachtete.

Einige Tage oder Wochen nachdem die Fremden bei uns eingezogen waren – Freunde, wie sagt der Prophet? *Von der Stunde weiß allein mein Herr.* – Nach einiger Zeit also kam jener Abend, an dem das Unheil begann. Zunächst unterhielten sich die drei, wie Weiße eben miteinander reden. Vielleicht fing der Mann an, etwas zu erzählen. Die Frau unterbrach ihn, er lachte, berührte ihre Schulter, die Herrin warf eine Frage dazwischen, für einen Moment mischten sich die drei Stimmen, dann sprach eine der Frauen, bis ihr wieder jemand ins Wort fiel. Die Weißen plaudern in dieser Art.

Irgendwann aber geschah etwas, was ich nicht verstand. Es war, als ob irgendwer ein Zauberwort gesprochen hätte. Mit einem Mal verstummten alle drei, saßen lange bewegungslos da, rauchten nicht, griffen nicht zu ihren Gläsern. Endlich öffnete die Herrin den Mund, aber ich sah, dass sie jedes einzelne Wort zwischen den Lippen herauspressen musste. Die Fremden hörten ihr schweigend zu. Schließlich zog sie ein Papier aus der Tasche, faltete es auseinander, starrte darauf, legte es wieder zusammen, faltete es neuerdings auf, las endlich ein paar Sätze daraus vor, ließ es sinken, lehnte sich zurück. Ihre Schultern bebten und zuckten. Ich war bereit, aus meinem Versteck hervorzustürzen und sie gegen jede Bedrohung zu verteidigen, aber es geschah nichts, eine Ewigkeit geschah nichts, bis endlich die Frau, As-Sauda', aufstand, sich neben die Herrin auf den Diwan setzte, einen Arm um ihre Schulter legte, mit der anderen Hand ihr Haar streichelte. Und der Mann hockte vor Inga auf dem Boden, redete leise auf sie ein und berührte sie dabei in einer Art, die mir gar nicht gefiel.

In diesem Augenblick hörte ich Aïscha nach mir rufen. Ich musste meinen Beobachtungsposten verlassen. Als ich zurückkehrte, hatte sich das Bild völlig verändert: Im Kamin brannte jetzt wieder ein lebhaftes Feuer. Die Gläser auf dem Tisch waren frisch gefüllt. As-Sauda' stand neben der großen Lampe, sang und machte dazu ein ganz einfältiges Gesicht und fahrige Bewegungen. Offenbar wirkte das komisch, denn die andern beiden saßen nebeneinander auf dem Diwan und lachten. Manchmal lehnte die Herrin ihren Körper an den des Mannes.

Als ich am Morgen die Kleider der Herrin versorgte, fiel mir das Papier in die Hand. Ich kann nicht gut lesen, aber ich begriff, dass es ein Brief aus einem Krankenhaus in ihrer fernen, kalten Heimat war, die sie kurz vor der Ankunft der Fremden besucht hatte.

Am nächsten Abend lud Inga Jean-Jacques und einen anderen Maler zum Essen ein. Am Tag darauf brachten Al-Hanch und As-Sauda' zwei Engländerinnen aus Essaouira, dann kamen die Freunde meiner Herrin aus Safi. Und jedes Mal wurde gekocht und getafelt wie an Ait-Kebir. Inga holte aus ihrem Atelier Mappen mit Zeichnungen und Entwürfe, was sie noch nie getan hatte. Meistens blieben die Gäste sehr lange. Wenn sie endlich gegangen waren, führte Al-Hanch die Herrin hinauf in ihr Schlafzimmer. Wenn er wieder in den Riad herunterkam, ließ er sich am Rand des Bassins in einen Sessel fallen, rauchte und wartete. As-Sauda' kam nach ein paar Minuten aus dem Schlafzimmer. Sie trug dann ein leichtes Nachtgewand, brachte eine Weinflasche und zwei Gläser mit und setzte sich dem Mann gegenüber in einen anderen Sessel, und zwar so, dass ihre Hände sich nicht begegneten, wenn sie nach den Gläsern griffen.

Ich schlich mich weg, schlüpfte in meine Kammer neben dem Tor zum alten Hof, legte mich auf das schmale Bett und sah mit geschlossenen Augen, wie As-Sauda' sich tief bückte, um etwas aufzuheben, und mir dabei ihre fast unbedeckten Brüste zeigte, wie sie die Knöpfe ihres Kleides langsam öffnete und es schließlich niedergleiten ließ oder wie ihr Gewand immer durchsichtiger wurde … Allah vergebe mir, sie ist eine Masihi. Auch meine Herrin ist eine Masihi, aber ihre Kleider waren nie durchsichtig. Meist trug sie Hosen und ein hochgeschlossenes Hemd oder einen Pullover.

Morgens traf ich den Mann manchmal schon in aller Frühe im Schwimmbecken. Er stand im flachen Wasser bei der gekachelten Treppe und versuchte geduldig, einige dieser jungen Frösche zu retten, die ständig ins Wasser fielen und aus eigener Kraft nicht mehr die glatten Trittstufen hinaufklettern konnten. Er schob ein Stück Palmblatt unter ihre Körper und schleuderte sie dann ins Trockene hinauf. Er schien sich vor den winzigen, zappelnden Leibern zu ekeln. Trotzdem rettete er ihnen das Leben.

*

Auch Aïscha war beunruhigt durch die Veränderungen, die in unserem Haus und mit unserer Herrin vorgingen. Außerdem stöhnte sie über die Arbeit, die ihr die Fremden bereiteten. Vielleicht hatte sie auch gemerkt, dass ich As-Sauda' manchmal anstarrte. Eines Morgens forderte sie mich auf, sie nach Sidi Kaouki zu begleiten. Sie werde Aziz um Hilfe bitten. Viele Leute glauben, dass Aziz die Kräfte eines Marabout besitzt. Manche fürchten sich vor ihm. Ich halte nicht viel von ihm, er ist zu jung.

Aïscha war böse, als ich ablehnte. Wahrscheinlich ist sie dann heimlich mit einem ihrer vielen Cousins zu dem Marabout gefahren. Auf jeden Fall übergab sie mir ein paar Tage später ein kleines, in schwarzes Plastik gewickeltes und fest verschnürtes Päckchen:

"Socken von Al-Hanch und" – sie kicherte – "ein Slip von der Frau. Ich muss das Zeug ja immer waschen. Sie werden nicht merken, wenn etwas fehlt, sie haben so viel. Du musst das bloß noch Aziz geben – er weiß Bescheid. Und er hat verlangt, dass du selber nach Si' Kaouki kommst. Er wird die Sachen auf seine Glut legen und die Asche in zwei gute Amulettkapseln tun. Er hat mir versprochen, dass er uns von den Fremden befreit. Wenn sie aber zu stark sind für diesen ersten Zauber, dann müssen wir zum nächsten Neumond warten und ihm noch mal zwei Kleidungsstücke bringen, in denen Schweiß und Geruch und möglichst ein wenig Blut der Fremden ist. Dann wird er um Mitternacht für uns den schwarzen Hahn opfern, die Schlange schlachten, den Skorpion verbrennen und die linke Hand einer Frauenleiche. Das kostet viel Geld, aber der Zauber wirkt mit Sicherheit. Du erinnerst dich, wie plötzlich Mahmoud gestorben ist – und wie es Hassan erging. Gott nehme ihre Seelen zu sich!"

So schwatzte sie weiter. Ich weigerte mich, nach Sidi Kaouki zu gehen. Später suchte ich Ausreden. Zuletzt ging ich doch. In einer Nacht kurz nach Neumond. Ich war ziemlich erschöpft, als ich mein Fahrrad an die weiße Mauer der Koubba lehnte. Der Wind pfiff um die Ecken des alten Gemäuers, die Wogen des Meeres donnerten auf den Strand.

Ich fand Aziz zusammen mit seinen Freunden auf dem Dach. Sie hatten Haschisch geraucht, zwei machten leise Musik mit Hajhouj und Qrâqeb, die andern lagen auf ihren Kissen. Keiner beachtete mich. Ich stand im Dunkel, fror plötzlich. Ich dachte an As-Sauda', wie ich sie am Nachmittag im alten Hof gesehen hatte. Sie hatte eines der neuen Kleider von Inga probiert. Die Herrin hatte hier etwas gezupft, dort etwas glatt gestrichen. Sie hatten gelacht, aber das Lachen war nicht fröhlich gewesen. Schließlich hatte As-Sauda' ihren Arm um Ingas Schulter gelegt und sie waren zusammen ins Haus gegangen. In diesem Moment hatte ich beschlossen, Aïschas Drängen nachzugeben und nach Si' Kaouki zu fahren. Jetzt stand ich da und fror und wusste nicht, ob ich es wagen durfte, diesen Aziz anzusprechen. Freunde, ich weiß nicht, wie lange ich so herumgestanden habe. Endlich fasste ich den Entschluss wegzugehen. Ich fühlte mich erleichtert. Aber in dem Moment streckte Aziz die Hand aus:

"Gib her. Sag Aïscha, dass sie ihre Amulette am vierten Tag durch ihren Cousin holen lässt. Und sie soll ihm das Geld mitgeben. Geh!"

Ich richtete Aïscha aus, was Aziz gesagt hatte. Sie war zufrieden. Wir sprachen nicht mehr über die Sache.

*

Schon am übernächsten Tag fuhren die Fremden zusammen mit Inga nach Marrakesch. Ich hatte unseren großen, alten Jeep geputzt und für die Reise vorbereitet, aber die Herrin befahl mir, den Wagen wieder zu versorgen. Sie brauche mich nicht. Sie werde mit dem Taxi zurückkehren. Der Mann und die Frau ließen ihre Kleider im Zimmer hängen, ihre Sachen im Hamam stehen. Zwei Wochen, sagten sie, wollten sie in der Wüste unterwegs sein. Aïscha verbarg ihr Gesicht, als sie das hörte.

Inga kam nach drei Tagen heim, bleich und nervös. Ihr Arzt – natürlich ein Franzose – habe mit den Kollegen in ihrer Heimat telefoniert und ihr geraten, so bald als möglich nach Amerika zu fliegen, um sich dort in einer berühmten Klinik noch einmal untersuchen zu lassen. Sie werde mich für einige Zeit, vielleicht für lange Zeit allein lassen müssen.

In den nächsten Tagen schrieb sie viele Briefe. Fuhr oft in die Stadt, um zu telefonieren oder einen Fax abzuschicken. Wenn sie zu Hause war, trieb sie die Frauen an, schneller zu arbeiten. Sie wollte alle bestellten Kleider mitnehmen. In Amerika werde sie viel Geld brauchen.

In ihrem Zimmer stand der Koffer bereit, aber sie verschob die Abreise immer wieder. Die Kleider wurden nicht fertig.

Nach zwei Wochen hörte ich eines Mittags unsere Hunde bellen, wie sie das nur tun, wenn alte Bekannte aufs Grundstück kommen. Ich hatte Fieber, aber ich zwang mich aufzustehen und hinauszugehen. Im Vorhof standen Al-Hanch und die Frau zusammen mit Jean-Jacques. Sie streichelten die Hunde, die fröhlich an ihnen hochsprangen, und erzählten lachend von ihren Abenteuern in der Wüste. Wie sie sich in irgendeinem Ksar verirrt hatten und fast beraubt worden wären. Wie sie in einen Sandsturm geraten, in einem Oued stecken geblieben waren. Wie sie zwischen Zagora und Foum Zguid die Piste verloren hatten ...

Ein paar Minuten später erschien die Herrin. Das Hundegebell musste sie geweckt haben. Als sie den Mann und die Frau sah – Freunde, ihr könnt euch das nicht vorstellen – da ging eine Veränderung mit ihr vor, wie ich noch nie gesehen habe. Ihr Gesicht, das in den letzten Tagen immer strenger und furchiger geworden war, leuchtete auf. Die Falten um ihre Mundwinkel verschwanden. Ihre verhärtete Stimme begann zu singen. Nach allen Umarmungen und Küssen bekam ich den Auftrag, Tee im neuen Riad am Schwimmbecken zu servieren und das Gepäck der beiden in ihr Zimmer zu tragen. Der Mann machte jetzt nicht einmal den Versuch, mir dabei zu helfen. Nur die Tasche mit seinen kostbaren Fotoapparaten nahm er an sich.

Am Abend musste Aïscha eine Charia bereiten. Stunden stand sie am Herd, bis die getrockneten Fäden aus Teig im Dampf von sieben verschiedenen Flüssigkeiten weich geworden, bis die ausgewählten Stücke von Huhn und Lamm vorsichtig gargesotten waren und die verschiedenen Saucen den rechten Geschmack angenommen hatten. Als ich ihr zuschauen wollte, knurrte sie mich aus der Küche weg.

Es war eine warme, windstille Nacht. Jean-Jacques hatte alle Kerzenleuchter, die er im Haus finden konnte, herbeigeschleppt, auf dem Tisch, auf dem Boden der Terrasse und rings um den Rand des Bassins verteilt, so dass Ingas Steinfiguren im Flackern der vielen Lichter anfingen zu leben. Sie schüttelten ihr Haar, bewegten die Augen, formten unhörbare Worte mit ihren Lippen. Wie sehr sie alle Inga glichen! Der Mond leuchtete am Himmel wie eine polierte Kupferplatte.

Die Hunde, die ich in den kleinen Hof hinter der Küche hatte sperren müssen, heulten wie besessen. Aber die Herrschaften auf der Terrasse am Bassin hörten das wohl nicht.

Als ich die Reste des Essens abräumte, freute ich mich auf ein üppiges Mahl mit Aïscha. Auf dem Weg über den alten Riad konnte ich der Versuchung nicht widerstehen und schob eine Handvoll von der duftenden Charia in den Mund. Dann aber riss Aïscha mir die Platte weg und schüttete alles, was darauf war, in den Abfall. Ich schrie sie an: Ob sie verrückt geworden sei. Sie duckte sich nur und verbarg ihr Gesicht in den Händen, damit ich es nicht schlagen konnte. In diesem Augenblick trat Jean-Jacques, der mir lautlos gefolgt sein musste, in die Küche:

"Ich gehe nach Hause. Du musst mich nicht begleiten. Ich habe das Auto am äußeren Tor. Morgen früh hole ich Inga ab. Sie fliegt um ein Uhr in Casa los. Ich bin froh, dass sie sich dazu entschlossen hat, denn ich habe mir wirklich Sorgen gemacht. In Amerika werden sie ihr helfen können. Dort gibt es gute Ärzte. Und – Insch'a Allah – alles wird wieder sein, wie es früher war."

Er hatte französisch gesprochen. Jetzt wechselte er ins Arabische und wandte sich an Aïscha, die immer noch scheu und gebückt in einem Winkel stand:

"Hast du wirklich eine ..." Er suchte das passende Wort, beschrieb mit seinen Fingern einen Halbkreis um seinen fetten Bauch. "Hast du wirklich eine Hose, eine kleine, ganz kleine Hose, von der Frau, von As-Sauda', wie ihr sie nennt, nach Si' Kaouki gebracht? Oder war es vielleicht eine von Inga? Bist du dir sicher?"

Er wartete das Ende der erschrockenen Beteuerungen von Aïscha nicht ab, legte die Hände vor der Brust flach gegeneinander, wie das in seiner Heimat wohl üblich ist, und verschwand im Mondschatten unter den Palmen.

Als ich später in den neuen Riad zurückkehrte, um Teller und Gläser abzuräumen, war die Terrasse am Bassin leer. Gerade als ich mit der Arbeit beginnen wollte, wurde die Türe des Gästehauses aufgerissen und As-Sauda' trat in den Hof. Sie hatte ein großes Glas mit einer wasserklaren Flüssigkeit in der Hand und zog hastig an einer Zigarette. Jean-Jacques' Kerzen waren niedergebrannt, nur der Mond warf sein kaltes, hartes Licht. Ich verbarg mich im Eingang zum alten Paschahaus.

Das Schlafzimmer der Herrin war noch erleuchtet. Deutlich sah ich ihren Schatten auf dem dünnen Leinenvorhang des Fensters. Sie hatte sich ausgezogen und in ihren Mantel aus bestickter schwarzer Seide gehüllt, den sie trug, wenn sie nicht mehr gestört werden wollte. Aber sie war nicht allein. Neben ihr war die Kontur einer zweiten Person zu erkennen und das konnte, da Jean-Jacques gegangen und Aïscha noch in der Küche war, nur der Fremde sein, der Mann, Al-Hanch, die Schlange. Ich starrte mit so geballter Kraft hinauf, dass die Wände hätten einstürzen und Al-Hanch erschlagen müssen. Da erlosch das Licht.

Als mein Blick wieder die Frau suchte, hatte sie eben ihre Kleider abgelegt und war im Begriff, ins Wasser zu steigen. Silbern leuchtete die Haut ihres Rückens. Einen Augenblick zögerte sie, dann glitt sie ins Bassin, schwamm mit ruhigen Zügen ihre Runden. Zwischendurch drehte sie sich auf den Rücken und ließ sich bewegungslos treiben.

Freunde, ich schwöre euch, ich habe alles gesehen. Ich sah ihr Gesäß mit dem dunklen Spalt, der es in Halbkugeln teilte. Ich sah ihre Brüste, die wie zwei bleiche Orangen im Wasser trieben, wenn sie auf dem Rücken lag und gedankenlos die dunklen Spitzen mit den Fingern liebkoste. Ich sah ihren Schoß, das schwarze Dreieck der Haare zwischen ihren Beinen. Und ich spürte, dass das, was ich sah, mich um den Verstand brachte. Ich wusste, dass sie, sobald sie aus dem Wasser gestiegen war, im feuchten Rasen am Rand des Bassins unter mir liegen und vor Lust stöhnen würde. Ich war bereit – mehr als bereit. Und es musste ein erstes Mal auf dem Rasen geschehen. Später sollte sie sich von mir in ihr Bett – ihr leeres Bett – tragen lassen. Keine Sekunde dachte ich daran, dass sie nur einmal zu rufen brauchte, damit oben das Fenster aufgerissen und ein messerscharfes Wort der Herrin die Stille zerschneiden würde.

Vielleicht hatte sie mich schon bemerkt. Jedenfalls zeigte sie keine Spur von Schrecken, als sie mich am Rand des Bassins stehen sah. Ruhig stieg sie die Stufen herauf, zuckte kaum, als ich ihr entgegentrat, meine Hände auf ihre Hüften legte. Wassertropfen funkelten in ihrem Haar, auf ihrer Haut. Mit einer raschen Drehung entzog sie sich meiner Berührung:

"Es ist lieb von dir, dass du mir helfen willst. Danke. Ich komme allein zurecht."

Sie bückte sich, hob ihre Sachen vom Boden auf. Ihr nackter Rücken, ihr Gesäß, ihre Schenkel, das Spiel der Muskeln unter der nassen Haut. Alles drehte sich vor meinen Augen. Als sie sich wieder aufrichtete, verbarg sie einen Teil ihres Körpers hinter dem Bündel ihrer Kleider.

"Aber du bist allein, Madame."

Sie schüttelte den Kopf.

"Ich bin nicht allein. Deine ... deine Herrin ist allein. Sehr allein, auch wenn Frederik bei ihr bleibt, bis die Spritze wirkt. Er kann ihr nicht helfen. Niemand ... Vielleicht in Amerika ... Vor dieser Krankheit haben wir alle Angst. Mein Bruder ... und Frederiks Frau ..."

As-Saouda' lehnte an einer der Figuren, die meine Herrin in anderer Zeit singend aus einem Sandsteinblock herausgeschlagen hatte. Tränen liefen über ihr Gesicht. Ich wagte nicht, meine Hand nach ihrem Körper auszustrecken. Sie wendete sich ab, ohne daran zu denken, ihren nackten Rücken zu bedecken.

Eine Türe fiel hinter ihr ins Schloss. Ich hörte die Stufen der Wendeltreppe zum Zimmer der Herrin knarren.

*

Ich habe ihre Abreise verschlafen.

Ich war in dieser verfluchten Nacht am Rand des Bassins geblieben, bis Mondkälte und quälender Schmerz all meine Glieder krümmten. Dann war ich in meine Kammer, in mein Bett gekrochen, hatte mich im Fieber gewälzt. Irgendwann muss ich das Bewusstsein verloren haben.

In so einer Lage, Freunde, gibt es nur eins: Du bist krank und bleibst krank. Sonst machst du dich lächerlich.

Aïscha und Latifa kümmerten sich um die Gäste, wuschen ihre Wäsche, putzten das Bad, machten die Betten und brachten an kühlen Abenden Holz. Aber das Feuer zündeten sie nicht an.

Al-Hanch kam jeden Morgen, gab mir Tabletten, die ich schlucken sollte. Ich bewahre sie noch heute in einer kleinen Silberdose auf.

Ein, zweimal besuchte mich As-Sauda'. Die Dunkle trug jetzt immer Khakihosen und eine Art Militärhemd, dessen Taschen ihre Brust eckig und flach erscheinen ließen. Sie war freundlich und ruhig und erwähnte jene Nacht mit keiner Silbe.

Einmal erschien Jean-Jacques in meiner Kammer, setzte sich auf den Bettrand, streichelte meinen Kopf, was ich nicht ausstehen kann. Er brachte Grüße von Inga und die Mitteilung, dass sie gut in Amerika angekommen war. Außerdem ihre letzten Anweisungen: Ich sollte darauf achten, dass es unseren Gästen an nichts fehlte. Wenn sie abreisten, würden sie mir die Miete bezahlen, und von dem Geld könnte ich bis auf weiteres alle Ausgaben für Haus und Essen bestreiten.

Nach einer Woche beschloss ich, wieder gesund zu sein. Es gab genug zu tun. Ein Fensterladen war abgerissen, im alten Paschahaus war eine Türe kaputt, die Pflanzen vertrockneten, und immer wieder gab es Probleme mit dem Filter des Schwimmbeckens. Die Fremden setzten ihr gewohntes Leben fort. Manchmal blieben sie ganze Tage im Riad, lasen, schrieben, malten oder beschäftigten sich mit den Dingen, die sie von ihren Reisen durchs Land mitgebracht hatten. An anderen Tagen fuhren sie schon früh in die Berge oder an den Strand. Hin und wieder blieben sie ganze Wochen weg. Ich habe vergessen, wo sie überall gewesen sind. Nun, da Inga nicht mehr da war, gehörten sie einfach zum Haus. Ich trank nicht von ihrem Wein, sie rauchten nicht von meinem Haschisch, aber zu reden gab es immer etwas. Von der Herrin kam keine Nachricht. Jean-Jacques hatte von ihrem Mann erfahren, dass sie in einer berühmten Klinik lag. Mehr wusste auch er nicht. Er sagte, dass es ihr besser gehe und dass sie bald zurückkommen werde. Zuletzt glaubte ich daran.

Wenn die Fremden länger fortblieben, wenn sie in der Wüste unterwegs waren oder in den Städten des Nordens, wurde es sehr still im Haus. Latifa war zu ihrer Familie zurückgekehrt und kam nur selten herüber, um ein bisschen zu plaudern. Aïscha riegelte sich nach dem Abendessen in ihrer Kammer hinter der Küche ein. Ein paar Mal versuchte ich, sie über Aziz und Sidi Kaouki auszufragen, aber sie schwieg beharrlich.

Europäer wollen immer wissen, wie viele Tage, Wochen etwas gedauert hat. Freunde, ich könnte nicht sagen, wie lange As-Sauda' und Al-Hanch im Haus lebten. Ich verließ mich darauf, dass sie die Tage zählen und mir zuletzt den korrekten Betrag für die Miete ihres Zimmers aushändigen würden.

Längst musste ich abends kein Feuer mehr im Kamin entzünden. Die Tage waren heiß, die Nächte schwül – unerträglich, wenn der Schergi, der Wüstenwind, blies. Eines Morgens forderte die Frau mich auf, mit ihr in die Stadt zu fahren. Sie habe ein paar Leute zu einem Abschiedsessen eingeladen und wolle ganz sicher sein, den besten Fisch, wirklich frisches Fleisch und schönes Gemüse zu bekommen. Ich erschrak. Ich hatte die Fremden verwünscht, als die Herrin noch da war. Jetzt hatte ich Angst davor, nicht Tage, sondern Wochen, Monate allein mit Aïscha in dem riesigen Haus leben zu müssen.

Bedächtig schritten wir die Stände ab, prüften die Ware, ließen uns die Preise nennen. Ich merkte, dass As-Sauda' rasch die Geduld verlor, aber ich gab nicht auf – wenigstens einmal sollte sie sehen, dass Einkaufen harte Arbeit ist und einen männlichen Verstand erfordert. Schließlich entdeckten wir einen Mann, der seine wenigen Fische nicht auf einem Tisch, sondern direkt auf der Hafenmauer ausgebreitet hatte – dem armen Teufel hatten sie den Außenbordmotor weggenommen, weil er die letzte Reparatur nicht bezahlen konnte. Jetzt musste er rudern, fing nur noch wenig und war darauf angewiesen, seine magere Beute so schnell wie möglich zu verkaufen. Es ging also nur noch darum, geduldig zu verhandeln, an der Ware herumzumäkeln, den Preis noch weiter zu drücken. Fast hätte As-Sauda' das Spiel verdorben, indem sie mir zuflüsterte, bisher habe sie beim Einkaufen meist das Doppelte für eine Dorade bezahlt. Zum Glück verstand der Fischer kein Wort Französisch. Unruhig schaute er auf As-Sauda'. Er hatte Angst, wir würden weggehen, und das bewog ihn, seine Forderung nochmals um einige Dirham zu senken ...

Aïscha bereitete den Fisch in der großen Küche zu. Entsetzt beobachtete As-Sauda', wie sie das Fischfleisch von den Gräten zupfte, mit Gewürzen und Mehl zu kleinen Bällchen zusammenknetete.

"Macht ihr das immer so?"

Wahrscheinlich hätte sie es vorgezogen, die Fische ganz zu braten, wie es die primitiven Fischer im Süden tun.

Es wurde ein großartiges Mahl. Jean-Jacques war herübergekommen und hatte Hassan und Samira mitgebracht, alte Freunde der Herrin. Außerdem war noch ein europäisches Paar aus der Stadt erschienen. Es war ein windiger Abend. Darum hatte ich den Tisch im alten Hof gedeckt, wo man nur das Rauschen der Palmen hörte, aber kaum einen Hauch spürte. As-Sauda' hatte vorgeschlagen, dass Aïscha und ich bei dieser besonderen Gelegenheit mit ihnen zusammen essen sollten. Aïscha hatte erschrocken abgewehrt. Anfangs wollte sie sich sogar weigern, das Essen aufzutragen.

Von der Herrin war vor Tisch die Rede gewesen. Jean-Jacques hatte mitgeteilt, er sei noch an diesem Abend in die Stadt gegangen, um Ingas Mann anzurufen, aber dort nehme seit zwei Wochen keiner mehr das Telefon ab. Niemand wusste, was das zu bedeuten hatte, aber alle spürten, dass es keine gute Nachricht war.

In diesem Moment bedeutete Aïscha mir, die Vorspeise sei bereit. Ich verteilte die Teller, As-Sauda' bat die Gäste an die blumengeschmückte Tafel. Bis tief in die Nacht saßen wir dort, redeten, lachten, tranken Wein – Gott möge mir verzeihen. Jean-Jacques erzählte von Paris, Hassan unterhielt uns mit unglaublichen Geschichten von seinen Reisen rund um die Welt.

Als die Gäste längst gegangen waren, hörte ich noch Stimmen aus dem neuen Riad. Ich spähte durch die Vorhänge und sah Al-Hanch und die Frau im Bassin. Sie mussten noch weiter getrunken haben – auf einem der Tische standen leere Flaschen. Ihre Kleider lagen verstreut herum. Sie planschten und spritzten wie kleine Kinder, riefen sich Wörter in ihrer unverständlichen Sprache zu. Immer wieder versuchte der Mann, die Frau zu umarmen, nach ihren Brüsten zu greifen, zwischen ihre Schenkel zu fassen. As-Sauda' entzog sich ihm jedes Mal mit einer schnellen Bewegung, aber sie lachte dabei. Als sie aus dem Wasser stieg – wie war sie schön im Mondlicht. Freunde, ich musste die Zähne mit aller Kraft zusammenbeißen, um mich nicht durch ein Stöhnen zu verraten. Al-Hanch folgte ihr, nahm ein Badetuch, hüllte sie hinein, begann, sie trocken zu reiben, und ich dachte schon, hoffte, fürchtete, er würde sie gerade vor meinen Augen am Rand des Schwimmbeckens nehmen. Aber sie entschlüpfte ihm und verschwand lachend im Haus.

Ich ging in meine Kammer zurück und fühlte mich traurig und niedergeschlagen. Nie mehr würde ich diese Frau sehen wie in dieser Nacht.

*

Drei Tage haben wir geweint, als Jean-Jacques die Nachricht vom Tod der Herrin brachte – Gott nehme ihre Seele auf! Drei Tage sind wir in ihrem Schlafzimmer gesessen, haben ihr leeres Bett angestarrt und uns das Herz zerrissen. Nachbarn kamen, Leute aus der Stadt, Frauen, die für Inga gearbeitet hatten. Aber die meiste Zeit sind wir allein gewesen. Aïscha hat ihre Stirn an die Wand geschlagen, bis sie blutete. Ich habe das Messer aus Mauretanien tausendmal zwischen meinen Fingern in die Tischplatte gestoßen. Wenn ich mich dabei verletzte, ließ auch ich es bluten.

Am vierten Tag erschien Jean-Jacques.

"Inga ist heute begraben worden. Jetzt gehört das Haus ihrem Mann. Ich habe mit ihm telefoniert. Er sagt, ihr sollt bleiben und alles in Ordnung halten, bis er kommt, um seine Angelegenheiten zu regeln. Aber – auch er ist krank ..."

Ich hatte das geahnt. Ich rechnete nicht damit, dass Monsieur Sven kommen würde. Trotzdem blieb ich im Haus, gab den Pflanzen Wasser, fütterte die Hunde. Ich hielt die Tore verschlossen, auch wenn Jean-Jacques fluchte.

Die Nächte waren fürchterlich still und doch voll unheimlicher Geräusche. Aïscha zog in die Stadt. Sie nahm die letzten halbfertigen Kleider mit und eine Nähmaschine. Ich brachte es nicht fertig, sie daran zu hindern. Als ich mich bei Jean-Jacques beschwerte, winkte er ab:

"Lass sie! Wann hat sie ihren letzten Lohn bekommen? Sie wird in der Stadt einen Laden aufmachen. Vielleicht findet sie einen Mann. Warum hast du sie nicht geheiratet?"

Meine Kammer ist sehr klein. Natürlich hätten wir uns im alten Haus einrichten können – aber wenn Monsieur Sven plötzlich gekommen wäre?

Er ist nicht gekommen.

Der Herbststurm riss die Fensterläden des alten Salons herunter. Ich habe versucht, sie wieder zu befestigen. Aber, Freunde, bin ich Zimmermann? Im Gästehaus rann der Winterregen durch die Türen. Freunde, bin ich Schreiner? Die Wasserleitungen rosteten, das Dach wurde undicht, der Windgenerator versagte seinen Dienst, die Farbe blätterte von den Wänden. Bin ich Spengler, Maurer, Mechaniker, Maler? Ich tat, was ich konnte, aber für Handwerker war kein Geld da. Was noch übrig war von dem Betrag, den Al-Hanch mir gegeben hatte, würde mir, wenn ich sparsam lebte, noch bis zum Winter reichen. Den Hunden ließ ich nichts fehlen, und mir selber habe ich immer noch eine Tajine kochen können.

Jean-Jacques brachte die Nachricht von Svens Tod. Was aus dem Haus werden sollte, wusste er nicht zu sagen. Sven hatte anscheinend einen Sohn. Wahrscheinlich würde der ihn beerben.

Der Ziegenmetzger, der Bäcker und der Gemüsehändler haben nicht lange Geduld mit mir gehabt. Bald nach Neujahr erhielt ich plötzlich kein Stück Fleisch mehr, kein Brot, nicht einmal eine angefaulte Tomate:

"Entweder du zahlst deine Schulden, oder ..."

Ich habe Kräuter gekocht, Brot gebacken aus madigem Mehl, bis auch dieser Vorrat zu Ende ging. Die Gasflaschen für Kühlschrank und Herd waren leer. Ich hungerte zwei Tage, drei Tage, dann rollte ich einen von Ingas Teppichen zusammen, fuhr damit in die Stadt, schleppte ihn von einem Händler zum nächsten, aber keiner wollte ihn kaufen. Es war ein schlechtes Jahr, es regnete viel, die Touristen kamen spärlich und reisten schnell weiter. Zuletzt blieb mir keine Wahl als der Souk el-Jedid. Dort gibt es einen Platz, auf dem die Ärmsten der Armen ihre letzte Habe zu Geld machen. Stumm und mit gesenktem Kopf gehen sie endlos in einem weiten Kreis herum. Jeder trägt ein Kissen, eine Lampe, einen Teppich, manchmal auch nur einen Topf oder eine Djellaba vor sich her und ruft den möglichen Käufern, die den Kreis umstehen, im Vorbeigehen seinen Preis zu. Und mit jeder Runde wird der Preis geringer, bis endlich einer zugreift. Es dauerte Stunden, bis der Gehilfe eines bekannten Kaufmanns aus der Medina meinen Teppich an sich riss und mir ein paar lausige Geldlappen in die Hand steckte.

Jean-Jacques musste von der Sache gehört haben. Eines Abends kam er in die kleine Küche, brüllte, nannte mich einen Idioten. Warum ich den Teppich nicht ihm gebracht hätte? Zu ihm kommen Leute mit Geld, Leute, die etwas von Teppichen verstehen. Ich zeigte ihm die leeren Vorratsschränke. Nach und nach beruhigte er sich, versprach sogar meine Schulden zu bezahlen und mir etwas Geld zu geben.

"Ich werde dafür zwei von den Kelims mitnehmen. Ingas oder Svens Leute – falls die je kommen – wissen doch nicht, was hier einmal war. Außerdem schulden sie dir den Lohn dafür, dass du das Haus bewachst."

Dann bedrängte er mich mit der Frage, ob ich wirklich keine Ahnung hätte, wo meine Herrin Bargeld und Ähnliches aufzubewahren pflegte – es sei doch gescheiter, danach zu suchen, als ihre Sachen zu verhökern.

Er hatte Recht. Hier und da hatte ich kleine Banknoten gefunden, die irgendwann versehentlich zwischen die Bücher oder unter die Kosmetikfläschchen gerutscht sein mochten. Es musste ein Versteck geben – die Herrin hatte Handwerker und Lieferanten immer mit Bargeld bezahlt, ohne deshalb vorher in die Stadt zu fahren und zur Bank zu gehen.

Wir machten uns an die Arbeit, klopften Bodenplatten und Wandfliesen in Ingas Zimmer behutsam ab, rückten alle Möbel weg, spähten hinter alle Bilder, vergebens. In den folgenden Tagen durchsuchten wir die anderen Zimmer. Einmal glaubten wir, das Versteck gefunden zu haben: Einige der Kacheln am Kamin des alten Salons tönten hohl. Wir brachen sie heraus – und fanden ein Loch voll Dreck und Ruß. Da gab Jean-Jacques auf. Ich suchte von Zeit zu Zeit noch ein bisschen weiter, aber ohne viel Hoffnung. Jeder Stein im Haus, im Garten, in einem der Höfe konnte die Öffnung des Verstecks verbergen.

Es war reiner Zufall, dass ich irgendwann bemerkte, dass der kleine blaue Schrank, in dem Inga Teller und Gläser aufbewahrte, die sie nur für besondere Gäste benützte, einen doppelten Boden hatte. Jean-Jacques war auf die Idee gekommen, dieses Geschirr zu verkaufen, und hatte mir befohlen, es sorgfältig zu waschen und dann in einen Korb zu verpacken. Als ich die letzte Tasse herausholte, fühlte ich, dass die Bodenplatte locker war und rasch fand ich heraus, dass man sie mit Hilfe eines einfachen Tricks anheben konnte. Da war das Versteck – und es war leer bis auf ein paar Briefumschläge, auf denen verschiedene Zahlen standen, und eine Mappe mit stockfleckigen Papieren.

Jean-Jacques bekam einen Tobsuchtsanfall, als ich ihm das leere Versteck zeigte. Ich weiß nicht, ob er sich über seine eigene Dummheit ärgerte – er hatte das Schränkchen mehrmals genau angesehen – oder ob er glaubte, ich hätte das Geld aus den Couverts verschwinden lassen. Endlich gab er zu, dass die wahrscheinlichste Erklärung diese war: Inga selbst hatte vor ihrer letzten Reise das Geld zu sich genommen. Mit grimmigem Lachen rechnete er mir vor, was für eine gewaltige Summe in Dollar, Schweizer Franken und Schwedenkronen es gewesen sein musste. Mehr Geld, als ich bisher in meinem ganzen Leben gesehen hatte.

Jean-Jacques legte die Couverts zurück in das Geheimfach. Die Mappe mit den Papieren nahm er an sich. Was er damit gemacht hat, weiß ich nicht. Möglich, dass er mich betrog, aber was sollte ich tun? Wenn er ins Haus kam, um einen Teppich, ein Bild, ein Möbel zu holen, gab er mir jedes Mal ein paar Hunderter. Der Abend im Kreis der Verzweifelten auf dem Souk el-Jedid hatte mich gelehrt, dass ich nicht dafür geboren war, irgendetwas zu verkaufen.

Ich hielt das Haus sauber. Ich gab den Pflanzen Wasser. Ich bin kein Schreiner, kein Spengler, kein Maurer, aber ich besserte die schlimmsten Schäden aus, so gut ich konnte. Einmal kamen ein paar Engländer. Sie nannten sich alte Freunde von Inga und wollten das Gästehaus für zwei Wochen mieten. Als sie das Schwimmbassin sahen, das im Lauf der Monate zu einem algengrünen Tümpel voller Frösche und Kröten geworden war, verabschiedeten sie sich sehr schnell. Nach der Herrin fragten sie nicht. Wenig später bemerkte ich, dass ein alter, kunstvoll geschmiedeter Messingleuchter aus dem Kaminzimmer verschwunden war.

Ich hatte zu leben. Ich arbeitete. Abends saß ich meistens im alten Hof, hörte das kühle Wasser im Brunnen plätschern und die Palmwedel in der Seebrise wispern. Ich trank meinen Tee, aß ein paar Früchte. Mimiche lag friedlich zu meinen Füßen und ließ sich hinter den Ohren kraulen. Die anderen Hunde hatten sich davongemacht, als ich sie nicht mehr recht füttern konnte. Die Sterne funkelten, Zikaden sangen. Es war wie in jenem Koranvers: *Gärten sind für die bestimmt, die glauben und das Rechte tun, durcheilt von Bächen; und sooft sie gespeist werden mit Früchten, sprechen sie: "Dies war unsere Speise zuvor"; und darinnen werden sie reine Gattinnen empfangen und sollen ewig darin verweilen.* Am *Glauben*, Freunde, fehlt es mir nicht. Dass ich immer das *Rechte* getan habe, will ich nicht beschwören. Ob es deshalb in meinem Garten keine *reinen Gattinnen* gab? Natürlich hätte ich Aïscha im vergangenen Sommer noch fragen können, ob sie mich heiraten wollte – wer findet heute noch eine *reine Gattin*? Aber sie besaß ja nun einen Laden an der Avenue de l'Istiqlal, und man munkelte, dass einer der Boys von Taylor sie abends besuchte. Wahrscheinlich hätte sie einen Schwarzen wie mich bloß ausgelacht.

Außerdem: Wenn ich die Augen schloss und mir vorstellte, mit einer Frau zusammen zu sein, dann sah ich – As-Sauda'. Ich dachte an die Herrin, an ihre Freundlichkeit, an ihr Goldhaar, an ihr tapferes Lächeln, an ihre leichte Hand, mit der sie mich manchmal berührt, an ihre tiefe Stimme, mit der sie mich gelobt oder getadelt hatte, an ihr verletzliches Gesicht – aber ich sah die Dunkle, die Frau, die Fremde, ihre traurigen Augen, ihren nackten Körper im Wasser und ich spürte, wie sich ihre weiße Haut gegen meine dunkle Haut rieb, und ich hörte geheimnisvolle Laute aus ihrer Kehle aufsteigen. Gott vergebe mir. Ich war Inga untreu. Freunde, ihr wisst ja, wie sie sind, die Masihi-Frauen.

Aïscha sah ich von Zeit zu Zeit in der Stadt. Sie wurde langsam fett.

*

Dann kamen die schwarzen Limousinen. Freunde, es war ein wundervoller Frühsommermorgen, die Luft noch frisch und voll Wohlgeruch, das Wasser im Brunnen rieselte kühl. Mimiche bellte so lange und so laut, dass ich mich entschloss, nachzusehen. Als ich das äußere Tor öffnete, stand mein Herz still. Da waren vier große Wagen. Männer mit Sonnenbrillen sprangen heraus, stürzten auf mich zu, fuchtelten mit Papieren herum und schrieen auf mich ein. Schließlich verstand ich soviel, dass sie im Auftrag von Svens Familie hergekommen waren, um das Haus zu verkaufen, und dass ich ihnen sofort alle Räume öffnen und sämtliche Schlüssel ausliefern sollte, andernfalls würden sie die Gendarmerie rufen. Ich musste sie auf ihrem Rundgang begleiten, ihnen alles erklären, warten, bis sie irgendetwas in ihre Notizbücher geschrieben hatten. Sie machten mir Vorwürfe wegen der heruntergefallenen Fensterläden, der Wasserflecken, der abblätternden Farbe. Und obwohl sie nicht wissen konnten, was einst in dem Haus alles gewesen war, nannten sie mich Dieb, Gauner, Verbrecher und drohten neuerdings mit der Polizei.

Taylor war nicht dabei, aber ich erkannte zwei seiner Angestellten. Sie sagten nichts, aber sie schrieben alles auf. Über Taylor werden viele Geschichten erzählt, und es gibt hier in der Gegend zahllose Leute, die ihn zum Teufel wünschen. Er soll sein Geld bei den Amerikanern im Vietnamkrieg gemacht und dort auch seinen Namen bekommen haben. In Wirklichkeit heißt er Mahmoud. Er besitzt Häuser und Grundstücke in Essaouira, er empfängt und bewirtet den Gouverneur und den Bürgermeister in seiner Villa Golden Gate, er handelt mit Haschisch und gefälschten Markenkleidern, seine Boys machen jeden hin, der ihm in die Quere kommt. Freunde, ihr wisst das alles so gut wie ich. Manches mag übertrieben sein, aber keiner würde es wagen, ihm die Stirn zu bieten. Jean-Jacques hat es einmal versucht – zuerst haben sie sein Auto angezündet, später seinen Garten verwüstet, und zuletzt ist er ein paar Wochen im Gefängnis gesessen.

Als die Sonnenbrillenleute genug gesehen hatten, stiegen sie wieder in ihre schwarzen Limousinen. Einem ihrer Männer befahlen sie, dazubleiben und das Anwesen sorgfältig zu bewachen. Vor allem sollte er darauf achten, dass ich keinen Fuß mehr auf das Grundstück setzte. Mir blieb kaum Zeit, die Sachen in meiner Kammer zusammenzupacken.

Nachdem die Autos verschwunden waren, verschloss der neue Wächter das Tor, stellte sich davor und musterte mich grinsend. Ich kauerte zwischen meinen Habseligkeiten auf dem Boden und wusste nicht, wohin ich gehen, was ich als nächstes unternehmen, wo ich in der kommenden Nacht schlafen sollte. Der Mann zündete sich voll Genuss eine Zigarette an, blies den Rauch in die Luft und ließ sich schließlich herab, das Wort an mich zu richten:

"Lesen sollte man können, kleiner Dummkopf! In den Papieren, die sie dir vorhin unter die Nase gehalten haben, stand nur, dass sie das Recht hatten, das Haus zu besichtigen, weil sie die Erben des Monsieur Sven in einem Prozess vertreten. Seine Madame hat nämlich ein Testament gemacht. Sie wollte das Haus nicht ihm, sondern dir hinterlassen. Schön für dich. Schlecht für dich: Das Testament ist nicht ordnungsgemäß unterschrieben. Der Sohn von Monsieur lässt es jetzt für ungültig erklären. Woher ich das weiß? Wenn er zu einer Besprechung geht, lässt der Taylor die Dossiers, die er grade nicht braucht, im Wagen liegen, weil er denkt, dass ich auch so ein Eselstreiber bin wie du, einer, der bloß Auto fahren, aber weder lesen noch schreiben kann.

Es hat keinen Sinn, dir alle Einzelheiten zu erklären. Aber die Leute hätten nicht das Recht gehabt, dich aus dem Haus zu werfen, bevor das Gericht sein Urteil gesprochen hat. Andererseits – was hätte es dir genützt. Der Taylor wird das Haus kaufen. Er bezahlt die Anwälte, die das Testament für ungültig erklären lassen. Und sobald das geschehen ist, schiebt er dem Erben ein paar Dollarbündel rüber – spätestens in zwei, drei Monaten wärst du hier rausgeflogen."

Er warf seine Zigarette weg, sah zu, wie ich die Hand danach ausstreckte, um noch einen Zug zu rauchen, bevor die Glut den Filter erreichte. Sein Lachen klang nicht mehr ganz so unfreundlich.

"Ach Bruder, es ist nun einmal, wie geschrieben steht: *Und Wir sprachen: 'O Adam bewohne du und dein Weib den Garten und esset von ihm in Hülle und Fülle; aber nahet nicht jenem Baum, sonst seid ihr Ungerechte.' Aber der Satan ließ sie straucheln. Und Wir sprachen: 'Hinfort mit euch! Der eine sei des anderen Feind; und auf der Erde sei euch eine Wohnung ...'."*

*

Ich habe keine Wohnung mehr. Und darum, Freunde, sitze ich jetzt mit euch hier am Hafen. Sagt mir: Warum! Warum, Freunde, darf ich nicht mehr im Garten sein? Bin ich gestrauchelt? Bin ich ein Ungerechter? Oder – bin ich dem Baum zu nahe gekommen?

SHELOMITH ODER DER 9. DEZEMBER

Und sie tanzte nicht vor ihm, sie ließ ihre Schleier nicht fallen, sie bewahrte ihren Kopf und wurde verflucht.

Die Aufregung war wieder einmal umsonst gewesen: Die Leica lag unter dem Beifahrersitz, wo Maria sie selber versteckt hatte, als wir in El-Hazbane Tee trinken gingen. Immer diese Angst! Aber wenn ich eine Bemerkung mache, heißt es, ein Schreiberling werde nie begreifen, was die Kamera dem Fotografen bedeute.

Ich warf das teure Teil ins Handschuhfach, knallte die Wagentüre zu. Vielleicht bemerkte wenigstens irgendein Hund, dass ich wütend war. Es gab keinen Hund.

Oben im dunklen Hotelzimmer lag Maria auf dem Bett, massierte sich die Schläfen und wartete, bis die Tablette ihre Wirkung tat. Ich empfand kein zwingendes Bedürfnis, ihr dabei Gesellschaft zu leisten oder mich mit Handtuch und Seife in eine der beiden Kabinen zu begeben, die hier den modernen Komfort ausmachten und dank eines beweglichen Lattenrosts sowohl der Körperreinigung wie der Darmentleerung dienten.

Rasch senkte sich die Dämmerung über die Oasensiedlung. Auf dem Parkplatz des Complexe touristique de Tazzarine standen genau zwei Autos, ein rostiger Mercedes ohne Nummernschild und unser alter Landcruiser. In der düsteren Eingangshalle – der Dieselgenerator wurde offenbar erst eingeschaltet, wenn es stockfinster war – machte sich der Patron an der Empfangstheke zu schaffen. Sonst war kein Mensch zu sehen, auch nicht auf der Straße, die zwischen dem Betonkasten des Hotels und einer langen, hellen Stampflehmmauer sachte zum Dorf hin abfiel. Jenseits der Mauer lag ein Berberfriedhof.

Am liebsten wäre ich weggegangen, hinausgewandert in die Wüste, oder zur Überlandstraße, wo mich vielleicht ein Fahrzeug mitgenommen hätte, beispielsweise nach Ouarzazate. In Ouarzazate gibt es hell erleuchtete Restaurants und Cafés und Hotels, die diese Bezeichnung verdienen. Ich hatte genug von kalten Zimmern und ekelhaften Toiletten, von Marias Migräne und den Erörterungen, ob unser Material spektakulär genug sein würde für unseren Verleger und was zu tun wäre, falls er seine Zusagen nicht einhielte und unser Buchprojekt scheitern ließe.

Wenn schon. Wir konnten immer noch die teure Wohnung in Berlin aufgeben, uns in das große Haus auf Sylt zurückziehen und unsere Reise als Erfahrungsgewinn abbuchen. Wir konnten ein paar Zimmer renovieren, Duschen und Toiletten einbauen, eine kleine Pension aufmachen und uns zwischendurch mit Gelegenheitsaufträgen über Wasser halten, Bücher und Filme besprechen, Ferienprospekte bebildern, Ansichtskarten produzieren, vielleicht eine kleine Galerie …

Ich wusste, dass es um diese Zeit keinen Verkehr mehr auf der Fernstraße gab. Ich wusste, dass wir unser Projekt zu Ende bringen mussten, auch wenn ich nicht mehr an den Erfolg glaubte. Am Morgen waren wir stundenlang draußen bei den steinzeitlichen Felszeichnungen gewesen. Maria hatte mit gewohnter Sorgfalt fotografiert, ich war mir überflüssig vorgekommen mit meinem Notizbuch: "Giraffe, liegend, 60 Zentimeter" oder "Elefant mit kleinem Elefanten im Bauch, 75 Zentimeter". Über die Wüstenlandschaft ist wenig zu sagen. Der Weg zu den Felsgravuren lässt sich nicht beschreiben. Interessierten Reisenden kann man nur raten, in Tazzarine einen ortskundigen Führer anzuheuern.

Ich wusste, dass Maria ein Leben als Pensionswirtin und Postkartenproduzentin auf die Dauer ebenso wenig ertragen würde wie ich ein Dasein als Hausbursche und Gelegenheitsschreiber. Schon gar nicht in einem Urlaubsparadies wie Sylt.

Ich wusste, dass ich an diesem 9. Dezember nicht weggehen würde. Ich war auch am 10. Oktober in Wadi Halfa nicht weggegangen, obwohl wir uns so heftig gestritten hatten, dass ich unsern Toyota gegen eine Brunneneinfassung donnerte, was uns einen Reifen – und viel Zeit kostete. Und am 14. November hatte Maria mich in Koa Toro auch nicht sitzen lassen, obwohl ich mich standhaft weigerte, noch einmal zu diesem heiligen Baum zurückzufahren, den sie unbedingt im Abendlicht fotografieren wollte; und obwohl es dort einen Gentleman gegeben hatte, der behauptete, ein Großneffe von Lord Kitchener zu sein, und der

Maria Platz in seinem luxuriösen Rangerover anbot. Offenbar brachten wir es nicht fertig, voneinander loszukommen.

Ich war einfach ausgelaugt, müde, kaputt, deprimiert und in tiefster narzisstischer Seele derart gekränkt, dass es mir nichts ausgemacht hätte, an diesem Abend meines fünfzigsten – bisher völlig unbemerkt vorübergegangenen – Geburtstags, einfach wegzugehen, in der Wüste zu verhungern, mich in Selbstmitleid zu ertränken oder wenigstens ein neues Leben zu beginnen.

Unschlüssig starrte ich auf die leere Straße, auf die Friedhofsmauer. In zwei Stunden würden wir in dem trübseligen Restaurant des *Complexe Touristique* sitzen und auf unsere Tajine warten. Ich würde dann mein mit einer weinartigen Flüssigkeit gefülltes Glas heben und einen Toast auf Pjotr Kropotkins hundertfünfundfünfzigsten Geburtstag am 9. Dezember 1842 ausbringen. Maria hasst mich bei solchen Gelegenheiten, aber es bleibt ihr nichts übrig, als sich zu entschuldigen. Sie vergisst meinen Geburtstag öfters – ihren eigenen allerdings auch. Nach ein paar Sarkasmen würden wir uns versöhnen, vielleicht sogar eine zweite Flasche *Vieux Papes* bestellen, von der, wenn sie an unserm Tisch geöffnet wird, die Kapsel schon entfernt ist, weil der Wirt ihren Inhalt mit Wasser gestreckt oder durch ein noch billigeres Gesöff ersetzt hat.

Ich könnte auch auf John Miltons dreihundertneunundachtzigsten Geburtstag anstoßen – *Paradise Lost*! Oder auf den zweihundertachten Jahrestag der Menschenrechte oder den zweiundneunzigsten der Uraufführung von Richard Strauss' *Salome* ... Ich würde nichts dergleichen tun. Sofern Maria sich dazu aufraffte, das Bett noch einmal zu verlassen, würden wir wortkarg speisen.

Jetzt flammten die ersten Lichter auf. Ich beschloss, wenigstens ins Dorf hinunter zu gehen, eine Zeitlang zwischen den Lehmmauern herumzuwandern, die noch die Sonnenwärme des Tages abstrahlten, durch Torbogen zu spähen, in Gärten zu blicken, das flüsternd huschende Leben zu beobachten, das Glucksen der tief liegenden Seghias zu hören, vielleicht eine Stunde in einem Café zu sitzen, falls es hier so etwas geben sollte.

Als ich die Straße überquerte, bemerkte ich an der Friedhofmauer eine dunkle Frauengestalt. Mir war, als winke sie mir – nicht mit der

Hand, sondern auf sonderbare Weise mit dem ganzen Körper. Dann verschwand sie durch eine schmale Pforte. Ich folgte ihr zögernd. Moslems sehen es nicht gerne, wenn Ungläubige ihre Friedhöfe betreten. Andererseits war es beinahe Nacht, mein Gesicht konnte nur noch ein heller Fleck sein.

Die Frau ging vor mir her über das wüste Feld, auf dem Tausende von unbehauenen Steinen die Grabstätten markierten. Am jenseitigen Rand erhob sich eine Koubba, Totenkapelle eines heiligen Marabouts, dessen Baraka nach dem Volksaberglauben am Ort seiner Bestattung weiterlebt und sich auf die Menschen überträgt, die den Türgriff oder auch nur die Wand des Bauwerks berühren. Die Frau lehnte sich an diese Wand. Scharf hoben sich die Umrisse ihrer Gestalt von der weißgekalkten Mauer ab. Als ich zwei Schritte vor ihr stehen blieb, streifte sie mit der linken Hand Haare und Kopftuch aus dem Gesicht, strich dann über Brust, Hüfte und Schenkel. Die Bewegung konnte ein Angebot sein. Vielleicht missverstand ich sie auch. Unterdrücktes Kichern in einem nahen Gebüsch verriet, dass aufmerksame Augen uns beobachteten.

Ich versuchte es mit einem "Masâ al-chair", dem einfachsten Abendgruß. "Masâ an-nur" lautete die Antwort. Dann ließ die Frau mir Zeit, ihr blasses Gesicht zu betrachten – die Konturen eines großen, stark geschminkten Mundes und mandelförmiger, schwarz umrandeter Augen waren eben noch auszumachen.

Die Szene wurde peinlich. So griff ich zur banalsten Verlegenheitslösung, fischte das Päckchen Kutubia aus der Tasche und hielt es ihr hin. Sie nickte, ließ mich herantreten, zupfte sich eine Zigarette aus der Schachtel und beugte sich über die Flamme meines Feuerzeugs. Sofern sie wirklich die Dorfhure von Tazzarine war und in dieser Eigenschaft näheren Kontakt mit mir suchte, war das eine ungeschickte Strategie, denn das flackernde Licht beleuchtete ein maskenhaft geschminktes Gesicht, das gerade wegen seiner künstlichen Glätte erschreckend greisenhaft wirkte. Ernsthaft hätte ich mich wohl auch mit einer verführerischen Jungen kaum eingelassen. Ich bin zu alt für solche Spielchen. Ich habe nie gelernt, über den Stacheldraht meiner Erziehung zu springen. Jetzt verspürte ich nur den Wunsch, mich schleunigst zurückzuziehen.

Wäre nur nicht diese Zigarette gewesen – rudimentärster Anstand verbot, wegzugehen, bevor sie nicht mindestens zur Hälfte geraucht war.

"Mais – tu parles Français, mon ami?" Die Frage kam so überraschend, dass ich bloß nickte, dann mit einer idiotischen Gegenfrage antwortete:

"Et vous, Madame?"

"Ich heiße Shelomith, meine Freunde nennen mich Suleika, das kommt ihnen weniger fremd vor und bedeutet", sie lachte, "Verführerin."

Schon diese paar Worte verrieten, dass Shelomith perfekt französisch sprach. Mir blieb nichts übrig, als auch meinen Namen zu nennen, dann meine Herkunft preiszugeben, den Zweck meiner Reise und meinen Beruf – "écrivain", sagte ich, denn seit ich nicht mehr beim Blatt bin, bezeichne ich mich gegenüber Unbekannten lieber so – "Journalist" macht viele Leute ängstlich, beim Wort "Schriftsteller" aber denken sie an einen harmlosen Spinner, der sich unaufhörlich sentimentale Liebesgeschichten ausdenkt.

Im Gegenzug erfuhr ich, dass Shelomith in Lyon aufgewachsen, erst als verheiratete Frau nach Marokko gekommen war und ihrem Mann – "Gott sei seiner Seele gnädig!" – eine Tochter geboren hatte, die gegenwärtig in Montpellier studierte.

Die Zigarette war geraucht, ich hätte mit Anstand gehen können, aber die Neugier hielt mich fest im Mondlicht zwischen Grabsteinen und weiß schimmerndem Gemäuer. Eine zweite Zigarette? Sie nickte. Wieder erschrak ich, als mein Feuerzeug die verwüsteten Züge beleuchtete. Aber ich wollte herausfinden, wie eine in Frankreich geborene Marokkanerin zu dem jüdischen Namen Shelomith – Salome – gekommen war und welche Schicksalsschläge sie aus Lyon in dieses gottverlassene Dorf am Rande der Sahara verschlagen hatten. Endlich wieder einmal eine anständige Story – ein Drittwelt-Frauenschicksal aus erster Hand – zwanzig Zeilen human Touch für unser Buch.

"Shelomith – ein seltener Name ..."

Die Frau lachte leise: "Allerdings. Hierzulande jedenfalls. Und du möchtest wissen, wie ich dazu komme. Wenn du mich begleitest, erzähle ich es dir."

Ohne meine Antwort abzuwarten, löste sie sich von der Mauer. Wir verließen den Friedhof durch eine andere Pforte, gelangten auf einen

Pfad, der unter Palmen fortlief, erreichten eine dunkle Ansammlung von Gebäuden. Sie bog in einen Torweg ein, öffnete eine Tür und bedeutete mir voranzugehen. In völliger Dunkelheit tappte ich eine steile, mehrfach abgewinkelte Treppe hinauf und stand endlich auf der von einer hohen Brustwehr umgebenen Dachterrasse. Zwei Matratzen lagen auf dem Boden, ein paar Kissen. Im Übrigen war der Raum nur mit Sternen möbliert und dem Blick über Palmwipfel und die fernen Bergzüge des Jebl Sarhro.

Ich hatte Zeit, die Szenerie zu genießen und meine Vertrauensseligkeit zu verfluchen. Zweifellos würde die Alte versuchen, mir, nachdem sie mich nun einmal in ihr Haus gelockt hatte, irgendetwas zu verkaufen, einen Teppich, ein Schmuckstück, eine Stickerei oder am Ende gar ihren eigenen Körper. Das würde auf jeden Fall eine Menge Nerven, wahrscheinlich auch Geld kosten – von beidem hatte ich nicht mehr allzu viel. Und ob es mir gelänge, wirklich etwas über ihr Schicksal, ihr Leben, die Herkunft ihres Namens zu erfahren?

Als Shelomith schließlich auf die Terrasse kam, trug sie ein Tablett mit Teekanne, Gläsern und zwei dünnen silbernen Haschischpfeifchen.

"Setz dich, mein Freund, wir trinken, wir rauchen, ich erzähle."

Sie schenkte den Tee ein – ohne die endlose Zeremonie, die die meisten Marokkaner daraus machen, die das dampfende Gebräu immer wieder in die Kanne zurückgießen, dann neuerdings aus großer Höhe ins Glas plätschern lassen, ein Schlückchen probieren, den Kopf wiegen, die Flüssigkeit nochmal zurückleeren, etwas Zucker hinzufügen …

"Trink! Ich habe wenig Zucker hineingetan, ihr Europäer sagt ja immer, unser Tee sei zu süß."

Tatsächlich war das Getränk so bitter, dass ich mich genötigt sah, um ein Stück Zucker zu bitten. Während ich umrührte, füllte die Frau die winzigen Köpfchen der beiden Pfeifen; eine reichte sie mir herüber, die andere steckte sie sich zwischen die Lippen, riss ein Streichholz an. Was blieb mir übrig als ihrem Beispiel zu folgen? Ich zog den heißen, herben Rauch ein, unterdrückte den Hustenreiz. Shelomith rauchte schweigend und mit geschlossenen Augen. Seltsam, ihr Gesicht sah in diesem Moment nicht mehr alt aus – es musste einmal schön gewesen sein. Nach drei, vier Zügen richtete sie sich mit einem entschlossenen Ruck auf, klopfte ihr Röhrchen aus, legte es behutsam weg.

"Shelomith – der Name ist selten geworden hierzulande. Die Shelomiths sind gestorben oder ausgewandert – zusammen mit den Sarahs und Schmuels. Du bist Jude? Nein. Du verstehst trotzdem. Auf meinem Geburtsschein steht übrigens nicht Shelomith, sondern – ganz europäisch – Salome. Mein Vater gehörte nicht zu den Frommen. Er war einer der ersten Juden aus Marokko, die begriffen, dass wirkliche Geschäfte nur in Europa zu machen sind. So ging er nach Deutschland, obwohl das für uns Sephardim ein hartes Pflaster war – schon damals, Jahre vor Monsieur Hitler. Er kannte ein paar Leute in München. Dort muss er sich unsterblich in eine Sängerin verliebt haben, mit der er sicher nie ein Wort gesprochen hat, die er aber alle paar Wochen im Theater sehen und hören konnte. Wenn sie in der Oper auftrat, saß er immer im Parkett, so dass keine Nuance ihrer wollüstigen Stimme, keine ihrer sinnlichen Bewegungen ihm entging – ihm, dem kleinen jüdischen Stoffhändler aus dem französischen Protektorat Marokko, Sohn des Rabbiners von El Jadida. Zusammen mit tausend anderen Männern im Theater hat er sie mit gierigem Blick besessen, die gefeierte Sängerin, wenn sie die Salome sang, die vor dem König und dem ganzen Hofstaat tanzt und ihre Schleier fallen lässt, bis sie den Kopf des geliebten Johanaan endlich auf einem Silbertablett serviert bekommt und ihn küssen kann, bis die Leichenstarre eintritt."

Shelomith, die Frau, die von ihrem Vater den Namen Salome erhalten hatte und sich von ihren Kunden Suleika nennen ließ, stopfte eine zweite Haschischpfeife, wiederholte das Ritual des Anzündens, des Rauchens mit geschlossenen Augen, entspannten Zügen. Jetzt erschien ihr Gesicht fast jung, noch vor kurzem musste es von erschütternder Schönheit gewesen sein. Nicht viel hätte gefehlt, und ich hätte mit dem Finger ihre Wangen berührt, wäre die schwarze Linie ihrer Augenbrauen nachgefahren. Aber da streifte mich ein spöttischer Blick:

"Fass mich lieber nicht an! Das ist gefährlich. Die glatte Haut der Shelomith ist schon mehr als einem zum Verhängnis geworden, nicht nur eurem Johanaan.

Shelomith ist die kleine, alte Hure von Tazzarine – – –

Shelomith ist die Tochter des Königs von Judäa – – –

Shelomith wandelt sich vom Kind zur Frau, sie findet sich mit einem Mal in einem Körper, der nach Liebe zittert, aber vor jeder Berührung zurückzuckt. Einzig die Mutter, die bittere, alte Herodias, hat noch das Recht, den Leib des Mädchens manchmal fragend zu streicheln.

Außer stumm verblödeten oder albern kichernden Sklavinnen gibt es im königlichen Palast, diesem regellos aufgetürmten, fast immer kalten, zugigen Steinhaufen in Jerusalem, nur Männer: grinsende Diener, vulgäre Kriegsleute, verschlossene Schriftgelehrte, Römer mit Siegerlächeln und blutleeren Lippen – und den Vater, der mit kantigem Gesicht Herrscher spielt – Herrscher über Frau, Töchter, ein paar Dutzend Knechte. Jedermann weiß, dass er an Fäden tanzt, die im fernen Rom gezogen werden. Auch er weiß es. Er weiß, dass sein Leben sich dem Ende zuneigt und dass seine Kraft nie mehr ausreichen wird, die von so vielen ersehnte Wende einzuleiten oder sie auch nur zu ertragen, falls ein anderer, einer der vielen Aufstandsphantasten, die es in meinem Volk immer gegeben hat, sie wirklich herbeigeführt hätte.

Die Kraft meines Vaters reichte nur noch dazu, immer größere Mengen Wein in sich hineinzuschütten, bis er alles vergaß und sich von seinen Sklaven ins Bett schleppen ließ, neben dem dann eine eigens zu diesem Zweck und auf Kosten der römischen Besatzungsmacht importierte Numidierin darüber wachte, dass er, wenn er sich erbrach, nicht an seinem eigenen Brei erstickte.

In dieses fröhliche Familienheim brachte man eines Tages einen gewissen Johanaan, einen Gelehrten, der wohl vor lauter Gelehrsamkeit etwas übergeschnappt war. Er erging sich in wilden Ausfällen gegen die Pharisäer, die das offizielle Jerusalem beherrschten, und gegen die Römer, die doch nur gekommen waren, um uns zu beschützen. Schamlos beuteten sie das Land aus. Wegen solcher Reden hatte man ihn aus seiner Hütte am Jordan geholt. Wäre er etwas zurückhaltender gewesen in seinen politischen Äußerungen, hätte er wohl bis an sein Lebensende predigen und Leute mit Wasser bespritzen dürfen. Wir Juden sind ja ein tolerantes Volk, bei uns muss einer schon sehr meschugge sein …

Der römische Präfekt war schlau genug gewesen, diesen Johanaan nicht einfach wegen seiner staatsfeindlichen Aussagen hinrichten zu lassen, was durchaus in seiner Kompetenz gelegen hätte. Er übergab ihn meinem Vater, ersparte sich dadurch Ärger mit all dem Gesindel, das dem Propheten nachlief und schwächte überdies die Position des Herodes. Der war freilich nur noch ein Schatten, aber er trug den heiligen Titel eines Königs von Judäa. Schonte er den Johanaan, machte er sich verdächtig. Bestrafte er ihn, verlor er weiterhin an Ansehen in seinem eigenen Volk. Man würde sagen, was man ja später auch geschrieben hat, er habe den Propheten nur umbringen lassen, weil der seine Ehe mit Herodias als Blutschande bezeichnete.

Mein Vater durchschaute das Spiel – und fand eine Lösung, die keiner einem so alkoholgetränkten Hirn zugetraut hätte: Er empfing den Gelehrten Johanaan mit allen Ehren. Dann setzte er ihn gefangen, machte ihn aber zugleich zum Hauslehrer seiner ältesten Tochter. Tag für Tag durfte ich in das Turmgelass des seltsamen Mannes hinaufsteigen, wo mir ein grinsender Eunuch die Türe aufschloss, vor der er sich dann als Wächter postierte. So war ich allein mit dem Bärtigen, der übrigens nicht einmal traurig darüber zu sein schien, dass man ihm, statt ihn zu kreuzigen, eine zwar vergitterte, aber doch ganz komfortable Kammer mit einem weichen Bett gegeben hatte und ihn nach all den Jahren der Heuschrecken-Diät anständig ernährte. Zuletzt ist er ein durchaus stattlicher Mann gewesen. Und er gab sich redlich Mühe, mir die ehrwürdigen Schriften unserer Vorväter zu erklären. Ich verlor meine Angst, mochte ihn eigentlich ganz gern, brachte ihm manchmal ein kleines Geschenk mit, eine Blume, eine Pastete von der königlichen Tafel, einen Krug Wein. Er stellte diese Gaben stets wortlos beiseite, aber am nächsten Tag war der Krug leer, die Pastete gegessen, und die Blume lag auf dem Kopfkissen seines Bettes.

Je kräftiger er wurde, desto öfter begann er von seiner Berufung zu reden, und von einem viel Größeren, gegen den er so nichtig sei, dass er sich nicht einmal erkühnen dürfe, die Riemen seiner Sandalen aufzubinden. Ich wusste, dass seine Predigten einen ungeheuren Streit ausgelöst hatten zwischen den Rechtgläubigen und den Schwärmern, die jedes seiner Worte für eine Offenbarung hielten. Aber ich war naiv. Ich merkte nicht, was in seinen Sätzen mitschwang, wenn er davon sprach, wie gerne er dem Herrlichen die Riemen gelöst hätte, die seine wunderschönen Beine umschlangen.

Dann kam der Tag, an dem er vergaß, dass er immer noch ein des Hochverrats bezichtigter Gefangener war, auch wenn mein Vater ihn aus politischer Berechnung schonte. Es war eine lächerliche Szene – nur mir kam sie nicht sehr lustig vor:

Ich hatte ihm ein gebratenes Hühnchen mitgebracht, das er entgegen seinen sonstigen Gepflogenheiten vor meinen Augen verschlang. Dann diskutierten wir eingehend darüber, ob Hiob ein wahrer Gottsucher oder ein gewöhnlicher Opportunist gewesen sei. Als die Unterrichtszeit zu Ende ging, begann er wieder von jenem Herrlichsten zu schwärmen, dem er die Riemen nicht von den göttlichen Beinen … Ich war damit beschäftigt, meine Schriftrollen zusammenzupacken und bemerkte nicht, wie er seinen Gürtel löste, seine stinkende Djellaba hob – bis ich sein riesiges Glied auf mich zukommen sah. Er packte meinen Kopf, stürzte sich auf meinen Mund ...

Mein Geschrei muss so fürchterlich gewesen sein, dass der verfettete Eunuch vor der Türe nicht einmal die Wachen zu rufen brauchte – sie kamen von selbst herbeigestürzt, sprengten den Riegel und zerrten den Rasenden von mir weg.

Das geschah an meinem vierzehnten Geburtstag.

Über das Ende ist viel geschrieben, viel gelogen worden."

Shelomith schwieg, griff zum Haschischbeutel, legte ihn nach kurzem Zögern wieder weg.

"Gib mir eine Zigarette!"

Als ich ihr Gesicht mit dem Feuerzeug beleuchtete, war es so jung und so schön, dass ich unwillkürlich ihre Wange berührte. Die Haut fühlte sich warm und geschmeidig an; die Augen strahlten; ein leichtes Beben lief über die Lippen.

"Schau mich ruhig an! Jetzt bin ich jung. Für einen Moment. Du verstehst? Du verstehst nicht. Wie solltest du …"

Shelomith bedeckt ihre Augen mit der Hand. Sie sprach jetzt sehr leise:

"Es gibt Menschen – ich bin einer von ihnen –, die haben … nun, du kannst es Krankheit nennen, Gnade oder Fluch: Wenn ich an einem Jahrestag meiner Geburt einem Sternengleichen begegne, einem Mann, der vielleicht in einem ganz anderen Jahrhundert, aber am gleichen neunten Dezember, unter den gleichen Sternen zur Welt gekommen ist, dann spielt die Chemie in meinem Körper und Gehirn verrückt: Für ein paar Stunden werde ich wieder jung und schön, schöner als ich in Wirklichkeit je gewesen bin. Zugleich überfallen mich die Erinnerungen an frühere Leben, frühere Jahrestage, Jahresnächte."

Shelomith versank in Gedanken. Von ihrem Gesicht ging ein Leuchten aus, das jede Frage verbot.

"Weißt du, was mein Name eigentlich bedeutet? Shelomith – die Friedfertige. Es ist blanker Hohn. Suleika, Verführerin, passt besser. Manchmal richte ich Unheil an – öfter schiebt man es mir in die Schuhe. Wie damals vor mehr als 1300 Jahren, als jener Chosrau am Vorabend der Schlacht von Ninive leise und unerkannt durch sein Heerlager ging. Ich war eine gewöhnliche Soldatenhure, eine von den billigen, aber in dieser Nacht strahlte meine Schönheit, und der Sassanidenkönig, der mich an einem Lagerfeuer erblickte, ließ mich sofort in sein Zelt bringen. Anderntags verlor er die Schlacht, sein Reich und sein Leben. Die Priester des Zoroaster schrien, ich hätte ihn verhext. Ich wäre gesteinigt worden, hätte die byzantinische Kavallerie nicht gerade in diesem Moment das Lager gestürmt ...

Oft liegen Jahrzehnte zwischen solchen Begegnungen mit einem Sternengleichen, manchmal nur Jahre. Nach der Schlacht von Ninive hauste ich in einer Hütte irgendwo im Libanon, fast so armselig wie jetzt. Auch dort ging ich dem einzigen Beruf nach, der eine Frau in allen Lagen ernährt. Meine Freunde waren Nestorianer oder Monophysiten, Severianer, Phthartolatrer, Julianisten, Aphthartodoketen, Aktisteten und Ktistolatrer. Sie nahmen meine Dienste in Anspruch, obwohl ich lachte, wenn sie mich mit feingesponnenen Argumenten davon zu überzeugen suchten, dass ich nur ins Paradies käme, wenn ich glaubte, dass der Leib ihres Gottessohnes geschaffen oder ungeschaffen, verwesbar oder unverwesbar sei.

Unter diesen Eiferern gab es einen jungen Mann, Theodoros, den alle achteten wegen seiner Klugheit und wegen seines keuschen Lebenswandels. Christen haben ja die sonderbare Idee, Liebe sei Sünde. Moses hatte zwei Frauen, Muhamad ein Dutzend, und euer Jesus – nun, man munkelt da so einiges über eine gewisse Kollegin aus Magdala. Von euren Kalifen, die sich Nachfolger Petri nennen, wollen wir lieber nicht reden.

Besagter Theodoros mied meine anrüchige Hütte, aber in der Nacht des 9. Dezember begegneten wir uns unter Olivenbäumen. Der Himmel schien im Sternenfunkel zu explodieren, ein eisiger Wind fegte vom Gebirge herab, ich trug bloß ein dünnes Hemd, zitterte vor Kälte, die Augen tränten, ich rannte wie blind nach meiner Hütte – und prallte in den reglos Betenden, stürzte zu Boden, wimmerte, ließ mich aufheben, in einen warmen Wollmantel hüllen, spürte seinen Körper, fühlte, dass er meinem Körper zu antworten begann. Wir sind nicht einmal in meine Hütte gegangen, wir sind am Ölberg geblieben …

Ich habe Theodoros nie wiedergesehen. Meine guten Zeloten stritten noch über die Gründe für sein Verschwinden, als aus den Wüsten Arabiens schon ein neuer Schlachtruf herüberdröhnte: 'La Allah il Allah!'. Nach ein paar Jahren hatten die Nachfolger Muhamads mit christlicher Spitzfindigkeit so gründlich aufgeräumt, dass jetzt Charidschiten, Schiiten, Alewiten und Sunniten übereinander herfallen und darüber streiten konnten, ob der Koran geschaffen oder ungeschaffen sei ...

Später war ich – dunkle Erinnerung – eine Schönheit im Harem Harun Ar-Rachids und die Frau eines Imams in Kairo, Hofdame Friedrichs II. und Straßendirne im päpstlichen Rom, Braut eines Korsaren, Kaufmannsgattin … Eine Shelomith wurde vor 500 Jahren aus dem Bett ihres Sternennacht-Geliebten gezerrt, durch die Straßen von Granada geschleift, geschlagen, vergewaltigt, bespuckt und zuletzt in die Schlucht geworfen.

Ich habe die Fanatiker nie verstanden – weder den Johanaan mit seinen verfluchten Schuhriemen, noch diesen anderen John, der, noch während wir uns liebten, unaufhörlich von einem *Verlorenen Paradies* und von den Verbrechen eines Königs redete: Es war in einer regnerischen Winternacht. Ich trat ins Gastzimmer einer englischen Herberge, kniete vor dem Feuer im Kamin nieder, breitete meine Arme nach der Wärme aus und spürte plötzlich zwei Hände, die mir den nassen Umhang abnahmen, meinen Hals berührten, meine Schultern, meine Brüste umfassten. John Milton war damals schon ein angesehener Autor – und ein gehörnter Ehemann. Als ich den allzu Redseligen um Mitternacht verließ, war er entschlossen, *The Tenure of Kings* zu schreiben, jenes Pamphlet, das König Charles aufs Schafott und Milton in die höchsten Staatsämter bringen sollte.

Schlimm war der 9. Dezember im Jahr der Großen Revolution. Gegen Abend begegnete mir ein namenloser Bürger aus der Gironde in irgendeinem Salon. Wir erkannten uns als Sternengleiche, liebten uns in einem hohen Zimmer. Als ich ihn verlassen wollte, weil ich spürte, dass der Zauber, der mich jung machte, bald vergehen würde, bestand er darauf, mich seinen Freunden vorzustellen, schleppte mich in einen Saal, in dem zahlreiche Männer der Rede eines eleganten Herrn lauschten. 'Das ist Condorcet', belehrte mich mein Begleiter. Ich versuchte meinen Arm aus dem seinen zu lösen, um aus der Türe zu schlüpfen, aber in diesem Moment entdeckte mich der gelehrte Marquis, unterbrach seine Rede, schritt auf mich zu, hob mich ohne weitere Umstände auf einen Tisch und rief: 'Freunde, Mitbürger! Das ist die Frau, der ich meine Erklärung der Menschenrechte zu Füßen lege.' In diesem Augenblick schlug es Mitternacht. Ich spürte mein Gesicht erschlaffen, meinen Körper verfallen, sah die zum Jubelschrei geöffneten Münder unter mir erstarren, die zum Applaus gehobenen Hände niedersinken. In der ausbrechenden Verwirrung gelang es mir zu entkommen.

Ein Menschenalter später traf ich Pjotr Alexejewitsch, einen schwärmerischen Kosakenoffizier, der davon träumte, die Mandschurei für seinen geliebten Zaren zu erobern. Ich konnte mir den Luxus leisten, ihn dafür auszulachen, denn er war mir für die wenigen Stunden unseres Zusammenseins vollkommen hörig. Ich verließ ihn beizeiten. Beim Abschied entdeckte ich plötzlich einen ganz neuen, träumerischen Zug in Kropotkins Gesicht. Kann es sein, dass ihm in jener Nacht die Idee kam, Liebe, Hilfsbereitschaft und wechselseitiger Beistand hätten im Lauf der Geschichte mehr zur Entwicklung des Menschen beigetragen als Kampf, Krieg und Eroberung? Später soll er solche Gedanken in einem berühmten Buch dargelegt haben, das ich freilich nie zu Gesicht bekam – der Verfasser war als Nihilist und Anarchist verschrien.

Als die *Salome* geboren wurde – das wollüstige Rührstück der Herren Wilde und Strauss – stand ich mit meinem Nähzeug in den Kulissen der Dresdener Hofoper, um notfalls eine geplatzte Naht, eine heruntergetretene Schleppe mit ein paar Stichen zu reparieren. Als draußen der unendliche Applaus aufbrandete, erfuhr ich, dass Sternengleichheit auch bei einer Kunstfigur wirkt: Der Komponist stürmte auf die Bühne, um seinen Teil des Beifalls entgegenzunehmen. Er stieß mich zur Seite, drehte sich um, schaute mich fassungslos an, packte meine Hand und zog mich zur Rampe, wo ich mich neben ihm zusammen mit Sängerinnen und Sängern verneigen und als die wahre Salome den Jubel der Menge entgegennehmen durfte. Es war vielleicht der schönste Moment in meinem endlosen Leben. Noch Wochen danach hörte ich, das alte Weiblein aus der Kostümschneiderei, wie man darüber rätselte, wer die Schöne an der Seite des Gefeierten gewesen sei.

Meine schlimmste Erinnerung hat ebenfalls mit Deutschland zu tun. Sie gehört zu diesem Leben, meinem wirklichen Leben. Ich kann mich für jede Einzelheit verbürgen. Die andern Erinnerungen, die anderen Leben …

Du bist Deutscher – hör trotzdem zu. Du bist nicht verantwortlich für das, was sich am 9. Dezember 1943 auf jenem unregelmäßigen Platz in der Altstadt von Lyon abspielt. Tarnfarbene Militärlastwagen sind aufgefahren, stehen mit laufenden Motoren in der Morgendämmerung. Uniformierte mit der SS-Rune am Helm sperren die Straßen ab, Gendarmen, die wir vor wenigen Monaten noch für unsere Landsleute gehalten haben, durchkämmen die Häuser, schlagen Wohnungstüren ein, treiben die Juden hinunter auf den Platz, hinein in die Lastwagen. Mein Vater ruft einem der Deutschen auf Deutsch etwas zu. Zur Antwort bekommt er einen Knüppelschlag auf den Kopf, so dass meine Mutter ihm auf die Ladebrücke des Wagens helfen muss. Dann zieht sie meine kleine Schwester zu sich nach oben, streckt ihre Arme aus, um mir zu helfen. Aber in diesem Augenblick tritt einer im schwarzen Mantel dazwischen: 'Weg da, die Blonde hat hier nichts zu suchen!' Er schnauzt seinem Fahrer einen Befehl ins Gesicht.

Wenig später finde ich mich in einem Zimmer, das mit allen Gräueln der französischen Haute Bourgeoisie ausgestattet ist, mit Volants, Spitzen, Plüschsesseln, Rokokotischchen und blassblauem Himmelbett. Ich bin damals wirklich jung gewesen, aber rattenmager und alles andere als blond. Im Spiegel über der Frisierkommode jedoch sehe ich eine verführerisch üppige Blonde. Stunden sitze ich zitternd auf dem Boden, dann ist der Schwarzbemantelte über mir. Ich muss ihm 'Klaus, mein Geliebter' ins Ohr flüstern, bevor er mich aufs Bett wirft und mir die Beine spreizt.

Irgendwie bin ich aus dem Zimmer, aus der Villa, aus dem Park rausgekommen, habe den Weg in die Stadt gefunden. Ein Berber-Freund meines Vaters hat mich aufgenommen – ich wurde die Tochter eines Fischhändlers aus Oualidia, dann die Frau Ibrahims – Gott sei seiner Seele gnädig –, der es in Lyon nicht mehr aushielt, als an den Mauern immer öfter *Au four les Maghrebins* zu lesen war. Durch Ibrahim – Gott nehme seine Seele zu sich! – bin ich eine fromme Muslima geworden, sonst hätte er mich nicht heiraten können. Spielt es eine Rolle, in welcher Religion man nicht an Gott glaubt?"

Ein langes Schweigen senkte sich auf die Terrasse. Der Mond war aufgegangen und bestrahlte Shelomiths Gesicht. Ein trauriges und zugleich unendlich zärtliches Lächeln, das von fern her zu kommen schien, spielte um ihre Lippen und formte auf ihren Wangen zwei winzige Grübchen.

In Marokko schlagen keine Kirchtürme die Stunden. Eine Uhr trage ich schon lange nicht mehr. Dennoch spürte ich, dass Shelomiths Zeit ablief. Noch einmal setzte sie zum Sprechen an, leise, fast als rede sie zu sich selbst:

"Meine Mutter soll das Haupt des Johanaan, des Täufers, gefordert haben! In Wirklichkeit lag sie damals nur noch in ihren Gemächern, beschäftigte ein halbes Dutzend syrische und ägyptische Ärzte, die ihr quälendes Kopfweh zu lindern versuchten und ihren Tod doch nicht aufhielten.

Ich soll vor meinem Vater getanzt und mich entblößt haben! Als ob Herodes Augen gehabt hätte für einen unreifen Mädchenkörper. Falls er je noch so etwas wie eine männliche Regung verspürte, standen ihm äthiopische, spanische und germanische Sklavinnen mit glänzender Haut und einladenden Wölbungen zur Verfügung, Geschenke des Präfekten natürlich. Ihre erotischen Reize übertrafen die meinen bei weitem. Außerdem habe ich nie tanzen gelernt.

Ich soll das Haupt des Johanaan, als es auf einer Silberplatte im Festsaal serviert wurde, mit Inbrunst geküsst haben! Du wirst mir glauben, dass es damals nichts gab, wovor mich mehr geekelt hätte als vor irgendeinem Körperteil jenes Propheten. Übrigens ist Johanaan nicht enthauptet worden, sondern wenige Stunden nach seinem Überfall auf mich an einer Vergiftung gestorben – ziemlich qualvoll, erzählte man mir.

Man hat das natürlich vertuscht, vielleicht hat sogar der Palast selber die Gerüchte über seine Hinrichtung in Umlauf gesetzt, denn sein Tod war eine peinliche Affäre: Ich hatte ihm doch dieses Huhn von der königlichen Tafel mitgebracht, er hatte es gegessen und war dann unter Krämpfen verendet. In der folgenden Woche starb ein Cousin meines Vaters auf ähnliche Weise. Am Morgen danach ertappte man einen Koch, wie er Cantarin in eine Geflügelfüllung mischte – eine Menge, die für den Liebestod eines Ochsen ausgereicht hätte. Der Koch wurde in einem Hinterhof des Palastes erwürgt und verscharrt. Von den Geschichten, die man über mich und Johanaan erzählte, habe ich erst viel später gehört."

Shelomith hatte zuletzt sehr langsam gesprochen und mit vielen Pausen. Sie hatte sich so gesetzt, dass ihr Gesicht in tiefem Schatten war. Sie lehnte es ab, sich von mir Feuer geben zu lassen, wendete sich weg, als sie ihre letzte Zigarette anzündete.

"Geh jetzt – du sollst mich so im Gedächtnis behalten, wie du mich vorhin gesehen hast."

Ich schob den größten Geldschein, den ich in der Tasche fand, unter mein Teeglas.

"Für deine Tochter!"

Shelomith starrte zu Boden und schwieg, während ich meine Schuhe anzog. Würde es mir gelingen, den Rückweg zum Hotel zu finden? Würde ich dort jemanden wachklopfen können, der mir öffnete? Würde Maria, falls sie meine späte Rückkehr bemerkte, an ein aufschlussreiches Gespräch mit dem Dorflehrer von Tazzarine glauben? Die zwanzig Zeilen Human Touch für unser Buchprojekt waren jedenfalls zu vergessen. Shelomits Geschichte lässt sich journalistisch nicht verantworten.

Bevor ich ging, mochte ich der Versuchung nicht widerstehen, ihr schwarzes Haar zu berühren und die Haut ihres Nackens zu küssen.

MUSTER

Wer alles verloren hat, verliere auch seinen Stolz – es bleibt ihm das Lachen.

Zwei Kerzen ließen den Raum in unklarem Dunkel, ihr Licht schimmerte auf Porzellan, blinkte auf Besteck, strahlte auf ein weißes Tischtuch, brachte das Rot der Rose zum Leuchten. Isabelles Vater bewegte sich im Zwielicht, drehte die Spindel eines Korkenziehers ein, öffnete sorgfältig die Flasche. Bevor er sich setzte, trat er neben ihren Stuhl und schenkte behutsam ein. Tiefrot funkelte der Bordeaux im Glas.

"Dein Wohl, meine Liebe!"

Was für eine Komödie wurde hier gespielt?

Vor einer Viertelstunde war Isabelle in diesen ihr fast unbekannten Stadtteil hineingefahren, hatte einen Moment die Orientierung verloren, wäre fast ins Hafengebiet geraten, hatte endlich die richtige Straße entdeckt, zwischen zwei verbeulten Lieferwagen geparkt, auf rußgeschwärzten Hauswänden die Nummer 13 gesucht und den grauen, rissigen Klingelknopf neben dem handgeschriebenen Namenszettel gedrückt, war durch widerliche Fettgerüche fünf schiefgetretene Treppen hochgestiegen. Hier mochten ja nette Leute wohnen, Rentner, Sozialhilfeempfänger, alleinerziehende Mütter, Hilfsarbeiter ohne Papiere und Arbeitserlaubnis – aber nicht ihr Vater.

Was für eine Komödie wurde hier gespielt?

Isabelles Vater hatte immer einen gewissen Sinn für theatralische Scherze gehabt, die einem angesehenen Nationalökonomen nicht unbedingt anstanden. Dass er seine Töchter gelegentlich spaßeshalber von einem livrierten Chauffeur im Rolls-Royce von der Schule abholen ließ, mochte ja noch hingehen. Aber er brachte es auch fertig, in Jeans und Holzfällerhemd zu einer Aufsichtsratssitzung zu fahren und den schockierten Herren mitzuteilen, er sei gerade mit Wichtigerem beschäftigt

… Er fand es lustig, die ganze Familie am ersten Ferientag in einem Stundenhotel hinterm Hafen von Catania abzusetzen und erst nach längerem Palaver einzuräumen, dass der Taxifahrer wahrscheinlich den Namen des Hotels falsch verstanden habe. Gattin und Töchter fanden das nicht lustig.

Es waren wohl nicht nur solche Scherze, die zu seiner Frühpensionierung geführt und seine Gattin dazu bewogen hatten, in ihre kalifornische Heimat zurückzukehren. Doch war seine etwas spezielle Auffassung von Humor bestimmt weder seiner Ehe noch seiner Laufbahn besonders förderlich gewesen.

Nach der Scheidung hatte er sofort die Familienvilla verkauft und war in eine große Altstadtwohnung gezogen, die er mit seinem Empire-Schreibtisch, Barcelona-Chairs von Mies van der Rohe und ein paar alten Holzkisten möblierte.

Als Isabelle ihn das erste Mal besuchte, meinte er nur: "Unser altes Haus war doch zum Ersticken."

Isabelle hatte ihr Elternhaus nicht zum Ersticken gefunden. Natürlich hatte es viele Möbel gegeben, aber jedes besaß seine Geschichte: der Barockschrank der Großeltern, der Biedermeiertisch aus Berlin, die Vitrine mit den Fayencen, die eine kinderlose Tante gesammelt hatte … All das war nun nach Amerika ausgewandert und hatte dabei seinen Wert zweifellos verdoppelt. Isabelle hatte aus dem Haus ihrer Eltern nur ein Bild behalten, ein anonymes Seestück des 19. Jahrhunderts, das eine vollgetakelte Bark im Abendlicht vor einer fernen Küste zeigt. Kein bedeutendes Kunstwerk, aber sie schaute es jeden Morgen ein paar Sekunden lang an.

Isabelles Kontakte zu ihrem Vater wurden locker, obwohl beide nach wie vor in der gleichen Stadt lebten. In seiner zynischen Wohnung fühlte sie sich nicht wohl. Wenn sie ihn zu sich einlud, schleppte er jedes Mal kostbare Weine an, die dann in ihrem zentralgeheizten Keller verdarben, weil sie sich nie entschließen konnte, derart edle Flaschen für einen ihrer trinkfesten Freunde zu öffnen.

Mit der Zeit hatte es sich ergeben, dass sie sich regelmäßig im Theater trafen, denn nach seinem unerfreulichen Abgang von der Bank hatte Isabelles Vater seine alte Liebe zur Bühne zum Berufsersatz gemacht und angefangen, Theaterkritiken für ein schmalbrüstiges Wochenblättchen zu schreiben:

"Ich pfusche dir jetzt ins Handwerk, Frau Kollegin", sagte er, als sie sich das erste Mal bei einer Premiere begegneten. "Der Unterschied ist nur der, dass deine Kritiken wahrscheinlich von ein paar Leuten gelesen werden ..."

Isabelle und der Vater gewöhnten sich an, nach der Vorstellung im *Café des Arts* noch etwas zu trinken, über die Aufführung zu streiten und sich im Übrigen glänzend zu verstehen. Jetzt allerdings hatten sie sich lange nicht mehr gesehen. Isabelle war viel gereist, hatte Ferien gemacht und war zuletzt auf einem Theaterfestival gewesen. Vergangenen Mittwoch war sie wegen eines Streiks mit mehrstündiger Verspätung nach Hause gekommen und hatte sofort nach Lausanne weiterfahren müssen. Das Taxi wartete unten. Die Zeit reichte eben, um ein paar frische Sachen in die Reisetasche zu stopfen und einen flüchtigen Blick auf die Post zu werfen: Rechnungen, Einladungen, Reklame – und dazwischen ein Couvert mit ein paar Zeitungsausschnitten, das sie vor vierzehn Tagen an ihren Vater geschickt hatte. Auf dem Brief klebte ein blassgrüner amtlicher Zettel: "Zurück an Absender. Adressat ..."

Der Taxifahrer klingelte, Isabelle warf den Brief auf den Stapel zurück, stürzte in den Lift, ins Taxi, erreichte ihren Zug in letzter Sekunde, quälte sich durch hundert Wagons, bis sie endlich ein Raucherabteil fand, wo sie die Beine hochlegen und ihren Laptop aus der Tasche nehmen konnte.

Vor dem Fenster schüttelt Malerisches vorbei, Seelandschaften, Rebhänge. Aber dann ist vor dem Auge der Reisenden plötzlich wieder dieser grünliche Kleber auf dem Brief: "Zurück an Absender. Adressat ver..." Was nun? "Verreist"? "Verzogen"? "Ver..."? Nein, das kann nicht sein. "Verstorben" kann nicht sein. Man ist ja nicht mehr im Mittelalter, wo einer bei der Rückkehr vom Kreuzzug zuerst ans Grab seines im Turnier erschlagenen Vaters geführt wird. Isabelle ist telefonisch stets erreichbar gewesen. Selbst auf einer Notfallstation hätte jede Sekretärin sie als nächste Verwandte aufspüren können. Ihr Name ist nicht gerade alltäglich; Leuten, die hin und wieder den Kulturteil der Zeitung lesen, dürfte er etwas sagen.

"Verreist" – darüber informierte einen keine Post der Welt. "Verzogen" – es muss "verzogen" heißen. Nur: Warum hätte der Vater umziehen sollen? War ihm sein Fünfzimmerappartement über den Dächern der Altstadt nicht mehr gut genug gewesen?

Isabelle wählt seine Nummer, hört seine Stimme:

"... Bitte hinterlassen Sie Ihre Nachricht nach dem Beep!"

"Verreist – verzogen – verstorben ..."

Die Ballettaufführung in Lausanne schleppte sich. Isabelle hatte gelernt, Persönliches wegzuschieben, wenn es um die Arbeit ging. Trotzdem rief sie noch ein paar Mal an – immer die gleiche Ansage. Später leerte sie die Minibar in ihrem Zimmer, träumte von jenem römischen Conte, dem Kinder und Freunde monatelang die Bitte um gelegentlichen Rückruf auf den Beantworter sprechen, bis eines Nachts in seine Wohnung eingebrochen wird, woraufhin die von Nachbarn alarmierten Carabinieri einen verwesten Leichnam im Sessel vor dem Kamin vorfinden.

Am nächsten Vormittag stand sie wieder in ihrer Wohnung, griff nach dem Brief:

"Zurück an Absender. Adressat verstorben."

Schwarz auf grün. Gefühlloses Formular. Schräg aufgeklebt:

"Zurück an Absender. Adressat verstorben."

Für einen Moment glaubte sie, am Schock zu ersticken. Dann weckte sie ihre Mutter aus kalifornischem Tiefschlaf und erfuhr, dass sie seit Monaten nichts von ihrem Ex gehört habe, auch keineswegs erpicht darauf sei, etwas von ihm zu hören, und noch weniger darauf, mitten in der Nacht angerufen zu werden.

Als nächstes fuhr Isabelle zur Wohnung ihres Vaters, fand sie offen, Maschinen, Leitern, Farbkübel im Korridor – offensichtlich wurde renoviert. Es hätte dem alten Herrn ähnlich gesehen zu verreisen, so lange Handwerker bei ihm daheim an der Arbeit waren. Aber dann musste Isabelle feststellen, dass an der Türe ein Schild mit einem fremden Namen hing. Das einzige, was noch an den Vater erinnerte, waren die hellen Rechtecke auf dem Parkett des Wohnraums, wo seine marokkanischen Kelim gelegen hatten.

Die Handwerker waren wohl beim Mittagessen. In den anderen Wohnungen öffnete niemand. Blieb das Einwohner-Meldeamt, wo jeder Mensch registriert ist, damit man ihn mit allen Annehmlichkeiten der Zivilisation bedienen kann, mit Steuerrechnungen, Wahlzetteln, Verkehrsstrafen und statistischen Fragebogen.

Der junge Beamte, an den sie im Amtsklotz aus der frühen Betonzeit geriet, legte, nachdem er Isabelles Ausweis und den Brief mit dem fatalen Aufkleber gesehen hatte, sein Gesicht in situationsgemäße Falten und begann, sein Keyboard zu bearbeiten, starrte auf den Monitor, glättete seine Züge zu neonbleichem Lächeln:

"Kein Grund zur Besorgnis! Ihr Vater hat sich per 31. März umgemeldet. Hier seine neue Anschrift."

Er schob einen Computerausdruck unter der Glasscheibe durch und trimmte sein Lächeln von Neon auf Halogen:

"Wenn Sie wüssten, wie oft das passiert, dass irgendein Idiot bei der Post eine Sendung nicht zustellen kann und dann den erstbesten Kleber draufpappt ..."

Er war überzeugt, ein gutes Werk getan zu haben.

Isabelle, zu erschöpft, um noch in jenes ihr unbekannte Stadtviertel zu fahren, wo die Hafenstraße liegt, schickte eine längere Mail ab, die ihre Ängste andeutete. Zu ihrer Überraschung kam die Antwort noch am gleichen Abend:

"sorry, liebes, werde dir alles erklären. am 18. fliege ich ab Marrakesch zurück, lade dich für den 20. um 20 uhr in meine neue residenz, hafenstraße 13, zum essen. solltest du den abend schon verplant haben, schlag einen anderen termin vor. mein kalender ist ziemlich leer. aber warte nicht zu lange! love dad."

Der 20. passte Isabelle nicht besonders. Doch der Vater bekam Vorrang.

Ziemlich wortkarg hatten Vater und Tochter eine geräucherte Forelle verspeist. Ihm schien es Mühe zu bereiten, einen passenden Anfang für die Erklärungen zu finden, die er ihr schuldete. So blieb es bei Bemerkungen über die Qualität des Fischs, des Weines und des letzten Romans von John Updike. Ob er sich nicht manchmal ein wenig wie dieser Owen Mackenzie fühle, dieser wohlhabende Frührentner im beschaulichen Kleinstadtmilieu? Ein bisschen abseits vielleicht? Isabelle wollte ihrem Vater das Reden erleichtern, aber der winkte ab:

"Schlage vor, dass wir uns jetzt erst mal dem Essen widmen ... Du musst mir keine Fragen stellen, auch keine raffiniert indirekten. Mir ist schon klar, was ich dir an Erklärungen schulde."

Und ganz als ob er jede weitere Bemerkung dazu unterdrücken müsse, hatte er sich in eine kulinarische Plauderei verloren: Wie gerne er das Diner mit einem gefüllten Wachtelchen eröffnet oder einen Hummer serviert und später ein Filet Henri IV auf die Teller gezaubert hätte. Aber Wachteln seien schwer zu bekommen, Hummer koste ein halbes, Foie gras ein ganzes Vermögen. Drum müsse man sich mit einem Entenbrüstchen und einem alten Chèvre aus den Cevennen zufrieden geben, aber zum Glück habe er im Keller noch ein paar Flaschen 90er Haut Medoc gefunden, bloß crû bourgeois, aber immerhin geeignet, die Illusion eines Festmahls zu fördern.

So verspeiste man Ente und Käse, schlürfte den nach seltsamen Waldbeeren und ein wenig nach Schiffspech duftenden Wein, wärmte Erinnerungen an bessere Zeiten. Irgendwann war das Mahl beendet. Der Vater öffnete eine neue Flasche, ließ einen effektvollen Moment erwartungsvoller Stille verstreichen – und begann:

*

"Es war nicht recht, dir all das zu verschweigen … ich wollte dich nicht mit meinem Kram belasten.

Du weißt, dass ich seit dem Ende meiner grandiosen Banklaufbahn und meiner perfekten Ehe ein ganz angenehmes Leben geführt habe: Mein Einkommen war nicht überwältigend, aber ich musste mit niemandem teilen, die Wohnung gehörte mir, meine alltäglichen Bedürfnisse sind eher bescheiden. Und wenn ich mal einen neuen Wagen brauchte oder eine Reise unternehmen wollte, habe ich ein paar Aktien verkauft und mir daraus kein Gewissen gemacht: Im Gegensatz zu den meisten Kollegen habe ich mein Geld immer sehr konservativ angelegt, Termingeschäfte, Derivate und Hedgefonds gemieden wie der Teufel das Weihwasser – und ein bisschen Glück gehabt. Ein nettes Kapital, dachte ich, würdest du und deine Schwester einmal erben. Am liebsten hätte ich euch schon nach der Scheidung und dem Hausverkauf einen Teil des Geldes rübergeschoben, aber damals hieß es, die Erbschaftssteuer werde demnächst abgeschafft, und so ließ ich's bleiben. Leider.

Im letzten Jahr kam es zu diesem Prozess mit Bergner, über dessen Firma ich ein paar 'kreditschädigende' Wahrheiten geschrieben hatte, ohne mich juristisch abzusichern. Ich wurde in den meisten Punkten freigesprochen, aber Gerichtskosten, Anwalts- und Gutachterhonorare blieben an mir hängen ... Dann kam der Börsencrash. Als ich am letzten Silvester Bilanz zog, musste ich feststellen, dass ich mehr als die Hälfte meines Vermögens losgeworden war. Der Februar erlöste mich dann vom Rest.

Erinnerst du dich an meinen Freund Jean Villiers? Nebenbei: Eine Zeitlang war er auch der beste Freund deiner Mutter, aber das tut hier nichts zur Sache. Jean war ein Genie. Er kaufte halbmarode Firmen auf, sanierte sie und stieß sie dann mit fabelhaftem Gewinn wieder ab. Vor allem in Marokko funktionierte das wunderbar, denn er kannte die Spielregeln, wusste, dass ein Wort unter Männern mehr zählt als ein Vertrag mit zwanzig Stempeln, eine Freundschaft mehr als ein Gesetz. Zugleich hatte er als Genfer den Vorteil, dass er sich das benötigte Kapital zu günstigen Bedingungen bei Schweizer Banken beschaffen konnte, weil man seine Familie kannte und weil er hier Freunde besaß, die für ihn bürgten. Letzten Herbst ging es um eine große Baugesellschaft und um ein paar Dutzend Dollar-Millionen. Ich hatte nicht die geringsten Bedenken, meine Bürgschaft zu verlängern.

Am zehnten Februar zerstörte ein banaler Verkehrsunfall – wenn es denn wirklich ein Unfall war – mit einem Schlag das kunstvolle Gebäude, das Jean aus Verträgen, Garantien, Krediten, persönlichen Abmachungen und bindenden Versprechungen, inoffiziellen Zusagen und auf Wechselseitigkeit beruhenden Verpflichtungen errichtet hatte. Ein paar Leute müssen sich in diesen Tagen schamlos bereichert haben. Als ich von Jeans Beerdigung zurückkam, fand ich die Mitteilung vor, dass die von mir verbürgte Summe zur Auszahlung fällig wäre. Dank der wunderbaren Entwicklung am Aktienmarkt konnte ich mit der Ordre 'Bestens verkaufen!' knapp die Hälfte des fälligen Betrags aufbringen. Es blieb die Wohnung, aber verkauf mal so ein Liebhaberobjekt unter Zeitdruck! Von Rechts wegen hätte die Bank jetzt meine Pension bis zum Existenzminimum pfänden müssen. Vielleicht wollte man einem ehemaligen Kadermitglied diese Demütigung ersparen. Vielleicht wollten die zuständigen Leute vor allem peinliche Fragen nach ihrem Risikomanagement vermeiden. So haben wir schließlich eine Lösung gefunden, die nicht weniger hart, aber doch nicht ganz so blamabel ist: Man hat mir ein persönliches Darlehen gewährt, das ich vielleicht in fünf oder zehn Jahren zurückzahlen kann, wenn ich auf Auto, Ferienreisen und ein paar weitere Extras verzichte, was mich nur mäßig stört. Schlimm ist diese

Wohnung, aber ... Immerhin darf ich noch frei entscheiden, wie viel ich jeweils am Monatsende überweise.

Im März war mein Appartement verkauft. Die Möbel, die Bilder und die paar Bücher, die ein Antiquar des Abtransports für wert hielt, brachten ein besseres Trinkgeld ein. Es blieben meine Berberteppiche, meine Kelim – gewissermaßen Jeans Vermächtnis, wundervolle, alte Stücke, mit denen er sich immer wieder für meine Hilfe bedankt hatte. Ich verstand wenig davon, aber ich liebte sie und ich wusste, dass sie ziemlich kostbar waren. Im ersten Geschäft bot ein Herr Dr. Moor mir eine Summe, die meine kühnsten Erwartungen übertraf, im vierten riskierte ich, das Doppelte zu fordern, der Händler zögerte, wollte schließlich gerade einschlagen, da rief mich besagter Herr Moor noch mal an und bot zwanzig Prozent mehr.

An jenem Nachmittag habe ich begriffen, dass Teppiche nicht bloß schalldämmende Einrichtungsgegenstände und je nachdem wertvolle Handelsobjekte sein können, sondern auch eine Leidenschaft. Bei Dr. Moor sah ich, nachdem wir unsern Handel abgeschlossen hatten, seine private Sammlung anatolischer, kurdischer und maghrebinischer Kelim. Ich erfuhr manches über ihre Herstellung, über die Bedeutung der verschiedenen Muster und Zeichen, und ich spürte, wie diese alten Gewebe zu sprechen begannen.

Mein Umzug war schnell erledigt. Anfang April saß ich an diesem Tisch und versuchte die schäbige Umgebung zu vergessen. Draußen Regen, an den Wänden noch ein paar Bücher, vor mir das Geflimmer des Monitors und im Kopf ein Gewirr von Sätzen für eine 50-Zeilen-Kritik, die niemand lesen würde.

Da fiel mir eine Postkarte meines Jugendfreundes Pierre in die Hand – Pierre Lehman, Musikredakteur beim Radio, bis man seine Stelle wegsparte. Er war damals in den Maghreb gegangen.

Unter der sinnigen Textzeile *Le trésor des nomades* zeigte die Karte einen geheimnisvollen Berberteppich aus dem Dar Si Saïd-Museum in Marrakesch. Die Rückseite enthielt Pierres Adresse und die lapidare Aufforderung: "Besuch mich doch mal."

Ich schrieb meine Kritik zu Ende. Drei Tage später saß ich im Bus nach Casablanca. Das gibts nämlich – einen Linienbus Berlin-Casa.

Wenn man unterwegs zusteigen will, beispielsweise in Mulhouse, braucht man sich bloß telefonisch anzumelden. Es funktionierte. Ich sah zu, wie mein Koffer auf dem Dach verstaut wurde, fand sogar einen Sitzplatz und war grimmig stolz darauf, dass ich reisen konnte wie der ärmste Schlucker aus dem Maghreb. Mit der Zeit fing man sogar an, sich mit mir zu unterhalten.

Pierre nahm mich in Casablanca in Empfang, als ich an der rue Léon-l'Africain ziemlich gerädert aus dem blauen Bus kletterte. Auf der Fahrt nach Marrakesch redete er von seinen Plänen: Er wollte unverfälschte Musik der verschiedenen Berberstämme in abgelegenen Siedlungen, auf ländlichen Jahrmärkten und Festen sammeln, um sie später einmal wissenschaftlich zu edieren. Erst als wir die Bahira-Ebene erreichten, als von Horizont zu Horizont nur noch staubiges Ödland zu sehen war, kam ich dazu, ihm zu erklären, dass ich ihn nicht nur aus alter Freundschaft besuchte, sondern dass es mir darum ging, etwas über die Knüpfkunst der Berber, die Muster und Zeichen ihrer Kelim zu lernen – und ein paar gute Stücke zu erwerben.

Pierre beschimpfte mich als kapitalistischen Hunnen. Dass Marokko mir einiges schulde, weil ich durch die Machenschaften hiesiger Gauner mein Vermögen verloren hatte, ließ er nicht gelten:

"Das gibt dir kein Recht, die kulturelle Identität dieses Landes zerstören zu helfen."

Ich schwor, dass ich keineswegs die Absicht hätte, im Teppichhandel reich zu werden, und dass es sich gewissermaßen um eine Art Notwehr handle, sicher um eine höchst begrenzte Aktion, mit deren Hilfe ich hoffte, wenigstens einen Teil meiner Schulden loszuwerden. Pierre nannte mich einen neoliberalen Seelenverkäufer, war dann aber doch Freund genug, mich nicht aus seinem Gastzimmer zu werfen und mich anderntags mit dem sagenumwobenen Bernt Flint bekannt zu machen, der mir gestattete, die kostbaren Nomadenteppiche in seinem Privatmuseum Dar Tiskiwin zu studieren und seine wissenschaftlichen Dokumentationen zu benützen.

Später führte Pierre mich bei einem gewissen Herrn Bengtson ein, einem dänischen Diplomaten, der in Marrakesch seinen Ruhestand genießt und nordafrikanische Kunst sammelt. Wenn es einem gelingt, seinen Riad im Herzen der Medina zu finden, tritt man durch eine unscheinbare Türe am Ende einer staubigen Gasse in eine Märchenwelt aus stillen Räumen, in denen Silberarbeiten, Schnitzereien, Intarsien, Majoliken und Handschriften ihr eigenes Leben führen. Herz der Sammlung sind seine Kelim aus den Zelten der Âït Yakoub im Mittleren Atlas – jedes Stück ein Gedicht. Und von jeder Zackenlinie, jeder Raute, jedem Kreuz und Dreieck wusste er zu sagen, welche besonderen Hoffnungen, Segenswünsche, Beschwörungen die Nomadenfrauen vor hundert Jahren dort hineingewebt hatten. Beim Abschied gab er mir einen gut gemeinten Rat:

'Jeder dieser Kelim ist ein Lebewesen. Er hat eine Mutter, die Frau, die ihn gewebt hat, und einen Vater, den Atlas mit seinen Schneegipfeln und einsamen Tälern, seinen Weidegründen und seinen unberechenbaren Gefahren. Jedes Muster ist Beschwörung. Studieren Sie es, genießen Sie es, kaufen Sie, wenn Sie das Glück haben, ein gutes Stück zu finden. Aber lassen Sie den Kelim um Gottes willen hier! Diese Farben aus den Pflanzen und Mineralien des Gebirges leben nur im Licht von Marokko, nur unter dem blauen Himmel von Marrakesch. Unter den Wolken des Nordens werden sie stumpf und tot. Wenn Sie mich fragten, warum ich meinen Lebensabend hier und nicht auf dem Landsitz meiner Familie in Jütland verbringe …'

Ich lernte manches, meine Ansprüche stiegen – und die Aussicht sank, an Stücke heranzukommen, die diesen Ansprüchen genügten. Vergebens durchstreifte ich den Souk. Die großen Teppichhändler in ihren Gewölben hüten ihre wahren Schätze, bis dollarschwere Kunden kommen. Und die kleinen haben nur Massenware, gewoben von Frauen und Kindern, die bei der Arbeit bloß an die paar Dirham denken, die sie dafür bekommen, und nicht an ihre Tiere, an Bergbäche, die austrocknen oder gefährlich anschwellen, an grüne Weiden, bedrohliche Felshänge, gute und schlimme Geister, vielleicht sogar an die Liebe.

Pierre machte Aufnahmen im Tal des Dades. Ich begleitete ihn. In einigen Kasbas sahen wir wunderbare Kelim mit faszinierenden Mustern, erstaunlichen Motiven und tiefen Farben. Aber wenn die Leute merkten, dass ich mich dafür interessierte, schleppten sie mich in den nächstbesten Laden mit Wasserpfeifen, Lederpantoffeln, Messingkannen und grellbuntem Schund. Es war zum Verzweifeln: Ganz Marokko war ein einziger Teppichbazar, aber alle guten Stücke waren schon in privaten Sammlungen, in Museen, bei skrupellosen Händlern oder unverkäuflich.

Pierre beobachtete meine Bemühungen mit einer gewissen Schadenfreude. Es befriedigte ihn sichtlich, dass es mir nicht gelingen wollte, altes Kulturgut aus diesem Land wegzuschleppen. Er verklärt Marokko, auch wenn er hemmungslos über Willkür, Unzuverlässigkeit und Alltagsgaunerei flucht.

So kam mein letzter Tag in Marrakesch. Außer der Rückfahrkarte besaß ich gerade noch 200 Dirham. Trotzdem leistete ich mir einen Espresso auf der Terrasse des *Argane* über Djema el Fna, betrachtete die verwirrende Silhouette der Medina vor einem rotglühenden Sonnenuntergangshimmel, das Aufflackern der Lichterketten auf dem Platz, von dem ein immer heftiger werdendes Gewirr von Stimmen, Trommelschlägen, Flötenmelodien und orientalischem Geigenklang heraufdrang. Der Gedanke an die Abreise tat mir weh, denn ich war in den Bann dieser Stadt geraten, ihrer Farben, Düfte, Bewegungen, Klänge, ihres Wüstenhimmels, des grellen Wechsels von Licht und Schatten, des rätselhaften Nebeneinanders von Erlaubtem und Verbotenem. Ich versuchte, nicht daran zu denken, dass ich in ein paar Tagen wieder hier in diesem Loch sitzen, Schachtelkäse essen, Wein aus dem Tetrapack trinken musste.

Eher widerwillig ließ ich mich von zwei Frauen am Nebentisch in ein banales Gespräch ziehen über Woher und Wohin und Warum und Wozu. Ich nahm zur Kenntnis, dass Zaïda als Lehrerin an einem Lyzeum arbeitete, während ihre spanische Freundin Juana nach dem frühen Tod des Gatten beschlossen hatte, 'in den Dienst des Herrn zu treten' und zu diesem Zweck in Kasba Tadla ein Waisenhaus für die Kinder nomadisierender Berber zu gründen. Zwanglos, scheinbar zufällig kam unsere Unterhaltung von den Kindern auf die Teppiche dieser Nomaden. Zaïda schwärmte von den rätselhaften Mustern und den tiefen Farben der Kelim, die man in den Zelten dieser wandernden Hirten zu sehen bekomme. Juana bemerkte, die wirklich alten Kelims würden als Familienschätze gehütet. Früher hätten die Leute sie für einen Pappenstiel verkauft, wenn sie Geld für Lebensmittel oder Medikamente brauchten. Heute – glücklicherweise – habe kein Händler mehr eine Chance.

Nach ein paar Wochen Marokko hätte derartiges Gerede Alarmstufe rot auslösen und mich dazu bringen sollen, zu schweigen und zu tun, als hätte ich nichts gehört. Nur – mir saßen keine dubiosen Schlepper gegenüber, sondern zwei Damen, eine Akademikerin mit tadellosem Französisch und eine fromme Kastilierin ...

Zaïda schlug vor, am nächsten Morgen nach Kasba Tadla zu fahren und dort einige Nomadenfamilien aus dem Stamm der Zaïane aufzusuchen, die der spanischen Waisenmutter auf verschiedene Art verpflichtet seien, so dass sie sich vielleicht entschließen könnten ... Und es sei wohl nur recht und billig, wenn Juana einen Aufpreis von 25 Prozent zugunsten ihres Waisenhauses erwarte.

Jetzt hätte ich mich natürlich fragen müssen, wie die beiden ausgerechnet an mich geraten waren, einen älteren, etwas verdrießlichen Mann in verwaschenen Jeans und nicht mehr sonderlich weißem T-Shirt. Besaßen sie einfach ein unglaubliches Gespür, oder hatte da irgendwo irgendwer irgendwem irgendwas über mich erzählt? In Marokko passiert das schnell einmal. Leider stellte ich diese Überlegung erst später an. Vorderhand ließ ich mich von Zaïdas akzentfreiem Französisch und Juanas leuchtendem Gesicht überzeugen und von der schwesterlichen, seitens der schönen Spanierin sogar etwas mehr als schwesterlichen Umarmung beim Abschied.

Ich verschob meine Abreise.

Kasba Tadla ist ein lebhaftes Städtchen am Fuß des Mittleren Atlas, einige Fahrstunden von Marrakesch entfernt. Der Ort besitzt eine machtvolle Zitadelle aus der Zeit irgendeines Sultans, der hier irgendeinen Gegner bekämpfte, ferner ein Minarett, dessen Mauern aussehen, als seien sie aus Stein geflochten, eine alte Brücke und das übliche Gewinkel von Gassen mit weißen, fensterlosen Häuserfronten. Wir betraten einen Hof, in dem acht oder zehn Kinder sich an Juana drängten und heftig verlangten, von ihr gestreichelt, hochgehoben, geküsst zu werden. Es gab ein paar Bougainvilleas und ein grausames Durcheinander von Möbelstücken, Kisten und Schachteln. Unter einem Vordach stapelten sich Decken und Kleider, ein Hund schnüffelte an meiner Hose, an einer Leine flatterte Kinderwäsche, Spielsachen und Werkzeuge lagen herum und in einer Ecke waren Zementsäcke und Betonbausteine aufgeschichtet.

'Ich baue mir hier eine kleine Kapelle – nicht weitersagen. Kapelle ist verboten. Für die Kinder und für die Nachbarn wird es einfach ein Raum der Stille.'

Anderntags fuhren wir in die Berge. Es regnete. Von der Landschaft bekam ich ebenso wenig mit wie von den wortreichen Verhandlungen, die Juana und Zaïda in verschiedenen Häusern und Zelten mit hutzligen Familienoberhäuptern führten. Aber Teppiche sah ich, die dunklen Teppiche der Zaïane mit ihrem magischen Rautenmuster – Teppiche, wie sie längst nicht mehr gewoben werden. Ich saß auf Strohmatten und Wollkissen in düsteren Khaimas, trank übersüßten Tee, aß Briouats mit Honig und versuchte zwischendurch ein bisschen zu rechnen: Wenn es mir gelang, ein Dutzend solcher Kelim zu erwerben und wenn sie auf der nächsten Auktion bei Dr. Moor nur das Vierfache des Kaufpreises einbrachten, wäre ich zwar immer noch ein armer Mann, aber meine Schulden hätten sich fast halbiert und mir bliebe immer noch Geld für ein zweites Unternehmen ähnlicher Art.

Zehn Kelim lagen schließlich in Juanas Kofferraum, zehn Sammlerexemplare. Vorerst freilich – so war es ausdrücklich mit den misstrauischen Familienoberhäuptern abgemacht – würden die Teppiche in Kasba Tadla verbleiben. Man gab mir vier Wochen Zeit, das nötige Geld aufzutreiben.

Dr. Moor sah die Fotos, die ich gemacht hatte, und streckte mir die Summe vor. Ich buchte den nächsten Flug nach Casablanca – und brach mir den rechten Fuß. Um genau zu sein: Er wurde mir, gerade als ich das Reisebüro verließ, durch ein schweres Stahlrohr gebrochen, das von einem anfahrenden Lastwagen rollte, weil irgendein Idiot die Ladung nicht genügend gesichert hatte. Als ich nach drei Wochen aus dem Krankenhaus kam, war an eine Reise nach Marokko noch nicht zu denken. Ich versuchte, mit Juana zu telefonieren, aber sie war nicht zu erreichen.

Ich rief Zaïda an und erhielt die Auskunft, Juanas Telefon sei öfter mal kaputt. Sie rate mir jedoch dringendst, das Geld pünktlich abzuliefern, denn wie sie Juana kenne, werde sie die Kelim umgehend ihren ursprünglichen Besitzern zurückgeben, wenn ich mich nicht an den vereinbarten Termin hielte. Wahrscheinlich bereue sie jetzt schon, dass sie ihren Berber-Freunden diese kostbaren Stücke abgeschwatzt habe.

War nun wirklich alles umsonst gewesen? Schon wegen der unumgänglichen Nachbehandlungen konnte ich kaum vor Mitte Juni nach Marokko reisen. Zaïda hörte sich meine Verzweiflung an, dachte eine

Weile nach, schlug mir dann vor, das Geld express an sie zu überweisen. Sie sei bereit, es persönlich nach Kasba Tadla zu bringen und könne dann die Kelim auch gerade mitnehmen, um mir die Fahrt in den Atlas zu ersparen …

"Natürlich nur, wenn du so viel Vertrauen in mich hast."

Zwei Tage später erhielt ich die Bestätigung, meine 150'000 Dirham seien auf Zaïdas Konto bei der Wafa-Bank überwiesen.

150'000 Dirham sind für marokkanische Verhältnisse eine stattliche Summe – mehr als zehn Jahreslöhne für einen Arbeiter, bei uns immer noch der Gegenwert eines mittelprächtigen Autos. Vor ein paar Monaten noch hätte ich mir über so einen Betrag nicht viel Gedanken gemacht. Jetzt stellte er für mich ein Vermögen dar und war außerdem geliehenes Geld.

Ich rief Zaïda noch einmal an, um mich zu vergewissern, dass sie das Geld erhalten habe. Sie hatte. Ich schlug ihr vor, für die Fahrt nach Kasba Tadla ein Taxi zu nehmen, ich würde ihr die paar hundert Dirham gerne ersetzen, wenn ich in einigen Wochen nach Marrakesch käme. Sie lachte nur:

'Ich habe doch jetzt einen eigenen Wagen. Und ich schwöre …'

Nach diesem Wort verstummte sie mit jenem kurzen Schnappen, wie es Menschen von sich geben, wenn sie merken, dass sie soeben etwas sehr Dummes gesagt haben. Es war der letzte Laut, den ich von ihr zu hören bekam. Spätere Anrufe wurden zuerst gar nicht, dann von einer arabischen Tonbandstimme beantwortet. Und Juanas Telefon blieb tot.

Woche um Woche verging. Am 13. konnte ich endlich nach Marrakesch fliegen – auf ein paar Hunderter kam es jetzt auch nicht mehr an. Mein Kopf wollte nicht zugeben, dass ich aufs Kreuz gelegt worden war. Der gute Pierre gewährte mir nicht bloß Gastfreundschaft, er lieh mir auch seinen Jeep für den Ausflug nach Kasba Tadla.

Juana war nicht zu Hause. Ich saß einen ganzen Nachmittag in ihrem Hof herum, spielte notgedrungen mit ihren Kindern. Als sie gegen Abend endlich erschien, war sie gereizt und aggressiv: Warum ich das Geld nicht längst geschickt hätte? Sie derart hätte hängen lassen? Sie hätte ihr Gesicht verlieren können bei diesen guten, einfachen Menschen.

'Nichtmal angerufen hast du! Hast wohl gedacht, bei so einem dummen Weib mit seinen hungrigen Kindern und bei ein paar analphabetischen Wanderhirten kommt es ja nicht so drauf an …'

Aber sie, Juana, fühle sich durch ein gegebenes Wort unter allen Umständen gebunden. Sie habe die Kelim auf den Tag pünktlich zurückgebracht. Und wenn ich einen Funken von Anstand hätte, solle ich ihr gefälligst diese unnötige Fahrt ins Gebirge vergüten. Meine Erklärungen, die Geschichte meines Unfalls, all das wollte sie sich gar nicht anhören. Den Bankbeleg, der meine Überweisung dokumentierte, zerknüllte sie wütend:

'Was soll mir der Wisch. Warum hast du das Geld nicht an mich geschickt? Ich brauche es für meine Kinder. Zaïda, Zaïda … wer zum Teufel ist Zaïda? Und wenn du schon deine Kelim nicht zahlen kannst, du schuldest mir mindestens die Provision.'

Als ich noch einmal versuchte zu erklären, mich auf den Unfall zu berufen, aufs Krankenhaus …, da brach sie in ein hysterisches Gelächter aus und überhäufte mich mit spanischen, französischen, arabischen und berberischen Schimpfwörtern. Sie schrie so laut, dass die Kinder sich erschrocken ins Haus verzogen. Dafür erschienen am Hoftor Frauen aus der Nachbarschaft, so dass es mir ratsam schien, den Rückzug anzutreten.

An diesem Abend verzehrte ich ein altes Fladenbrot aus Marrakesch, leerte die halbe Whiskyflasche, die Pierre mir für alle Fälle mitgegeben hatte, und schlief in einem offensichtlich schon mehrfach benutzten Bett in einem Etablissement, das sich stolz *Auberge Moulay Idriss* nannte. Das Unternehmen, zu dem ich am folgenden Morgen aufbrach, hatte nur noch einen Zweck: Ich wollte später sagen können, ich hätte nichts unversucht gelassen.

So quälte ich mich über eine scheußliche Piste in die Berge hinauf bis zu einer Gruppe brauner, langgestreckter Khaimas – keine Ahnung, ob es die gleichen Zelte waren, die ich mit Juana und Zaïda vor zwei Monaten besucht hatte. Irgendwer pfiff sogar die Hunde zurück, die sich wütend auf mich stürzen wollten, als ich ausstieg. Dann wurde Tee aus dem spitzen Schnabel einer Kupferkanne in Gläser gegossen, gekostet, zurückgeschüttet, neuerdings ausgeschenkt, und ich wusste, dass die Höflichkeit gebot, wenigstens drei Gläser zu trinken. Mangels beiderseits verstehbarer Wörter beschränkte sich die lebhafte Konversation auf

Mienenspiel und Gesten. Meine pantomimisch vorgetragene Bitte, ein paar schöne Kelim sehen zu dürfen, erzeugte zunächst Heiterkeit. Als ich deutlicher wurde und einen über eine Truhe gebreiteten Teppich bewundernd ans Licht hob, wich die Heiterkeit eisigem Schweigen. Möglicherweise hatte ich irgendeine ungeschriebene Regel der Gastfreundschaft verletzt. Jedenfalls schien es mir ratsam, die Finger von dem hübschen Stück zu lassen und dem Familienoberhaupt zum Abschied zwei Pakete Zigaretten und eine Schachtel Aspirin zu schenken.

Ich glaube, jetzt hatte sogar Pierre ein bisschen Mitleid mit mir. Er lud mich ins Restaurant *Al Fassia* an der Avenue Mohammed V. ein, wo wir eine Lammschulter verzehrten und darüber rätselten, wer nun eigentlich die schwarze Fee in diesem bösen Märchen sei. Pierre hatte festgestellt, dass der Ansagetext, der auf Zaïdas Nummer antwortete, einfach die Mitteilung enthielt, dieser Mobiltelefonanschluss sei außer Betrieb. Er hatte herausgefunden, dass es an keiner Schule in Marrakesch eine Lehrerin namens Zaïda Al-Skoura gab. Hatte diese reizende Person einfach meine sträfliche Vertrauensseligkeit ausgenützt und sich mit meinem Geld aus dem Staub gemacht? Dass sie von Anfang an unter falschem Namen aufgetreten war, legte freilich den Verdacht nahe, dass sie immer schon irgendeinen Betrug im Schilde geführt hatte. Spielten die beiden Damen gemeinsames Spiel? Hatten sie womöglich zunächst nur an ihre Provision gedacht und den Plan erst geändert, als sie sahen, wie leicht sie die ganze Summe kassieren konnten? Oder hatten sie bereits seit Anbeginn erwogen, mich, wenn ich mit dem Geld anrückte, auszurauben, vielleicht zu beseitigen? Hatte das blöde Stahlrohr mir zwar den Fuß zerschmettert, dafür aber das Leben gerettet? Waren Zaïda und Juana oder wie immer sie in Wirklichkeit heißen mochten, ein eingespieltes Team, war das rührende Waisenhaus, waren die stolzen Nomaden mit ihren eifersüchtig gehüteten Schätzen bloß Requisiten einer raffinierten Inszenierung? Stand am Ende eine ganze Organisation dahinter?

Pierre mochte nicht an eine Organisation glauben. Dafür stellte er Juanas Identität in Frage: Sie könne nämlich sehr wohl auch eine Marokkanerin sein, habe vielleicht ein paar Jahre in Spanien gearbeitet und sei in ihrem Waisenhaus möglicherweise nur Angestellte einer philanthropischen Organisation. Keine dieser Varianten könne man ausschließen.

Das sei nun eben die Mentalität eines mausarmen Landes mit großer Piratentradition, in dem steinreiche Europäer mit vollen Portemonnaies und falscher Religion sich immer noch als Kolonialherren aufführten – und entsprechend behandelt würden. Von einer Anzeige riet er dringend ab:

'Das ist hoffnungslos. Gibt höchstens Ärger, schließlich wolltest du Kulturgut ins Ausland schmuggeln. Vergiss deinen Ärger! Komm, wir trinken noch eins!'

Erst jetzt fiel mir auf, dass mein Freund bei aller Anteilnahme an meinem Missgeschick im Grunde fröhlicher, fast übermütiger Laune war. Er hatte alle Ursache dazu: Sein Forschungsprojekt *Musik der Berber* war von einer deutschen Kulturstiftung als förderwürdig anerkannt worden. Damit verfügte er nun über die Mittel, ein Büro zu mieten, teure Programme anzuschaffen und – einen Assistenten zu engagieren. Nie mehr würde er seine Mikrofone und Geräte alleine aufstellen, nächtelang Dokumentationen schreiben und um Ordnung in seinem aus hundert Schachteln quellenden Archiv ringen müssen. Vor allem aber: Nie mehr würde er Anlass haben, am Sinn seiner Arbeit zu zweifeln."

*

Isabelle spürte die Bitterkeit hinter der Erzählung ihres Vaters mit ihren aufgesetzten Heiterkeitseffekten. Das machte sie hilflos. Sie vermutete, dass er jetzt auf jedes Wort, das irgendwie hätte tröstlich klingen sollen, mit blankem Hohn reagieren würde.

Einen Moment schien ihr, hinter dem Fenster graue bereits der neue Tag, aber sie täuschte sich, es war die Flutlichtanlage am Hafen, deren Licht stärker schien, weil die Kerzen auf dem Tisch niedergebrannt waren. Der alte Mann steckte keine neuen auf, sondern zündete nur ein kleines Teelicht an. Schattenhaft bewegte er sich im Dunkel. Wahrscheinlich war es ihm gerade recht, dass die Tochter sein Gesicht nicht sehen konnte. Rhythmisches Fiepen verriet, dass er noch einmal die Spindel eines Korkenziehers eindrehte. Als sie anstießen, sagte er zwei Wörter, die seine Tochter fast mehr erschreckten als seine ganze Geschichte:

"Die letzte."

Der Ton, womit er das sagte, ließ Isabelle erkennen, wie tief der Graben geworden war, der die beiden trennte, die junge Frau mit ihrem Anspruch auf Erfolg, Liebe, Leben und den alten Mann, dem nach und nach alles weggebrochen war, Ehe, Beruf, Sicherheit und zuletzt auch noch die Selbstachtung. Dreißig Jahre war er für seine Tochter immer so etwas wie eine – anfechtbare – Autorität gewesen, auch wenn sie längst ihre eigenen Wege gegangen war. Jetzt suchte sie vergeblich nach dem rechten Wort.

"Die letzte …", sagte sie schließlich, "du meinst die letzte …"

Die Stimme des Vaters klang wieder vollkommen sachlich.

"Die letzte Flasche. Es gibt keinen Wein mehr. Und es wird auch keinen mehr geben, jedenfalls keinen Haut Medoc. Und das erinnert mich an etwas, was ich über meinem sentimentalen Geschwafel fast vergessen hätte: Ich wäre glücklich, wenn du mein Château Hafenstraße 13 in den nächsten Tagen noch einmal aufsuchen könntest. Es gibt hier noch ein paar Dinge, von denen ich mich nicht trennen mochte, als ich meine Wohnung samt Inhalt verkaufen musste: meine Hasselblad zum Beispiel mit ihren drei Objektiven, meine Musiksammlung, ein paar alte Bücher. Der brave Herr Yilmaz, der mein Luxusappartement am ersten Juli übernimmt, wird, wenn er ein bildungswilliger Mensch ist, meine Lexika behalten – den Goethe letzter Hand aber und den Erstdruck des *Grünen Heinrich* schmeißt er garantiert in den Müll, schon weil er diese alte Schrift nicht lesen kann. Ich weiß, du hast genug Bücher und Platten, und zum Fotografieren tut's auch deine Digitalkamera. Trotzdem. Und es würde mich besonders freuen, wenn du den kleinen Frauenakt von Christian Schad und die Zeichnung von Cocteau in deine Obhut nähmest – du musst sie ja nicht an die Wand hängen.

Ich gebe dir dann meine neue Adresse. Pierre hat nämlich für seinen frischgebackenen, wenngleich ziemlich alten Assistenten schon eine Wohnung gefunden. Sie ist wohl nicht de Luxe, soll aber hell sein und gerade neben dem zukünftigen IMB – *Institut de la Musique Berbère* – an einer stillen Seitenstraße in Gueliz liegen, im französischen Quartier von Marrakesch. "

Isabelle wusste, dass es sinnlos war, gegen diesen Entschluss ihres Vaters zu protestieren. Sie versuchte es trotzdem, aber er wischte ihre Einwände mit einer Handbewegung weg, die sie nur als verzerrten Schatten auf der Wand wahrnahm.

Er wolle ja nicht behaupten, dass es sein Traum gewesen sei, in einem Alter, in dem andere sich endlich ihren Liebhabereien widmen können, für einen ehrgeizigen Musikforscher Mikrofone aufzustellen, Kabel zu stöpseln, Arbeitsberichte zu schreiben und Archive zu verwalten. Aber da er nun auch bei diesem Dr. Moor in der Kreide stehe, dürfe er, wenn er seine Schulden mit Anstand zurückzahlen wolle, eigentlich keinen Rappen von seiner Pension verbrauchen.

"Ich müsste unter einer Brücke von Luft und Wasser leben, und das ist mir doch ein bisschen zu spartanisch. Darum habe ich Pierre Lehmans Angebot akzeptiert. Mit dem, was er mir zahlt, dürfte in Marokko auszukommen sein ..."

Isabelle versprach, am Wochenende wiederzukommen, sie versprach, die Bilder und Bücher zu hüten, die Hasselblad auszuprobieren. Sie versprach, im Herbst nach Marrakesch zu fliegen. Sie hätte noch viel versprochen, aber der alte Mann winkte ab, ließ sich die im Lauf der Nacht schon wieder rau gewordene Wange küssen und murmelte etwas wie

"Halt die Ohren steif, meine Beste!"

Wieso müssen Väter immer fromme Wünsche absondern, auch wenn sie selber Zuspruch viel nötiger hätten?

Als die junge Frau ihren Wagen aus der Parklücke hinausmanövriert hatte und losfuhr, bemerkte sie, dass der Himmel am Ende der düsteren Straße tatsächlich schon grau wurde.

Letzte Reise

Der große Mann, von seinem kleinen Bruder im Stich gelassen, sucht sein Gottesurteil in der Wüste, der Feigling, er kämpft.

Essaouira, 14. April

Nie mehr dieses Bild!

Der Ziegenbock. Nur eine wolkige Kontur – Hörner, Bart, Beine, Hinterleib. Er stößt – widerlicher alter Bock. Er stößt.

Nie mehr dieses Bild sehen!

Dein Schädel, alter Idiot – man sollte ihn wegsprengen, diesen scheinheiligen, zerfressenen Juristenschädel – oder steck ihn wenigstens unter eine kalte Dusche, bis dieser Schmerz aufhört.

Im *Hôtel Smara* gibt es höchstens eine Gemeinschaftsdusche.

Nie mehr dieses widerliche Zimmer betreten!

Alter Bock, du hast gewusst, worauf du dich einlässt. Jetzt liegst du da. Unter deinen Knochen eine stinkende Schaumstoffmatratze, ein zerknülltes Laken. Ein grässlicher Fetzen auf deiner alten Haut. Umsonst tasten deine Hände nach einer wärmenden Decke. Kalte Luft strömt auf deinen Körper. Irgendwo muss ein Fenster sein, durch das Morgenluft eindringt. Hörst du das Meer? Schläge der Brandung auf die Felsen? Oder ist es das Blut, das in deinen Gehörgängen pocht? Du schaffst es nicht einmal, dich umzudrehen, den Raum zu mustern, in dem sich alles abgespielt hat. Du starrst auf die Wand, auf den Ziegenbock, der nur ein Flecken Feuchtigkeit ist, Schimmelpilz, Dreck ...

Ahmeds knabenhafter Körper, die Zärtlichkeit seiner Hände, Lippen ... Und dein Ding blieb unbeteiligt liegen. Zu viel gesoffen, geraucht, zu lange gelebt, gelogen. Deine Pfoten auf Ahmeds Haut, aber die Begierde war nur im Kopf, und dort blieb sie hinter dem Gitter fahler Träume, lockender Bilder, hinter dem Fallbeil der tröstlichen Sätze von Doktor Hermans: "... aber das heißt noch lange nicht, dass die Krankheit ausbrechen muss ... Natürlich sollten wir bei Gelegenheit noch ein paar

Tests … Ihre Werte im Auge behalten … keine grauen Haare wachsen lassen. Auch die Medizin macht Fortschritte."

Irgendwo ist eine melodische Frauenstimme zu hören, leise, aber nicht weit weg – im Hof vielleicht oder auf einer der Treppen. Ein paar Töne nur, die sich wiederholen, bis eine Tür knallt, der Gesang abbricht.

Der Ziegenbock ... wie viele vom Alkohol verklebte, vom Haschisch vernebelte, von Erschöpfung geweitete Augen haben diesen Flecken Schimmelpilz an der rissigen Wand schon angestarrt, wenn sie sich mühsam aus der Betäubung zurückkämpften. Wie viele Leiber haben diese Matratze verschlissen, schlaffe Körper oder sehnig durchtrainierte, von Gucci parfümiert oder mit den billigen Duftessenzen vom Souk? Wie viel käufliche Haut hat sich an den Leintuchfetzen gerieben, um Hormonausschüttung zu beschleunigen? Was für Flüssigkeiten sind in diesen Stoff geflossen?

Der Mann konzentriert sich darauf, Körper und Kopf so vorsichtig zum Raum zu drehen, dass der Schmerz nicht wieder in die Nervenbahnen fährt. Der Anblick entspricht seinen Erwartungen: fleckige Wände, ein unebener Steinboden, auf dem seine Kleider herumliegen, Stühle, ein Tisch, darüber ein bunter Kalender der ROYAL AIR MOROC, ein Fenster mit wehenden Gardinen, gnadenloses Morgenlicht.

So ist das, denkt er. So ist das, wenn ein alternder Jurist, der im Fakultätszimmer stets respektvoll gegrüßt wird, gelegentlich sogar in den Straßen der Kleinstadt, nach einer Nacht mit Wein, Schnaps, Haschisch und einem Strichjungen die Augen auf die Wirklichkeit zu richten versucht, auf die Tatsache, dass der Körper versagt, untauglich wird, widerlich wie der Bock aus Schimmelpilz, Nässe und Dreck – und dass in den Zellen, aus denen dieser Provinzprofessor, dieser Bürger und Ehemann, dieser lebenslang leugnende Schwule besteht, womöglich die Krankheit hockt, die auch einen erfahrenen Internisten wie Dirk Hermans hilflos macht, so dass er vom "Fortschritt der Medizin" schwafelt.

Das Meer – das dumpfe, rhythmische Dröhnen ist die Brandung. Er hat sich aus dem Bett gewälzt, zum Fenster geschleppt, starrt auf die rote Stadtmauer. Dahinter schlagen die Brecher des Atlantiks auf die Klippen. Gestern soll hier ein Junge beim Muschelsammeln ertrunken sein. Im Gässchen zwischen Mauer und Hotelfassade promenieren die ersten Touristen. Ihr pflichtgemäßes "Look! Regarde! Schau mal!" gilt den Thujaholz-Schnitzereien, den bunten Teppichen vor den Buden der Händler.

Die Morgenfrische schadet der Weinerlichkeit. Der Mann beginnt seine Kleider zusammenzusuchen. Das Portemonnaie fehlt, was ihn weder sonderlich überrascht noch beunruhigt – Ausweise und Kreditkarten liegen im *Hôtel des Îles* im Zimmersafe. Trotzdem tut die Entdeckung ein bisschen weh: Dass er so naiv gewesen ist! Dass er geglaubt hat, einen Jungen gefunden zu haben, der seinen Beruf mit einem gewissen Anstand ausübt. Es gibt solche Jungen. Einem ist der Mann begegnet, als er zum ersten Mal nach Essaouira kam, um seine Sehnsüchte auszuleben. An den melancholischen Driss mit den sanften Gelenken denkt er heute fast mit der gleichen Wehmut wie an Cedric, die erste, die einzige Liebe seines Lebens.

Cedric: Nach einem halben Menschenleben verkrampfter Entsagung – um der Karriere willen, um Leas und der Kinder willen – hatte Cedric ihn befreit. Der begabte junge Künstler hatte die Einladung des Herrn Professor zu einer mehrwöchigen Malerreise durch Marokko gerne angenommen und war selbstverständlich bereit gewesen, seinem ebenso gern wie dilettantisch pinselnden Gönner unterwegs ein wenig Unterricht zu geben. Und dann hatte er ihm nicht nur die Welt der Farben, sondern, als es in Tetouan nur noch ein Doppelzimmer gab, auch die Welt der Sinne aufgetan. Nach drei glücklichen Wochen aber hatte er sich sehr plötzlich und sehr endgültig aus dem Leben seines Mäzens und Liebhabers verabschiedet. Hinterlassen hatte er ihm die Sehnsucht – und immerhin den Mut, nach einem Winter biederen Kleinstadtbürgertums neuerdings nach Marokko aufzubrechen, um jenen Driss zu finden, der ihm das Gefühl gab, nicht nur um den Geldes willen geliebt zu werden.

Später war Driss spurlos aus der Stadt verschwunden, der Mann aber hatte sein Doppelleben fortgesetzt, von dem – nimmt er an – außer seinem Psychiater nur ein Mensch etwas weiß. Und dieser Mensch – nimmt er an – wird schon aus Gründen der Selbstachtung darüber schweigen: Keine Frau, sicher keine in einer deutsch-katholischen Provinzstadt erfolgreiche Anwältin, wird ohne Not zugeben, dass ihre perfekte Ehe in der Vorstadt-Villa nur eine freundliche Wohngemeinschaft ist, ein Zweckbündnis, abgeschlossen vor bald zwanzig Jahren zu Gunsten des Herrn Professor, der in seinem Umfeld zu seiner Natur nicht stehen konnte, auch wenn Paragraph 175 kürzlich gemildert worden war; zu Gunsten der Frau Dr. jur., die sich am Traualtar von ihrer roten Vergangenheit lossagte; und zu Gunsten der Mädchen, die nicht vaterlos aufwachsen sollten.

Für Kollegen, Studenten, Freunde – nimmt er an – widmet er sich bei seinem Aufenthalt in Essaouira einzig seinem Hobby, der Aquarellmalerei. Deshalb werden sie auch jeweils im Frühsommer zu einer privaten Vernissage mit neuen Bildern aus Marokko eingeladen – Gegenstück zu dem literarischen Wochenende, das Lea im Herbst mit jungen Autoren veranstaltet.

"Auch das gibt es noch: Ein Privathaus, in dem Kultur eine zentrale Rolle spielt", hat letzthin ein Lokalreporter geschrieben. Er hasst solche Sätze, aber vielleicht ist es nicht das Schlechteste, wenn man als Fossil des Kulturbürgertums in die belanglose Lokalchronik eingeht. Für Lea und die Mädchen dürfte es jedenfalls weniger peinlich sein, als wenn der Nachruf auf ihren Gatten und Vater, der – nimmt er an – zu gegebener Zeit im Lokalblatt erscheinen wird, mit einem Getuschel über Doppelmoral und Sextourismus unterlegt wäre.

Der Ziegenbock ist wirklich nur ein Schimmelfleck auf der feuchten Wand. Aber die Erinnerung an die vergangene Nacht wird immer quälender. Peinliche Details schieben sich ins Bewusstsein. Der Mann weiß, dass er eine solche Erniedrigung nicht noch einmal ertragen kann.

Die nahe liegende Lösung heißt Verzicht. Im Verzichten hat er Erfahrung: So wenig er es als Halbwüchsiger über sich gebracht hätte, die heile Welt seiner Eltern einstürzen zu lassen, indem er seine Liebe zu dem blonden Ralf bekannte, so wenig hätte er später gewagt, seine akademische Laufbahn durch Eskapaden zu gefährden. Folglich hatte er sich dem Schreibtisch verschrieben, seine Ehe geschlossen. Er hat seine Rollen gespielt als geachteter Bürger, Vorsitzender des Kinderhilfswerks und des Museumsvereins, Kunstliebhaber, Gastgeber für Fakultätskollegen und Stadtverordnete – und als pflichtbewusster Dozent, der Oberseminare abhält über das Problem der Eventualvorsätzlichkeit von unvollendeten und mit – eventuell – untauglichen Mitteln unternommenen Versuchen, urheberrechtlich geschütztes geistiges Eigentum – möglicherweise in Verkennung der Rechtslage – zu nicht gewerbsmäßigem Zweck zu entwenden.

Keiner weiß, dass er in jeder Fakultätssitzung mit dem Schlaf kämpft, dass er Theaterpremieren und Bankette nur mit hochdosierten Aufputschmitteln durchsteht, weil die Nächte immer kürzer werden, seit er sich für jeden Abschnitt eines Fachartikels oder Gutachtens mit einem doppelten Whisky belohnen muss. Keiner weiß von den glücklichen Wochen mit Cedric. Keiner weiß von Dr. Hermans Sätzen. Keiner weiß von seinen Nächten in Essaouira.

Da ist er immer noch, der Ziegenbock, der Schimmelfleck auf der Wand. Diese Linien, die sich in den Kalkverputz eingefressen haben, besitzen eine widerliche Verführungskraft. Wieder explodiert Schmerz im Kopf des Mannes. Wieder schlägt Scham ihre Krallen in sein Genick. Nie mehr diese Erniedrigung!

Es gäbe eine zweite Lösung – er sieht sie in jedem Detail: Er zwängt sich in die Hose, streift das Hemd über, verlässt grußlos das Hotel, steigt auf die Stadtmauer, wo die Bronzekanonen vergessener Kriege stehen, sucht den Weg in die Klippen, springt von Fels zu Fels, findet weit draußen einen geschützten Platz, wo die Sonne seinen alten Körper wärmt, schluckt zwei, drei Traserest, dämmert weg, und wenn das Brüllen der nahenden Flut ihn weckt, ist es zu spät. Es wäre eine saubere Lösung. Keine Versicherung würde Lea irgendwelche Schwierigkeiten machen, und das Lokalblatt könnte vom tragischen Unfalltod eines allseits geschätzten Bürgers faseln.

Niemand – fast niemand – würde an Selbstmord denken. Und doch – eine streng katholische Erziehung hinterlässt ihre Tabus ...

Es gibt – auch darüber hat er schon nachgedacht – einen dritten Weg: den Weg in die Wüste. Es ist der Weg des Feiglings, der im letzten Moment davor zurückschreckt, den Druckpunkt am Abzug eines auf seine Schläfe gepressten Revolvers zu überwinden. Aber die Wüste ist in seiner Vorstellung, in seinem vom Schimmelbock des Stundenhotels und der Erinnerung an beschwichtigende Arztsätze, von Daseinsekel und Selbsthass zerquälten Denken unversehens zu einem lockenden, tödlich verheißungsvollen Wesen geworden, zu einem wirbelnden Dschinn. Und jetzt schließt er seinen Pakt mit ihr, mit der Hamada du

Drâa, der Felswüste im umstrittenen Grenzbereich zwischen Marokko und Algerien, wo der lebensspendende Fluss spurlos versickert und wo selbst die beste Landkarte nur noch vage Andeutungen über mögliche Pisten und unsichere Wasserstellen macht. Diese Wüste wird er durchqueren. Sie wird über sein Dasein entscheiden. Sie wird ihn vernichten. Oder sie wird ihn dazu verurteilen, in sein altes Leben zurückzukehren.

Essaouira, 15. April

Eine Dusche im *Hôtel des Îles*, ein paar Tabletten und träge De-luxe-Stunden am Bassin zwischen Lektüre und Halbschlaf haben den Mann wieder in den ironischen Professor, delikaten Feriengenießer zurückverwandelt, der beim Abendessen im *Châlet de la Plage* seinen Charme spielen lässt, wenn er mit Madame Fernande, der lebhaften Galeristin aus Clermont-Ferrand, die Eventualitäten einer Ausstellung seiner marokkanischen Aquarelle bespricht. Mit wegwerfender Geste übernimmt er die Rechnung fürs gemeinsame Diner – warum soll ein deutscher Kleinstadtprofessor nicht in einer französischen Provinzstadt ein paar Bilder ausstellen? Falls die Hamada du Drâa ihn zur Rückkehr ins Leben zwingt.

Bleierne Nacht – Wein plus Traserest. Fernande ergibt eine launige Einleitung zu dem Vormittagsbrief an Lea, der weder Klage noch Anklage enthält. Er besteht aus belanglosen Informationen über das eigene Wohlergehen, höflichen Fragen, ein paar Bemerkungen über seine Malerei und – im Zusammenhang damit – der knappen Mitteilung, dass er die letzten Tage seines Marokkoaufenthaltes dazu verwenden werde, noch einmal in die Wüste zu reisen. Seine Absicht sei, mit einem gemieteten Geländewagen an den Salzsümpfen von Irikit vorbei nach Südwesten durch die Hamada zu fahren und dann der Piste von Assa bis Tantan am Atlantik zu folgen. Ein englischer Fotograf habe ihm eine genaue Wegbeschreibung skizziert. Küsse und Umarmung …

Mit den topographischen Angaben wird Lea nicht viel anfangen können. Der Engländer ist Erfindung. Die Wegbeschreibung existiert nur in der Erinnerung an ein Buch, das er vor Jahren gelesen hat. Der Brief soll Lea nicht mehr beunruhigen als nötig.

Der Pakt mit der Wüste ist geschlossen.

Die Hotelrechnung ist bezahlt, der Koffer gepackt und an der Rezeption deponiert. Die paar Kleidungsstücke, die der Mann möglicherweise noch braucht, finden in der Reisetasche Platz samt Skizzenblock und Farbschachtel, die er nicht mehr zu benützen gedenkt.

Marrakesch, 16. April.

Die Fahrt war zum Horror geraten. Aus gewohnter Sparsamkeit hatte der Mann sich zusammen mit einem Ehepaar, einem quengelnden Kind und einem nach Haschisch stinkenden Holländer in ein Sammeltaxi stopfen lassen, das hinter Chichaoua mit Achsenbruch am Straßenrand verendete, worauf es Stunden dauerte, bis man in einen Ersatzwagen umgestiegen war, der – die Nacht war mittlerweile hereingebrochen – auf den letzten hundert Kilometern dreimal von der Gendarmerie Royale angehalten und langwierig kontrolliert wurde. Erst gegen Mitternacht stieg man an der Djema el Fna aus dem rollenden Schrotthaufen.

Den mit einem Mal zutraulich über Hunger, Müdigkeit und Geldmangel jammernden Holländer abzuschütteln kostete eine weitere Viertelstunde in einem fast menschenleeren Café, aus dem der Mann sich schließlich mit größter Vorsicht durch einen Nebenausgang verdrückte.

Im Rezeptionskabäuschen des *Hôtel Ali* saß glücklicherweise auch zu dieser Stunde noch jenes kopftuchstrenge Mädchen, das seit jeher hier Schlüssel verteilte, das Telefon bediente, Auskünfte gab und niemals lächelte. Mit gewohntem Ernst nahm sie seinen Pass entgegen und nannte ihm die Nummer seines Zimmers. Das bescheidene *Ali* zwischen Kutubia und Djema el Fna gehörte längst nicht mehr zu jener Kategorie von Herbergen, die der Mann für gewöhnlich wählte. Er hatte es den besseren Hotels vorgezogen, weil er wusste, dass hier viele Abenteurer nach ihren Wüsten-Trecks abstiegen, so dass die düstere, mit Diwanen und Polsterhockern vollgestellte Halle ein Umschlagplatz aktueller Informationen über den Süden des Landes, Reisemöglichkeiten, Straßenzustand, Autovermietungen war. Außerdem verband sich mit dem *Ali* die Erinnerung an jene Tage, in denen er mit Cedric hier gewohnt hatte, von hier aus zu Touren ins Gebirge und in die Wüste aufgebrochen war.

Als er schließlich in seinem schmalen Bett lag, stellte er allerdings fest, dass diese Erinnerung weder Sehnsucht noch kostbare Schwermut auslöste. Dabei lag die Reise mit dem jungen Maler – in Gedanken hatte er sie stets die "glücklichen Wochen" genannt – keine zehn Jahre zurück. Jetzt waren die fragmentarischen Bilder aus jenen Tagen nur noch bedrückend und lästig.

Das Zimmer war eng, aber einigermaßen sauber und ruhig. Der Mann schlief traumlos, bis ihn englisches Stimmengepolter auf dem Gang weckte. Als Neuigkeitenbörse, stellte er beim Frühstück fest, hatte das *Ali* im Moment wenig zu bieten, denn es war weitgehend von einer amerikanischen Studentengruppe belegt, baumlangen, braungebrannten Sunnyboys, die pro Kopf mindestens drei Spiegeleier und Berge von Fladenbrot verzehrten. Sie hatten ein organisiertes Trekking im Djebl Sarhro hinter sich und machten jetzt noch zwei Tage Marrakesch, bevor sie nach Sacramento zurückflogen. Sonst gab es bloß einige naive Weltenbummler und ein französisches Paar, das dringend Partner für eine Offroad-Tour durch den Hohen Atlas suchte, um die Kosten für den Landrover teilen zu können.

Ohne weiteres brachte das kluge Kopftuchmädchen den Mann mit einer jungen Unternehmerin in Verbindung, die darauf spezialisiert sei, Geländewagen günstig zu vermieten. Und bald schon saß er einer betont westlich gekleideten Schönheit gegenüber, die sich als Yasmina vorstellte und ihm Blätter mit den technischen Spezifikationen verschiedener Modelle vorlegte. Er entschied sich für das kleinste. Als voraussichtliche Mietdauer gab er zehn Tage an. Dann lehnte er sich zurück und sah zu, wie Yasmina Formulare ausfüllte, Pass, Kreditkarte und Führerschein sorgfältig prüfte, die Versicherungsformalitäten erledigte. Alle paar Minuten musste er irgendwo seine Unterschrift hinsetzen – er tat es, ohne lang zu fragen. Endlich raffte Yasmina ihre Unterlagen zusammen, verstaute sie in einer schwarzen Mappe und versprach, Schlüssel und Wagenpapiere am nächsten Morgen vor acht Uhr an der Rezeption zu hinterlegen:

"Deinen Cat-Cat", Yasmina duzte ihn und setzte voraus, dass er die im marokkanischen Französisch übliche Bezeichnung für Geländewagen verstand, "wirst du in der Gasse hinter dem Hotel vorfinden."

Der Rest des Tages blieb diffus. Der Mann verspürte nicht die geringste Lust, das Hotel zu verlassen, sich dem Gedränge auf der Djema el Fna auszusetzen und sich Touristen anzuschauen, die ein paar Dirham dafür ausgaben, kostümierte Wasserverkäufer und Schlangenbeschwörer zu fotografieren und als authentisches Afrika heimzutragen. Die Souks waren ihm längst durch aufdringliche Schlepper und falsche Führer verleidet. Außerdem wäre es nichts weiter als lächerlich gewesen, wenn ein Mann auf dem Weg in die Hamada du Drâa sich noch irgendwelchen Besichtigungszwängen unterworfen hätte. Er lag im Dämmer seines Zimmers auf dem Bett, blätterte in seinem Reisehandbuch, das zwar einen vagen Hinweis auf eine Piste zum Heiligen See von Irikit enthielt, aber kein Wort über die Möglichkeiten, die Hamada du Drâa zu durchqueren. Er schlief weg, wachte wieder auf, griff nach einer alten Illustrierten, las hier und da ein paar Zeilen über skandalöse Arbeitsverhältnisse in den Fischfabriken von Safi oder über Bleivergiftung durch bunt glasiertes Geschirr, dämmerte wieder ein.

Als es im Zimmer ganz dunkel geworden war, schleppte er sich in den Speisesaal, setzte sich zwischen guttural fröhliche Boys an einen der Tische, stocherte in seinem Couscous, während ringsum ausgelassene Fresslust mampfte. Einer der Knaben legte ihm den Bärenarm um die Schulter, knatschte irgendetwas von "beautiful country". Niemand nahm davon Notiz, als der Mann aufstand, seinen halbvollen Teller stehen ließ, um sich zu seiner Whiskyflasche zurückzuziehen, deren Spiegel noch auf halber Höhe schwappte. Für die Nacht würde das reichen.

Tizi-n-Tichka, 17. April

Der Mann hatte seinen Wagen verabredungsgemäß in der Gasse hinter dem Hotel vorgefunden. Er war nicht mehr ganz neu, wirkte aber robust und zuverlässig. Trotzdem war die Fahrt hinauf in den Atlas alles andere als angenehm gewesen: Hinter jeder Kurve der Passstraße lauerte ein Lastwagen darauf, dem kleinen Cat-Cat den Weg abzuschneiden. An jedem geraden Straßenstück standen junge Männer und streckten ihm wundervoll bunt eingefärbte Kristalldrusen entgegen, brüllten ihm Verwünschungen nach, wenn er achtlos vorbeifuhr.

Kurz nach der Passhöhe zweigte links die Piste zur Kasba Telouet ab. Hier gab es keine Lastwagen und keine Kristallverkäufer mehr. Nur einmal kam ihm ein gelber Hummer entgegen. Wie ein urzeitliches Rieseninsekt kroch das drittweltkriegstaugliche US-Monster durchs Gelände.

Am Rand von Telouet fielen die ersten Regentropfen und der Mann musste anhalten, um die staubverklebte Windschutzscheibe zu reinigen. Er blickte hinauf zu der phantastisch aufgetürmten Kasba, Stammburg jenes El Glaoui, der vor einem halben Jahrhundert mit französischer

Billigung faktisch das ganze Land beherrscht und hier in der Bergeinsamkeit kostbare Teppiche, eine Flotte von Rolls-Royce, Steinway-Flügel, Jahrgangs-Champagner und willige Blondinen gehortet hatte. Die bizarr verfallenden Reste des gewaltigen Stampflehmbaus waren zu besichtigen. Es gab sogar eine kleine Auberge. Sollte er die Nacht hier verbringen? Es regnete stärker. Vor Regen im Gebirge hatte Yasmina eindringlich gewarnt.

Motorenlärm wurde hörbar. Eine Kolonne von sechs Landrovern kam vom Tichka her und bog auf die Piste nach Ait Benhaddou ab. Am Steuer der Fahrzeuge saßen Marokkaner mit dem unvermeidlichen blauen Chech, der malerischen Kopfbedeckung der Wüstenbewohner. Die Passagiere waren Europäer, wohl eine Reisegruppe, zu deren Programm eine Abenteuerfahrt durch den Atlas gehörte.

Wenn diese Kenner des Landes die Fahrt wagten, konnte es so schlimm nicht sein mit dem Regen. Eine Zeitlang folgte der Mann der schnell fahrenden Kolonne, aber dann verlor er den Sichtkontakt. Der Regen wurde stärker. Tief hängende Wolken schleuderten unendliche Schwälle von Wasser. Der rote Staub auf der Piste verwandelte sich in einen Schlamm von infernalischer Glitschigkeit. Führte der Weg bergauf, war der Wagen noch halbwegs zu kontrollieren, kroch zitternd und schüttelnd einigermaßen in der Fahrspur. Schlimmer war es hangabwärts – und meist ging es hangabwärts: Immer öfter ignorierte das Gefährt Lenkmanöver und Bremsversuche, rutschte einfach langsam und stur dorthin, wohin die Schwerkraft es zog. Es grenzte an ein Wunder, dass es dann doch im allerletzten Moment stehen blieb und sogar einem Steuerbefehl gehorchte, sich murrend dazu bequemte, ein paar Meter in der gewünschten Richtung zu rumpeln, statt einfach über das Bord zu kippen, ins Tal hinunter zu rollen und in den reißenden Wildbach zu stürzen.

Unaufhörlich floss Wasser von den steilen Hängen zu seiner Linken über den Weg. Steine polterten mit, Felsbrocken. Einer blieb mitten auf dem Weg liegen und zwang den Mann zu einem riskanten Ausweichmanöver, das ihm erst beim vierten Anlauf gelang und nicht ohne einen langen Kratzer in der linken Wagenflanke abging. Einen Augenblick wunderte er sich darüber, dass ihn so was noch ärgerte. Er fragte sich, warum einer, der unterwegs war in die mörderische Hamada du Drâa, so verbissen darum kämpfte, das Ende dieser Piste zu erreichen. Sein Selbsterhaltungstrieb erschien ihm lächerlich.

Als er eben glaubte, jetzt das Schlimmste hinter sich zu haben, als der Schlammweg zu hartem Fels wurde, die Steilhänge zur Linken zurückwichen, der Blick ins Tal sich weitete, brachte der Mann sein Fahrzeug abrupt zum Stehen. Das Bild, das sich seinen Augen bot, ließ das Blut in seinen Adern gerinnen: Vor ihm lag eine Felswand, die viele hundert Meter fast senkrecht ins Tal von Ait Benhaddou stürzte. Ganz tief unten und winzig klein manövrierten die bekannten Landrover eben um die letzte Haarnadelkurve und verschwanden dann unter dem Laubdach am Rand eines Oued. Vor ihm wurde die Piste enger und enger, führte direkt in die Felswand hinein. Vermutlich war der Weg vor Urzeiten einmal aus der Wand herausgepickelt worden, wahrscheinlich zu Anfang nur als Pfad für Trägerkolonnen oder berggewohnte Maultiere. Später hatte man ihn soweit verbreitert, dass er gerade eben von Geländewagen befahren werden konnte. Doch wenn der Cat-Cat hier auch nur wenige Zentimeter wegrutschte, würde er unweigerlich in die Tiefe stürzen. Der Untergrund schien hart, aber der Mann dachte an die Massen von glitschigem Schlamm, die sich in allen Rillen seiner Reifen festgesetzt haben mussten – und an den Schlamm, den die vor ihm fahrenden Landrover schon auf der Piste verteilt hatten. Außerdem war auch der Fels nass und schlüpfrig.

Sollte er umkehren? Der Gedanke an einen Rückweg durch Schlamm und Regen flößte ihm ebensoviel Grauen ein wie die Höllenwand vor ihm. Außerdem würde es bald dunkel werden. Er rauchte eine Zigarette und beschloss, sich selber und seine panische Angst vor einem möglichen Absturz nur noch grotesk zu finden.

Trotzdem lenkte er den Wagen mit unendlicher Vorsicht auf das schmale Felsband. Die Räder hielten überraschend gut auf dem nassen Gestein. Nach der ersten Haarnadelkurve, in der er zweimal zurücksetzen musste, um sein Fahrzeug knapp am Abgrund vorbei in die neue Richtung zu bringen, befiel ihn plötzlich ein wilder Übermut. Er schaltete das Reduktionsgetriebe aus, legte den zweiten, zuletzt sogar den dritten Gang ein, lachte, als ein vorstehender Felsbrocken den rechten Außenspiegel abriss, schlitterte um die nächste Kurve, begann Lieder seiner Jugend zu grölen, Shanties und Revolutionsgesänge, preschte, als das Tal erreicht war, mit Vollgas durch einen reißenden Oued, ohne sich um die Kinder zu kümmern, die am Ufer warteten, um ihm gegen ein lächerliches Trinkgeld die beste Passage durch das trübe schäumende Wasser zu zeigen.

Ouarzazate, 18. April

Da war ein Traum, aber es gelang dem Mann nicht, ihn aus dem Katarakt des Vergessens zu retten. Es ging um Vögel oder Vögel hatten jedenfalls eine große Bedeutung gehabt, aber genauere Erinnerung wollte sich nicht einstellen – es blieb bei der diffusen Empfindung einer heftig schmerzenden Sehnsucht. Und dann diese Vögel. Todesboten, Todbringer? Ihre flatternde Gegenwart hatte nichts Bedrohliches gehabt. Waren sie Ausdruck jener Sehnsucht gewesen – jener Sehnsucht nach der letzten Freiheit?

Der Mann verbot sich weiterzudenken. Es wäre ihm stillos erschienen, seinen Weg in die Hamada psychoanalytisch zu verbrämen. Stattdessen versuchte er, den vergangenen Abend zu rekonstruieren. Nach der selbstmörderischen Fahrt durch die Felswand war er, dem Zusammenbruch nahe, in Ait Benhaddou aus dem Wagen geklettert, hatte die Whiskyflasche aus der Reisetasche gekramt und sich mit dem letzten Zentimeter wieder notdürftig auf den Boden geholt. Hatte zugleich jene spießige Enthaltsamkeitsidee verflucht, die ihn dazu gebracht hatte, Marrakesch zu verlassen, ohne Alkohol zu tanken. Warum sollte er jetzt mit einem Mal Abstinenz markieren?

In Ait Benhaddou waren alle Parkplätze mit Autos, Bussen, Materialtransportern und Wohnwagen verstellt – offenbar wurde in dem für seine malerischen und so unglaublich echt wirkenden Stampflehmtürme berühmten Dorf wieder mal ein Film gedreht – irgendein Beduinen-Western oder eine Bibel-Schmonzette. Die nahegelegenen Studios von Ouarzazate erfreuten sich bei internationalen Filmproduzenten einer gewissen Beliebtheit. Die Lohnkosten lagen tief, Wüste und Gebirge waren zur Hand und es gab genug natürliche Kulissen, vor denen man Moses und Jesus ebenso gut agieren lassen konnte wie Hannibal, Ali Baba oder Rommel. Ein leicht angetrunkener Mensch hatte ihm die Ohren vollgedröhnt mit den Namen irgendwelcher Stars, die man morgen hier auf dem Set bewundern könne, und mit dem Vorschlag, ihm das letzte freie Hotelzimmer zu besorgen. Verärgert hatte er sich in seinen Wagen geschwungen, die Türe zugeschlagen und war nach Ouarzazate weitergefahren – Asphaltstraße, wenige Kurven, hier und da sogar ein Verkehrsschild. Im erstbesten Hotel am Stadtrand hatte er ein Zimmer genommen, seine Reisetasche aufs Bett geschmissen und den Weg ins Stadtzentrum erfragt.

Eine unscheinbare Kneipe in der Nähe des Souk schien ihm anziehender als *Dimitris* Restaurant, an dem Erinnerungen hafteten, die er nicht mehr gebrauchen konnte – Erinnerungen an Cedric und die Abende, die sie gemeinsam hier verbracht hatten, noch erhitzt von den Abenteuern des Tages, angeregt vom Wein in wort- und berührungslosem Einverständnis. *Chez Ali* konnte er ungestört auf der schmalen Terrasse sitzen, Tomatensalat, Brot und ein paar Brochettes bestellen. Natürlich gab es hier keinen Wein auf der Karte, dafür aber einen zerlumpten, barfüßigen Buben, der, als er eben seufzend eine Flasche Mineralwasser bestellt hatte, an seinem Tisch auftauchte:

"Vin, M'sieur? Pas de problème!"

Das Kerlchen verlangte eine Hunderternote, verschwand und kehrte nach wenigen Minuten mit einer braunen Papiertüte zurück, aus der ein grüner Flaschenhals ragte. Ali persönlich erschien mit einem Weinglas, zog den Korken mit routinierter Bewegung, schenkte formvollendet ein und ermahnte seinen Gast, die Flasche keinesfalls aus dem Papier zu nehmen – das könnte Ärger geben. Später, als an den rußigen Spießchen nur noch kalt gewordene Fleischklümpchen steckten, von denen der Mann hin und wieder eins abzupfte, um es zusammen mit einem Fetzen Brot in den Mund zu schieben, genügte ein ostentatives Schütteln der leeren Flasche – der Bub erschien wie aus dem Nichts, schnappte sich seine Banknote und brachte neuen Wein.

Als er die lächerlich geringfügige Rechnung für sein Essen bezahlt hatte und sich erhob, fühlte sich der Mann immer noch vollkommen nüchtern. Möglich, dass seine Bewegungen etwas langsamer, sein Schritt etwas unsicher geworden waren, aber in seinem Kopf herrschte nur verzweifelter Hunger nach Bewusstlosigkeit. Wider Erwarten wurde ihm in der Bar seines Hotels Gnade zuteil: In einer Ecke drückte sich noch ein ausländisches Pärchen im Halbdunkel herum. Der Barmann war damit beschäftigt, Gläser zu waschen, und stellte, nachdem er sich vergewissert hatte, dass alle Vorhänge gezogen waren, eine Flasche mit klarer Flüssigkeit auf die Theke: Mahia, Feigenschnaps, widerliches Getränk, aber das Einzige, was er an Hochprozentigem zu bieten hatte.

Ob er Lust auf ein bisschen "Chocolat" habe? Der Mann schüttelte den Kopf, kippte ein paar Gläser, ließ das Zeug in der Speiseröhre brennen. Diese Medizin war ihm vertraut, die Wirkung von Cannabis in Verbindung mit Alkohol erschien ihm unberechenbar.

Später schloss er sein Zimmer ohne Schwierigkeiten auf, wusch sich sogar noch die Hände, bevor er aufs Bett und in Tiefschlaf fiel.

Tageslicht sickerte durch das hochgelegene, von einem unordentlich gezogenen Vorhang großenteils verdeckte Fenster in den Raum. Der Mann hatte keine Ahnung, wie spät es war. Die Omega musste im Bad liegen geblieben sein. Er fühlte sich matt und zerschlagen – das konnte von der Pistenfahrt kommen oder vom Mahia. Er beschloss, dass er nie mehr in die scheußliche Lage geraten würde, ohne Wein und Whisky zu sein. In Ouarzazate gab es einen Laden, in dem – nahm er an – sich beides beschaffen ließ.

Jemand versuchte, von außen die Türe seines Zimmers zu öffnen – vermutlich eine Hotelangestellte, die gekommen war, um das Zimmer zu richten. Er knurrte etwas von "Schlafen lassen" und hörte erleichtert, dass sich draußen schlappende Schritte entfernten. Es tat wohl, liegenzubleiben, zur weißen Decke hinaufzustarren, nichts zu denken ...

Als er sich ausgeruht genug fühlte, aufzustehen, zu duschen, die Tasche zu packen und das Zimmer samt Zuschlag für verspätete Abreise zu bezahlen, war Mittag vorüber, der "Supermarché" geschlossen. Er parkte den Wagen an der Avenue Mohamed V, setzte sich in einen der Korbstühle vor dem *Café du Sud*, bestellte Tee und vertrieb sich die Zeit damit, den Vorübergehenden mit dem Blick zu folgen – ein paar weißhäutigen Touristen im Adventurelook, Jugendlichen in europäischen Hosen und Hemden, einzelnen Frauen mit gefüllten Einkaufstaschen, älteren Männern, die entweder Djellabas trugen oder staubige Arbeitskleidung.

Lange beobachtete er einen alten Bettler, der, bevor er die Cafehausterrasse betrat, ängstlich umhersah, als fürchte er, mit lauten Worten oder Schlägen verjagt zu werden. Auch sprach er keinen der Gäste an, umkreiste nur mit vorsichtigen Schritten die leeren Tische, um zu sehen, ob irgendwo etwas liegen geblieben sei, schnappte mit blitzschneller Bewegung nach einem angebrochenen Zuckertütchen, nach einer halbgerauchten Zigarette in einem Aschenbecher, bückte sich nach einer zu

Boden gefallenen Münze oder einem Zündholzbriefchen. Mehrmals entdeckte er noch einen Rest Flüssigkeit in einem nicht abgeräumten Teeglas, das er sofort gierig an die Lippen setzte. Einer der Gäste warf ihm ein Dirhamstück zu und erntete dafür einen Segensspruch. Auf einem der Tische lag ein angebissenes Croissant. Wieder spähte der Alte in alle Richtungen, bevor er wagte, die Hand danach auszustrecken. Bevor er sich aber den leckeren Bissen in den Mund schob, murmelte er ein deutlich vernehmbares "Bismillah", und nachdem er lange und andächtig gekaut hatte, wendete er den Blick neuerdings gen Himmel und flüsterte voll Ehrfurcht: "Alhamdulillah!"

Einer plötzlichen Eingebung folgend hatte der Mann unterdessen eine Zehn-Dirham-Note aus der Tasche gepflückt und zu Boden fallen lassen. Er bemerkte, wie der Alte zusammenzuckte, als er diesen Schatz erspähte, wie er zögerte, sichernd über die Schulter blickte, näher trat, sich aber den Anschein gab, als interessiere er sich ausschließlich für das Zuckertütchen auf dem Tisch. Der Mann gab ihm mit einer Geste zu verstehen, dass er sich bedienen dürfe, und beobachtete, wie der Alte seine mit Schnüren geflickte Plastiksandale so zielgenau auf den Geldschein stellte, dass dieser völlig verschwand. Plötzlich schien ihn etwas an seinem Schuh zu stören, er bückte sich, nestelte an den Schnüren, die ihn zusammenhielten, und ging schließlich mit einem gemurmelten Dank weiter. Der Platz, auf dem die Banknote gelegen hatte, war leer.

Der Mann vermied es, sich nach dem Bettler umzudrehen. Er schämte sich. Er war grausam und arrogant gewesen. Im Grunde hatte er den Alten zu einem Diebstahl gezwungen, statt ihm einfach einen Zehner oder Hunderter in die schmutzstarrende Hand zu drücken und seinen Segensspruch über sich ergehen zu lassen. Es wäre nicht nötig gewesen, ein Exempel dafür zu statuieren, dass Menschen, die unter solch erniedrigenden Bedingungen durchs Leben schleichen müssen, sich den Luxus der Ehrlichkeit nicht leisten können. Zugleich bewunderte er die Geschicklichkeit des Alten. Kein Beobachter wäre auf die Idee gekommen, dass er, während er an den Schnüren seiner elenden Sandalen herumnestelte, einen Geldschein unter der Sohle hervorzog und in seiner Hand verschwinden ließ. Er musste diesen Trick oft geübt – und praktiziert haben. Überlebenstechnik eines Menschen, der nur eine Sorge kannte: genug Essbares für diesen einen Tag aufzutreiben. Fast hätte er den Elenden beneidet.

Und wenn er jetzt aufstünde, Papiere, Geld und Wagenschlüssel auf dem Tisch liegen ließe, dem Alten nachginge, seine teuren Kleider gegen die schmutzige Djellaba eintauschte und von morgen an als stummer Bettler die Straßen, Cafés und Garküchen von Ouarzazate durchwanderte auf der Suche nach einem vergessenen Stück Brot, einer halb gerauchten Zigarette, einem nicht sauber abgenagten Knochen, einer verlorenen Münze? Wenn es von morgen an seine einzige Sorge wäre, den bohrenden Hunger zu stillen, der Polizei zu entwischen und nachts einen geschützten Platz zum Schlafen zu finden?

"Deutscher Professor als Bettler in Marokko aufgegriffen". Mit so einer Titelzeile unter den vermischten Nachrichten hätte das Abenteuer früher oder später vermutlich geendet.

Er nahm den seit Tagen unbenützten Skizzenblock aus der Tasche und schrieb mit fetter Zeichenkohle:

Bettler werden = Buße = Mittelalter.
Mittelalter = Gottesurteil.
Gottesurteil = Hamada.

Er starrte auf das Blatt. Wie war der Begriff des Gottesurteils in sein Denken geraten? Zentrales Element der mittelalterlichen Rechtspflege, die ihn nie sonderlich interessiert hatte. War er dabei, endgültig den Verstand zu verlieren? War diese Gedankenverwirrung ein Signal? Noch konnte er umkehren. Lea würde seinen Brief noch nicht erhalten haben. Wenn er sie gleich anrief, konnte er sie bitten, ihn ungelesen wegzuwerfen. Und falls sie ihn doch schon bekommen hatte, war das auch nicht weiter schlimm. Er konnte erklären, er habe einsehen müssen, dass sein Reiseplan zu viele Risiken berge, er werde sich auf ein paar kleinere Abstecher in die Wüste bei Zagora beschränken. Nach seiner Rückkehr würde Lea so tun, als glaubte sie ihm. Und das Leben würde weitergehen fast wie vorher.

Er zerriss das Blatt, legte die Fetzen in den Aschenbecher, zündete sie an und sah zu, wie sie verkohlten.

Im "Supermarché", einem kleinen, muffigen Raum mit Regalen bis unter die Decke, gab es keinen Whisky, nur Mahia und spanischen Cognac, den der Mann verabscheute. Da er aber wusste, dass weiter im Süden kein Laden mit Alkohollizenz mehr zu finden war, kaufte er den gesamten Bestand – vier Flaschen. Dazu zwei Kartons Wein und ein paar Sechserpackungen Mineralwasser.

Als er die Einkäufe im Cat-Cat verstaut hatte, ging es auf drei. Also war nicht mehr daran zu denken, nach M'Hamid, der letzten Oase am Rand der Hamada, Endpunkt der Asphaltstraße, durchzufahren. In Ouarzazate bleiben mochte er auch nicht. Er verließ die Stadt Richtung Süden. Zagora – nahm er an – müsste sich, wenn die Wegverhältnisse nicht allzu schlecht waren, vor Einbruch der Dämmerung erreichen lassen.

Hinter Ouarzazate wand sich die Straße rasch in eine vegetationslose Gebirgslandschaft hoch. Kurz vor der Passhöhe stand ein weißer Peugeot mit klagend aufgerissener Motorhaube. Ohne lang zu überlegen, hielt der Mann: Ob er helfen könne?

Dem arabisch-englisch-französischen Kauderwelsch der drei in dieser Mondlandschaft Gestrandeten war schließlich zu entnehmen, dass er gebeten wurde, einen von ihnen bis in die nächste Oasensiedlung mitzunehmen, wo es einen Onkel gebe, der in seiner Garage das für die Reparatur des Wagens benötigte Ersatzteil oder Werkzeug habe. Und ob er vielleicht so gütig sein könne, den andern beiden eine Flasche Wasser dazulassen – oder zwei.

Der Junge, der schließlich auf den Beifahrersitz kletterte, blieb wortkarg, dirigierte den Mann, als die ersten Häuser von Agds erreicht waren, aber sehr bestimmt in die Nebenstraße einer Nebenstraße, nötigte ihn auszusteigen, versuchte, seine Hände zu küssen, beschwor ihn, wenigstens ein Glas Tee im Haus des Onkels anzunehmen zum Dank für seine Mühe, mimte den Beleidigten, als der Mann abzulehnen versuchte, drängte ihn durch einen engen Korridor in einen dunklen Raum, nötigte ihn auf ein weiches Polster. Als dann aber drei Glühlampen an der Decke aufflammten, fiel ihr Schein auf buntbestickte Teppiche, edelsteinverzierte Krummdolche und einen wirren Haufen von Babuschen, Ledertaschen, Kupferkannen.

"Welcome my friend ..." Weiter kam der beleibte "Onkel" nicht, der mit dampfenden Teegläsern, Zuckerschälchen und Gebäck unter der Tür erschien. Glas zerklirrte, Messing dröhnte, Gegenstände wurden von der Wand gerissen. Es war dem Mann in seiner explodierenden Wut egal. Der alte Trick: um Hilfe bitten und dann dem blöden Ausländer irgendwelchen Teppichschund andrehen. Was ihn wütend machte, war seine eigene Dummheit, mit der er in die sattsam bekannte Touristenfalle getappt war.

Draußen fand er sein Auto von Frauen und Kindern umstellt. Er knallte die Tür, ließ den Motor aufheulen, schob, obwohl er in seinem Zorn am liebsten Vollgas gegeben hätte, die Kühlerhaube vorsichtig durch den Wall von Leibern, und erst als der Weg frei schien, ließ er den Wagen in einer Wolke von Sand und Staub davon schießen. Einige Knirpse hatten sich aufs Trittbrett geschwungen, hämmerten jetzt auf die Windschutzscheibe, schrieen Unverständliches und sprangen erst auf dem großen Platz ab, wo die Straße eine scharfe Rechtskurve beschrieb. Denn dort lauerte hinter einem Wall aus Teerfässern ein Kontrollposten der Gendarmerie. Der Mann hatte Pass und Wagenpapiere vorzuweisen und zu warten, während zwei Uniformierte sämtliche Angaben auf ein grünliches Formular übertrugen. Als endlich zwischen Palmengärten am Drâa-Ufer und roten Wüstenhügeln die freie Straße vor ihm lag, jagte der Mann seinen Wagen mit unerlaubtem Tempo hinein ins Nachmittagslicht.

Als er Zagora erreichte, warf die Abendsonne schon lange Schatten. Er nahm ein Zimmer im *Fibule du Drâa,* verzehrte im halbleeren Speisesaal eine fade Pastilla, trank dazu eine Flasche Wein, verzog sich auf seine Dachterrasse, freundete sich notgedrungen mit dem spanischen Brandy an, warf sich aufs Bett und schlief zu seiner Überraschung augenblicklich ein.

Zagora, 19. April

Eine Melodie hatte ihn geweckt. Der Gebetsruf eines Muezzin? Ein Liedfetzen aus dem Innenhof des Hotels? Ein versehentlich zu stark aufgedrehtes Radio? Er setzte sich auf die Bettkante und verspürte Hunger. Wann hatte er zum letzten Mal angesichts eines gedeckten Tisches etwas anderes empfunden als ungeduldigen Widerwillen oder bestenfalls, wenn ein erster Bissen seinen Gaumen gekitzelt hatte, so etwas wie trägen Appetit? Jetzt war er hungrig. Ein Blick auf die Uhr zeigte ihm, dass er noch wenigstens eine Stunde auf das Frühstück würde warten müssen.

Er verließ das Zimmer, tappte durch den unklaren Grundriss des Hotels, ging durch menschenleere Korridore, stieg Treppen hinab, fand eine offene Türe und stand am Rand eines azurblau gekachelten Pools.

Auch hier war kein Mensch zu sehen, kein Geräusch zu hören. Er warf das Badetuch auf einen der Liegestühle, stieg ins Wasser, schwamm ein paar Runden und drehte sich dann auf den Rücken, ließ sich treiben, vergaß den Chlorgeruch, der ihn anfangs gestört hatte, genoss den Anblick der Palmwipfel, die im Licht der Morgensonne vor einem blassblauen Himmel aufleuchteten, genoss die Ruhe, genoss den Gedanken, ein plötzlicher Herzstillstand könnte jetzt seine winzigen Schwimmbewegungen lähmen, ihn auf den Grund des Bassins sinken lassen, ihn in diesem Moment seltener Schönheit erlösen von seiner Scham und seiner Angst, vom Bild des Schimmelpilzbocks und dem Gedanken an die Hamada du Drâa.

Gleichzeitig regte sich plötzlich der Wunsch, hier in diesem verschachtelten Hotel am Rand der Wüste noch ein paar Tage zu leben, stundenlang in diesem kühlen Wasser zu treiben, sich dann dem Geschrei und Gestank des Wochensouks auszusetzen oder in die Wüste hinauszufahren, abends Couscous mit fettem Hammelfleisch zu verzehren und dann mit einer Flasche Wein bis tief in die Nacht hinein auf seiner Dachterrasse zu sitzen.

Heftiges Platschen riss ihn aus seinem Traum. Wenige Armlängen von ihm entfernt schoss ein knabenhaft schlanker Körper durchs Wasser, kurvte sanft zur Oberfläche, vollführte einige energische Schwimmstöße, wendete am Rand des Beckens blitzschnell, pfeilte zurück, erreichte in Sekunden den gegenüberliegenden Rand, nur um sich dort neuerdings mit kräftiger Bewegung in Gegenrichtung abzustoßen. Das aufgewühlte Wasser schwappte über das Gesicht des Mannes, der sich genötigt sah, seine träumerische Rückenlage aufzugeben und ebenfalls richtige Schwimmbewegungen zu vollführen, die es an Eleganz und Tempo allerdings bei weitem nicht mit denen des Mädchens aufnehmen konnten. Es hielt sein Frühsportprogramm mehr als zehn Minuten lang durch, schwang sich dann, ohne die Leiter zu benützen, auf den Rand des Bassins und trat unter die Dusche. Das Wasser im Becken beruhigte sich. Der Mann sah zu, wie die junge Frau ihren Körper im Gefunkel der Wasserstrahlen lustvoll dehnte und drehte. Sie war ihm schon gestern im Speisesaal aufgefallen, wo er sie ihres kurzen Haarschnitts, ihrer scharfen Gesichtszüge und ihres schmalen Körpers wegen zunächst für einen Jungen gehalten hatte. Sie reiste in Begleitung eines grauhaarigen, sportlich und erfolgreich wirkenden Herrn, der ihr Vater sein konnte, ihr Gatte oder Geliebter.

Der Mann ging davon aus, dass die Zurschaustellung des Körpers unter der Dusche und beim Abfrottieren auch für seine Augen bestimmt war. Es enttäuschte ihn, dass das Mädchen grußlos im Haus verschwand.

Wenig später lehnte er, frisch gekleidet, sauber rasiert und noch hungriger als zuvor, am Geländer seiner Dachterrasse und blickte über die sacht sich wiegenden Palmwipfel der Oase hinweg zu den in der Morgensonne rot aufleuchtenden Felsbändern der Wüste. Und noch einmal erwog er die Möglichkeit einer Umkehr. Der Ekel vor dem Schimmelziegenbock war Erinnerung. Auch andere Menschen wurden alt, fanden sich damit ab, dass ihr Körper ihnen keine Lust mehr gewähren konnte, nahmen eine Krankheit als naturgegeben hin. Warum sollte es ihm nicht möglich sein, neue Freuden des Daseins zu erfahren, die Spannungen eines Kunstwerks auszukosten, die Schönheit eines leuchtenden Herbsttages einzuatmen, Menschen an sich heranzulassen, statt ihnen höflich auszuweichen?

Belletristik. Sein Leben, falls er je zurückkehrte, würde bis zum Gähnen aus Vorlesungen und Seminaren bestehen, aus Sitzungen, Prüfungen, Schreibtischarbeit und Einladungen, Fernsehkonsum und Alkoholbetäubung. Also doch das Gottesurteil?

Er wusste, dass er in der Hamada kämpfen würde. Sein Selbsterhaltungstrieb ließ sich nicht unterdrücken. Wäre er in Essaouira auf die Klippen gegangen, so wäre alles längst vorbei!

Er durfte nicht zögern. Lea würde heute seinen Brief erhalten. Was er darin über sein Vorhaben geschrieben hatte, klang harmlos für jemanden, der den Süden Marokkos nicht kannte, aber Lea besaß ein untrügliches Gespür auch für Dinge, die noch nicht einmal zwischen den Zeilen standen. Und wenn sie erriet, wohin seine Reise wirklich führen sollte, würde sie keinen Moment zögern, all ihre Beziehungen spielen zu lassen, um eine Suchaktion auszulösen, die sein Vorhaben vereiteln konnte. Denn – nahm er an – sie liebte ihn, auch wenn sie nie ein Liebespaar gewesen waren. Sie liebte ihn, wie sie einen Bruder geliebt hätte oder wie sie ihre kostbaren Erstausgaben liebte, ohne die sie sich ihr Leben nicht vorstellen konnte. Natürlich würde sie seinen Tod verwinden, so wie sie seinerzeit den Verlust ihres durch einen Zimmerbrand zerstörten Jugendstil-Sekretärs – École de Nancy – verschmerzt hatte. Vorher aber würde sie alles tun, um ihn zu verhindern.

Es gab kein Zurück. Und sollte er wider alles Erwarten in der Hamada du Drâa nicht in einem tückischen Oued versanden, nicht mit einem Achsenbruch liegen bleiben, nicht in eine Felsspalte stürzen, nicht nach tagelangen Irrfahrten ohne Treibstoff dastehen, nicht auf eine vergessene Landmine auffahren, nicht verdursten, nicht in der Gluthitze den Verstand endgültig verlieren – so würde nach der Ankunft an der Atlantikküste genug Zeit bleiben darüber nachzudenken, ob und wie das Leben sich bewältigen ließ, zu dem er dann verurteilt wäre.

Wo die Straße nach M'hamid aus den Oasengärten Zagoras in die freie Wüste hinausführt, stand eine Frau und winkte dem Mann die Bitte um einen Mitfahrplatz in seinem Wagen zu. Als Ziel nannte sie den Namen eines Ortes, der sich auf keiner Landkarte fand. Aber sie deutete so klar in südlicher Richtung, dass er sie einsteigen ließ. Er bemerkte, dass sie ihren schlanken Körper an die Außenseite des Wagens drückte, um den Abstand zwischen sich und dem Fremden möglichst groß zu halten. Auch drehte sie ihren von einem schwarzen Tuch umschlungenen Kopf so, dass ihr Gesicht verborgen blieb.

Nach einer knappen Stunde Fahrt bedeutete sie mit einer Handbewegung und einem kaum vernehmbaren "S'il-vous-plait!", der Mann möge anhalten. Es gab an der Stelle keine Kreuzung, kein Straßenschild, nichts außer einer kaum erkennbaren Piste, die sich zwischen zwei felsigen Hügeln verlor. Mit einer Geste deutete der Mann seine Bereitschaft an, die Frau auch noch das letzte Wegstück bis zu ihrem unsichtbaren Oasendorf zu bringen, aber sie wehrte erschrocken ab, glitt ins Freie und stand nun halb eingeklemmt zwischen Autotüre und Beifahrersitz. In dieser Stellung löste sie ihr Kopftuch, ohne es abzunehmen, nestelte aus einem Zipfel einige Münzen hervor, von denen sie drei auswählte und dem Mann als Fahrpreis hinhielt. Als er die Annahme lachend verweigerte, zögerte sie einen Moment, knüpfte dann das Geld wieder in ihr Tuch, das Tuch um ihr reiches, schwarzes Haar. Für den Bruchteil eines Augenblicks hatte sie ein junges, hoffnungsloses Gesicht enthüllt.

Der Mann erwartete ein Wort des Abschieds, aber die Frau verneigte sich nur stumm, wandte sich rasch ab, ließ die Türe ins Schloss fallen und ging mit kleinen Schritten ihres Weges.

Irikit, 20. April

So weit das Auge reicht, trifft es nur auf Geröll, Sand, hier und da ein paar Felsen. Die Farben spielen von Ocker über giftiges Rot bis gegen Schwarz, und der Himmel darüber ist fast weiß in der Hitze. Nur am südlichen Horizont schimmern zauberhafte Wasserflächen in kühlem Hellblau. Inseln zeichnen sich ab, Palmen, es gibt Schatten und die Quellen des Paradieses. Nichts gibt es dort. Nichts als ausgebrannte Salzsumpfflächen, auf die der Drâa nach einem regenreichen Winter sein letztes Wasser spült, das unter der gnadenlosen Sonne der Sahara rasch verdunstet.

Moulay ist selber nie dort gewesen. Verbotenes Terrain. Er kennt Schmuggler, die hin und wieder die Hamada mit einer Ladung Waffen durchqueren. Sie verlangen einen hohen Preis dafür, denn sie fürchten diesen Trik – mehr wegen seiner Unwegsamkeit als wegen des Risikos, auf eine marokkanische oder algerische Grenzpatrouille zu stoßen, vor allem aber wegen der Landminen, die seit dem letzten Krieg hier liegen.

Die Piste von M'hamid nach Foum-Zguid ist hier bei den Salzsümpfen von Irikit deutlich durch Pyramiden aus Felsbrocken markiert. Zu Moulays Aufgaben gehört es, die abenteuerlustigen Faransi, Almani, Swisri, die sich seiner wüstenkundigen Führung anvertraut haben, energisch davon abzuhalten, ins tödliche Niemandsland einzudringen, um ans vermeintliche Ufer der vermeintlichen Seen zu gelangen.

Diesmal betreute er einen Konvoi mit sieben englischen Paaren, verteilt auf drei Landrover, einen schweren Toyota und einen weißen Mercedes, in dem er selber gleich wieder als Beifahrer Platz nehmen würde, sobald seine Kunden genug fotografiert hatten. Den Frauen musste er – wie üblich – versprechen, ihnen später einen jener Hügel zu zeigen, wo sie Versteinerungen im Überfluss finden konnten, sofern nicht vorher jener Sandsturm losbrach, der sich durch bedrohlich dunkle Wolkenfinger am Horizont anzukündigen schien.

Moulay mahnte zur Eile, aber die Leute, die vermutlich nie einen Sandsturm erlebt hatten, waren noch mit Fotografieren oder Schwatzen beschäftigt und stiegen nur zögernd in ihre Autos. Einige schauten auch neugierig zu dem kleinen Cat-Cat, der sich von Osten her näherte. Moulay erkannte, dass hier ein einzelner Mensch unterwegs war. Seit GPS-Geräte zur Standardausrüstung gehörten, war die große Südpiste zu einem beliebten Trik für europäische Abenteurer geworden, die sich immer seltener den Luxus leisteten, einen landeskundigen Führer zu engagieren. Und trotzdem: Ganz allein in die Wüste aufzubrechen war immer noch unverantwortlicher Leichtsinn: Wie schnell kam man von der Piste ab, geriet irgendwo in einen sandigen Oued, schlitzte sich im scharfkantigen Geröll einen Reifen oder erlitt sonst eine Panne, und dann brauchte es nur noch einen verstauchten Fuß, einen Schwächeanfall in der Hitze, und der einsam Reisende war verloren.

Der Wagen hielt gerade vor Moulay. Ein älterer Mann stieg aus, grüßte die englische Reisegruppe mit einer vagen Handbewegung, den Marokkaner aber mit ausgesuchter Höflichkeit. Ohne sich lange mit den üblichen Fragen nach Wetter oder Pistenverlauf aufzuhalten, erkundigte er sich eindringlich nach der kaum noch sichtbaren Fahrspur, die zufällig gerade hier nach Süden abbog und die nur von Militärfahrzeugen stammen konnte oder von den Jeeps einer Schmugglerbande, die auf diesem gefährlichen Weg Kalaschnikows und Funkgeräte gegen Blutdiamanten getauscht hatte.

Der Mann schien einiges zu wissen. Moulay musste zugeben, dass auch er schon von Abenteurern gehört habe, die die Hamada du Drâa von hier bis zur Küste durchquert hätten, aber das sei vor dem Krieg gewesen, vielleicht sogar vor seiner, Moulays, Geburt. Diesen Spuren dürfe der Fremde auf keinen Fall folgen, die Hamada sei tödlich und vollkommen menschenleer, aber voll von Gefahren, Sandlöchern, Abgründen, Minenfeldern, trügerischen Scheinpisten, die vor einer Felswand oder an einem unpassierbaren Oued endeten. Außerdem – Moulay zögerte ein wenig, sprach dann aber doch weiter – solle es bösartige Dschinnen geben, die den Unvorsichtigen in ihr Reich lockten, um sich an seinem Todeskampf zu weiden.

Als die Rede auf die Dschinnen kam, zuckte ein Lächeln um die Mundwinkel des Fremden, aber er schwieg und hörte sich alle Warnungen ernsthaft an, ohne eines der besorgten Worte in Frage z[illegible]
Moulays Angebot aber, sich seinem Konvoi anzu[illegible]
Sandsturm, falls man ihm nicht entrinnen kön[illegible]

einem geschützten Platz zu überstehen, lehnte er mit einer entschiedenen Bewegung ab.

Schweigend standen sich die Männer gegenüber. Moulay sah, dass der Entschluss des anderen, sich in die Hölle der Hamada zu begeben, nichts mit Leichtsinn oder Abenteuerlust zu tun hatte, dass er diesen Weg gehen musste, aus was für Gründen auch immer. So überraschte es ihn auch nicht, dass der Fremde ihn zum Abschied umarmte, den Kopf an seine Schulter drückte. Es war, als ob ein lautloses Schluchzen seinen ganzen Körper erschütterte, doch als er sich nach wenigen Augenblicken löste, zurücktrat, wirkte sein Gesicht vollkommen ruhig.

"Ich danke dir ..."

Einer plötzlichen Eingebung folgend, löste der Mann die goldene Omega von seinem Gelenk, legte sie in Moulays Hand, schloss die widerstrebenden Finger des Anderen behutsam um den kostbaren Gegenstand:

"Behalte sie, Bruder, behalte sie als Andenken an ... einen Unbekannten."

Ein paar Leute aus der englischen Reisegruppe hatten sich der auf sie exotisch wirkenden Szene genähert, umstanden Moulay und den Mann in lockerem Halbkreis, grinsten über eine in wenigen Augenblicken am Rand der Sahara entstandene Männerfreundschaft, argwöhnten, dass hier etwas geplant würde, um ihnen ein paar zusätzliche Dirham aus der Tasche zu ziehen, ärgerten sich beim Gedanken, der einsam Reisende könne sich ohne Bezahlung ihrem Konvoi anschließen. Sie verstanden nichts, waren aber äußerst zufrieden, als sie sahen, wie der Mann zu seinem Wagen zurückstapfte, sich auf den Fahrersitz schwang, den Motor startete und in einer scharfen Linkskurve auf die verwehte Piste Richtung Salzsümpfe, Hamada, Niemandsland, Todeszone abdrehte.

Moulay verharrte schweigend. Er starrte nach Süden, bis die Staubfahne des Fahrzeugs sich in Hitzegeflimmer und Luftspiegelungen aufgelöst hatte. Die dunklen Finger des Sandsturms bewegten sich langsam über den Horizont.

KARIMS CAFÉ

Das *Café Italien* liegt nur einen Steinwurf von der Kutubia, der wichtigsten Moschee Marrakeschs, entfernt. Der Name Al Kutubia – "Büchermoschee" – kommt daher, dass sich hier einst der wichtigste Buchhandelsplatz des Maghreb befand. Heute ist davon nicht mehr viel zu spüren. Auch in Karims Café blättert man höchstens in Zeitungen oder Reiseführern. Ein Mensch, der den ganzen Tag hier sitzt und die mit winziger Handschrift bedeckten Seiten eines ledergebundenen Buches liest, zieht befremdete Blicke auf sich.

Ich hatte mich dadurch ebenso wenig stören lassen wie durch das Hin und Her der Gäste und ihr vielsprachiges Geplauder. Nun aber schmerzten die Augen. Ich dachte daran, das Buch einzustecken, nach Hause zu gehen, um die Lektüre dort bei besserem Licht fortzusetzen – oder auf einen anderen Tag zu verschieben. Aber das wäre so etwas wie Verrat gewesen: Die Texte wollten in dem Raum gelesen werden, in dem sie entstanden waren, und an dem Tag, an dem ihr Verfasser die Welt auf seine eigene Weise verlassen hatte.

Karims Café nennt sich *Café Italien.* Aber ich glaube nicht, dass Karim je im Ausland, geschweige in Italien gewesen ist. Vielleicht hat er einmal auf *Canal Cinq* einen italienischen Film gesehen, der in einem eleganten Café an der Via Veneto spielt. Vielleicht hat ihm ein italienischer Freund die Cafés von Torino oder Firenze beschrieben. Oder er hat sich sein erfolgreiches Rezept – italienische Tassen, Tischplatten aus Marmor, grazile Stühle und großformatige Fotos – aus Prospekten und Illustrierten zusammengeklaubt. Jedenfalls macht er den besten Espresso weit und breit und sorgt rund um die Uhr für Sauberkeit bis in die hinterste Ritze. Keines der Cafés zwischen Djema el Fna und Kutubia ist so gut besucht. An keinem anderen Ort mischen sich Einheimische und Ausländer so zwanglos.

Karim ist ein Schlitzohr der sympathischen Art. Er steht vom Morgen bis Mitternacht hinter seiner Bar, hat seine Augen überall, weiß genau, welche Gäste man höflich begrüßt und welche man besser fernhält. Nur bei dem Staubgrauen muss seine Aufmerksamkeit einen Moment nachgelassen haben. Anders kann ich mir nicht erklären, dass er diesem Menschen gestattet hat, sich hier für Wochen als verstörender Fremdkörper einzunisten …

Karim sorgt dafür, dass kein Bettler sein Café betritt – nicht mit Flüchen und Drohungen, sondern mit Freundlichkeit: Jeder, der an der Hintertüre klopft, bekommt eine Münze und ein paar Croissants vom Vortag, liegen gebliebene Mandelhörnchen, zerbrochene Cornes de Gazelle. Gelegentlich trinkt Karim, bevor er sein Lokal schließt, mit den letzten Gästen noch einen Whisky. Er ist vielleicht ein schlechter Muslim, bestimmt aber ein guter Mensch und ein hervorragender Geschäftsmann. Und er besitzt ein untrügliches Gespür dafür, wann es angebracht ist, einem Stammgast eine kleine Aufmerksamkeit zu erweisen:

"Vom Patron für Sie", flüsterte Mohamed, als er mir unaufgefordert ein Glas Orangensaft und ein Tellerchen mit Honiggebäck auf den Tisch stellte.

Ich winkte Karim Dank zu und er erwiderte mit übertriebenem Anheben beider Schultern und einer vagen Geste in Richtung der Franzosen, die vor ein paar Minuten das Lokal gestürmt, Tische zusammen geschoben, Stühle gerückt und schließlich mit einem herablassenden "vous permettez?" auch noch jenen Hocker beansprucht hatten, auf dem meine Zeitung und meine Mappe lagen. Sie trugen khakifarbene, an Kampfanzüge erinnernde Hosen und Hemden, Fotoausrüstungen, Kartentaschen und schwarze Sonnenbrillen. Damit und mit ihrem ganzen Gehabe taten sie kund, dass sie eben von einer ungeheuer kühnen und abenteuerlichen Expedition zurückgekehrt waren. Einige lamentierten immer noch über das Essen, das man ihnen in Tinerhir vorgesetzt hatte, andere unterhielten sich mit Kennermiene über eine Bauchtanzshow.

Ich hatte kapituliert, meine Sachen zusammengerafft und mich nach einem anderen Platz umgesehen. Nur ein einziger Tisch war frei gewesen, und so saß ich jetzt auf dem Platz des Staubgrauen, der seit der gespenstischen Szene am Morgen leer geblieben war, als ob die Menschen gespürt hätten, dass auf dieser Stelle ein Fluch lag.

Wortlos war der Fremde hier während Wochen gesessen, hatte von Zeit zu Zeit etwas in sein Buch geschrieben, war von Tag zu Tag fahler, durchsichtiger, abwesender geworden, bis er heute morgen, als die kleine schwarze Putzfrau seinen Sitz versehentlich mit ihrem Schrubber gerammt hatte, binnen Sekunden zu Asche zerfallen war. Keiner der Gäste hatte sich umgedreht, als die hutzlige Alte seine Überreste in den Kehrichteimer schaufelte und jede Spur ihres Ungeschicks ängstlich wegbeselte. Keiner hatte den Vorgang beachtet. Keiner außer mir – mir, dem eben unter dem fürchterlichen Satz in Kays Brief ein Stück Leben weggebrochen war:

"Wir gehören ja wohl nicht mehr zueinander."

Erst neun Stunden war das her, aber mir schienen der schlimme Satz meiner Frau und das surreale Ende des Fremden in weite Ferne gerückt. Ich hatte seither drei der fünf Geschichten in seinem Buch entziffert, hatte beklemmende Nächte in Tanger und in einem Oasendorf erlebt – und lange Wochen in einem verwunschenen Zaubergarten. Meine Augen brannten von der Anstrengung des Lesens, denn die Texte des Unbekannten setzten sich aus winzigen, mit Bleistift auf oft fleckiges Papier geschriebenen Buchstaben zusammen. Als im Café für einen Augenblick Stille eintrat, hörte ich vom nahen Minarett der Kutubia den Ruf des Muezzins zum Abendgebet.

Zwei Erzählungen blieben noch zu lesen in dem abgegriffenen, in braunes Leder gebundenen Buch des Zerfallenen, das ich nach seinem lautlosen Ende an mich gebracht hatte – gerettet hatte, dachte ich. Gerettet klang besser, und mir schien, es gebe mir ein gewisses Recht – mehr jedenfalls als die zehn Dirham, die ich der Putzfrau dafür hingeschoben hatte – in den Aufzeichnungen des Fremden zu lesen. Auf den ersten Seiten des Buches fanden sich ohnehin nur kryptische Notizen, die fast nichts über ihn verrieten. Und die Geschichten, die ich seit Stunden Wort um Wort entzifferte? Es waren jedenfalls keine Bekenntnisse, sondern Produkte einer literarischen Phantasie, auch wenn einzelne Elemente zweifellos auf Erfahrung und genauer Beobachtung beruhten. Hätte ich auch nur ein Weniges über den Staubgrauen, den Zerfallenen und sein Leben gewusst, wäre es vielleicht gelungen herauszufinden, welche Bedeutung diese Texte für ihn hatten – jede Geschichte erzählt ja auch von ihrem Verfasser. Doch ich wusste nichts. Ich konnte einzig vermuten, dass zwischen den Erzählungen, auch wenn sie von ganz verschiedenen Figuren handelten, an verschiedenen Orten spielten, ein

Zusammenhang bestand. Weiter kam ich nicht. Die Geschichten des Fremden gaben nichts preis.

Ich schob die Erinnerung an das stumme Ende des Unbekannten, das Entsetzen über Kays herzlosen Satz, den Ärger über die lautstarken Vertreter der Kulturnation beiseite. Ich nahm die Lupe zur Hand, kniff das rechte Auge zu und vertiefte mich in die vierte Erzählung.

Ich überhörte den Ruf des Muezzins zum Nachtgebet, ich bemerkte nicht, wie das Café sich leerte. Als Karim sich zu mir setzte, waren die Blechjalousien heruntergelassen, der Raum lag im Dunklen, nur über meinem Tisch brannte noch eine Lampe. Ich hatte eben begonnen, die fünfte, letzte Geschichte zu lesen. Die Schrift des Namenlosen war hier noch kleiner, noch dünner geworden. Als ob er sich diesen Text habe Wort für Wort abzwingen müssen. Karim stellte zwei Gläser mit Eiswürfeln auf den Tisch, zog die Whiskyflasche aus der Jacke, schenkte ein:

"Weißt du jetzt, wer dieser Mensch gewesen ist?"

Ich schüttelte den Kopf. Karim lachte unfroh:

"Ich werde dir erzählen, wie er in mein Café gekommen ist. Dann kannst du von mir aus die ganze Nacht auf seinem Stuhl sitzen bleiben und sein Buch zu Ende lesen."

Wir stießen verstohlen, wie hierzulande ratsam, miteinander an.

"Vier Wochen ist es her, da brachte meine Nichte diesen Menschen eines Abends von einem Wochenendausflug nach Ouarzazate mit, setzte ihn hier an den Tisch, ließ ihm Essen und Trinken bringen. Mir sagte sie, sie habe auf der Heimfahrt nicht die Straße, sondern die alte Piste über Telouet genommen und ihn dort irgendwo am Asif Ounila aufgelesen, das ist ein Wildbach, der in den Glaoua-Bergen entspringt – einsame Gegend. Früher gab's noch ein paar Dörfer, aber die Leute, die da ihre steinigen Äckerchen bestellten und Ziegen hielten, sind längst weggezogen, leben heute in den Slums von Marrakesch und Casablanca oder am Rand der großen Straße. Da können sie den Touristen Kristalle und Versteinerungen andrehen und Abend für Abend auf *Canal Cinq* nach Europa reisen, wo man bekanntlich nicht zu arbeiten braucht, vor jeder Gartentüre einen Mercedes, hinter jedem Haus einen Pool und in jedem Bett eine nackte Hure findet.

Ich wollte mit meiner Nichte schimpfen, weil sie sich ganz allein auf diese einsame Piste gewagt hatte, aber sie lachte bloß und meinte, wenn sie das nicht getan hätte, wäre der arme Kerl vielleicht jetzt schon tot. Er müsse seit Tagen umhergeirrt sein, stehe offensichtlich unter Schock, sei aber kein Fall fürs Krankenhaus. Er müsse unter Menschen sein, er werde sich bald erholen. Meine Nichte ist Ärztin. Darum glaubte ich ihr. Später erst kamen mir Zweifel.

Badia – meine Nichte – kam jeden Abend, bezahlte, was der Fremde im Lauf des Tages konsumiert hatte, setzte sich zu ihm, sprach zu ihm, bekam jedoch als Antwort höchstens ein unverständliches Murmeln. Wenn die Gäste gegangen waren, fing sie an, ihn zu streicheln – er reagierte auch darauf nicht. Ich machte sie auf das Ungehörige ihres Benehmens aufmerksam, aber sie sah mich nur mit einem sonderbaren Blick an. Wenn ich das Lokal zusperrte, bereitete sie ihm aus ein paar Decken und Kissen ein Lager. Er ließ sich widerstandslos darauf betten und schlief sofort ein. Wenn ich am anderen Morgen ins Café kam, saß er schon wieder an seinem Tisch.

Zuletzt blieb Badia auch über Nacht bei ihm. Ich tadelte sie deswegen, aber sie schüttelte bloß unwillig den Kopf und legte den Finger auf den Mund. Badia ist ein kluges Mädchen und eine gute Ärztin. Nur mit den Männern hat sie kein Glück. Dabei wird sie bald dreißig. Liegt es an ihrem Beruf, an ihrem Aussehen, ihrem Charakter? Wenn mal einer um sie geworben hat, wurde sie immer sehr abweisend. Und dann schleppt sie mir diesen Ungläubigen an …

Auch Scheikh Ibrahim – er kommt oft nach dem Mittagsgebet hier vorbei – hat versucht, mit dem Mann zu reden, aber nie eine Antwort bekommen. Er hat mich gewarnt: Das sei ein Besessener. Sicher habe ein Dschinn ihm die Seele geraubt, habe sich in seinem Körper eingenistet, um auf sein nächstes Opfer zu lauern. Ich bin ein moderner Mensch, ich glaube nicht an böse Geister. Aber das schwarze Pulver, das Ibrahim mir am nächsten Tag brachte, habe ich jeden Morgen in den Kaffee des Fremden gerührt.

Heute denke ich, dass es klüger gewesen wäre, die Gendarmerie zu holen, aber Badia verbot es mir. Sie schwor, ihr staubgrauer Freund werde bald wieder gesund sein, vielleicht kein fröhlicher Mensch, aber ein Mann voll Wissen, Zärtlichkeit und Liebe. Sie nannte ihn tatsächlich ihren Freund, manchmal sogar ihren Liebsten, das dumme Mädchen.

Als ich heute Morgen ins Café kam, fand ich Badia und den Fremden eng ineinander verschlungen unter den Decken liegen. Ich hätte die beiden am liebsten angebrüllt und sofort hinausgeworfen. Aber Badia ist die einzige Tochter meines verstorbenen Bruders. Sie versprach mir, sie werde den Fremden am Abend zu sich nach Hause nehmen. Er könne die Tage jetzt auch alleine in ihrer Wohnung verbringen; er sei auf dem Weg der Besserung, er habe sie zum ersten Mal erkannt, er habe angefangen zu sprechen, seine Geschichte zu erzählen, eine sehr traurige Geschichte. Was er nun brauche, sei Ruhe, Schlaf, gesunde Ernährung … Badia musste zum Dienst in die Klinik. Der Fremde saß geisterhaft an seinem Tisch wie immer. Ich rührte ihm wie jeden Morgen das Pulver des Scheikh in den Kaffee, zwei Messerspitzen statt einer. Ich war froh bei dem Gedanken, ihn bald loszuwerden.

Du weißt, ich bin ihn schneller losgeworden, als ich gedacht habe. Zum Glück hat niemand bemerkt, wie er zu Staub zerfiel, niemand außer mir und dir und der dummen kleinen Fatima, der ich einen Extra-Wochenlohn versprochen habe, wenn sie keinem erzählt, wie sauber sie ihn weggeputzt hat. Meine Nichte kommt heute nicht mehr. Ich habe sie im Krankenhaus angerufen und ihr gesagt, der Fremde sei auf unerklärliche Weise verschwunden. Niemand habe ihn weggehen sehen. Du kannst bezeugen, dass das die reine Wahrheit ist.

Ich schließe jetzt das Lokal. Du bleibst hier auf dem Stuhl des Fremden. Du liest sein Buch zu Ende. Ich lasse dir die Flasche da für den Fall, dass du eine Stärkung brauchst. Wenn du schlafen willst – hinter der Türe dort findest du die Kissen und Decken, auf denen er geschlafen hat, auf denen er und Badia geschlafen haben. Al-laila an-nur!"

Als er diesen Gute-Nacht-Wunsch aussprach, nahm sein Gesicht einen schwer deutbaren Ausdruck an.

Ich las. Die Nachtstunden verrannen. Als ich die letzte Seite entziffert hatte, schlief ich auf dem schmalen Stuhl ein, wachte nur schwer auf, als Karim und seine Kellner das Café öffneten. Es dauerte Minuten, bis ich begriff, warum ich nicht in meiner Wohnung, in meinem Bett lag. Ich bestellte Kaffee und bat Mohamed, mir eine Schachtel Aspirin zu besorgen und ein Paket Kutubia, die Zigaretten der Schreiber, der Bücher.

Noch einmal durchblätterte ich das Buch des zu Asche Zerfallenen, des mir mittlerweile seltsam vertrauten Fremden, und stieß dabei auf zwei zusammengeklebte Seiten. In der Hoffnung, hier doch noch einen Anhaltspunkt für die Identität des Fremden zu finden, zupfte ich sie sorgfältig auseinander, konnte aber nicht verhindern, dass ein Teil des Textes unlesbar wurde. Vielleicht wäre es ein Gebot des Anstands gewesen, die Blätter verklebt zu lassen, aber ich wusste ja nicht, ob der Fremde sie mit Absicht aufeinander geheftet hatte oder ob sie nur zusammenpappten, weil versehentlich eine klebrige Flüssigkeit darauf geraten war. Ich las:

Sidi Kaouki, 28. 5. – An der Wand des Cafés ein Polaroid: Claire am Strand. Das Lachen in ihrem Gesicht entblößt sie mehr als der abgestreifte Bikini, den sie dem Fotografen zuwirft. Der Kaffeehausbesitzer will das Bild nicht hergeben. Trennt sich dann für 500 doch davon. Das Bild ist unscharf, aber ich kann C. nicht zwischen Postkarten und Pinups an dieser Wand lassen.

Essaouira, 29. 5. – Ich kann nicht mehr fragen. Ertrage die Lächerlichkeit nicht länger. Letzte Hoffnung: In Ait Benhaddou suchen sie, sagt man, weiße Komparsinnen für Salomons Harem. Würde C. ähnlich …

Der Rest der Notiz ist unlesbar, und der letzte Eintrag besteht nur noch aus Fragmenten:

Marrakesch …
… Träume
… sanft und kühl. Freund…
… Wasser …
streicheln
…
… die keiner lesen wird …
selbst nicht mehr ver…
Nebenwege, Auswege …
lebendig, dass ich …
… ich noch?
… Staubwirbel im Reg?
… Dschinn?
… das Mädchen … nicht
… erzählt mit zarten Beweg…
… Para… …

War ich enttäuscht? Das C. in den Notizen stand also für Claire. Aber wer war Claire? In Europa gibt es zehntausend Claires. Wer war der

Fremde? Er hatte alles daran gesetzt, diese Claire zu finden. Warum hatte er aufgegeben, war wochenlang wortlos in einem kleinen Café beim Djema el Fna hocken geblieben, hatte Geschichten geschrieben, "die keiner lesen wird"? Immerhin ahnte ich, wer "das Mädchen" war. Aber das half mir auch nicht weiter.

Später setze sich Karim an meinen Tisch, betrachtete mich sorgenvoll. Fürchtete er, dass ich auf dem Platz des Zerfallenen sitzen bleiben würde – als neuer Alptraum eines strebsamen Kleinunternehmers? Wir blickten uns lange an, ohne zu reden, aber ich ahnte, was er dachte: Er sah mich schon besessen von diesem bösartigen Dschinn, sah mich auf dem verfluchten Stuhl des Fremden verharren, schweigen, brüten, fahl und grau werden, bis das schwarze Pulver des Scheikh auch bei mir seine Wirkung tat. Und fast sah ich mich schon selber hier sitzen, Hefte vollkritzeln mit Geschichten, in denen mein privates Unglück zu Bildern gerann.

Eine nicht sonderlich große, aber selbstsicher und bestimmend wirkende Frau trat an unseren Tisch, zog sich ohne Umstände einen Stuhl heran, setzte sich und musterte mich mit einem sehr direkten Blick ihrer schwarzen, runden Augen. Sie trug verwaschene, ausgebeulte und mindestens zwei Nummern zu große Jeans und einen dünnen, schwarzen Pullover. Karim erhob sich:

"Meine Nichte, Docteur Badia Rhazoua. Ich lasse euch allein. Mohamed bringt euch gleich Kaffee und Orangensaft."

Ein paar Geschäftsleute, die ihre Croissants mampften und in ihren Dossiers blätterten, und eine schüchterne Familie vom Lande waren zu dieser frühen Stunde die einzigen Gäste im Café. Die Musik setzte ein, die pentatonischen Gitarrenakkorde durchrankt von der dunklen Sehnsuchtsstimme. Docteur Rhazoua war tatsächlich keine maghrebinische Feenprinzessin: Fleischige Lippen wölbten sich über einem entschlossenen Kinn, die flache Nase verlor sich nach oben hin irgendwie in der gerunzelten Stirn, das gekrauste Haar lag eng am Schädel an. Wenn ihr Vater ein Bruder des hellhäutigen Karim gewesen war, dann musste die Mutter eine Haratina sein, Tochter jener Sklaven, die noch im 20. Jahrhundert aus Schwarzafrika nach Marokko verschleppt wurden. Die Mischung war nicht sehr glücklich geraten.

Die Frau wartete, bis die Kaffeetasse vor ihr stand. Dann nahm sie sich eine Zigarette, wehrte ab, als ich ihr Feuer geben wollte, zündete sie mit ihren eigenen Streichhölzern an, ließ den Rauch des ersten Zuges langsam aus dem Mundwinkel strömen, richtete ihren forschenden Blick neuerdings auf mich:

"Er ist also gegangen? Aufgebrochen, ohne eine Nachricht zu hinterlassen? Mein Onkel sagt, Sie haben es gesehen. Sagen Sie mir die Wahrheit, ich bitte Sie darum!"

Ich zwang mich, der Frau in die Augen zu schauen, und vergaß, was ich vor ein paar Sekunden über das Gesicht gedacht hatte. Über der schwarzen Tiefe dieser Augen lag ein Schleier von Traurigkeit, darunter aber glänzte eine wachsame Kraft, dort vibrierte Lebenswille, dort strahlte eine Güte, wie ich sie bisher höchstens in den Augen alter, sehr weiser Menschen wahrgenommen hatte.

"Ich bitte Sie um die Wahrheit", wiederholte sie, und ihr silbenhelles Französisch verriet, dass sie lange in Frankreich gelebt haben musste. Ich hielt ihrem Blick nicht mehr Stand. Hätte ich ihr "die Wahrheit" sagen, ihr erzählen können, wie der Fremde, der ihr offenbar viel bedeutete, vor vierundzwanzig Stunden auf diesem Stuhl, auf dem ich jetzt saß, wegen einer unachtsamen Bewegung der kleinen Putzfrau zu Asche zerfallen und wenige Augenblicke später mit Besen und Schaufel in einen Kehrichteimer gefegt worden war? Ich wählte meine Worte mit größtem Bedacht:

"Er ist verschwunden. Er hat keine Spur hinterlassen."

Das entsprach, wenn man es nicht allzu genau nahm, der geforderten Wahrheit.

"Und er hat nichts gesagt, keine Andeutung gemacht, keine Botschaft dagelassen?"

Ich versuchte es mit einer Handbewegung, die andeuten sollte: Ja, leider, so war es. Die schwarzen Augen ließen mich nicht los.

"Er ist also einfach aufgestanden, hat seine Tasche genommen, ist weggegangen?"

Es kostete mich Mühe, zu schweigen, zu verschweigen, was wirklich geschehen war. Aber ich brachte es auch nicht fertig, in diese Augen hinein zu lügen. Ich zuckte die Achseln, machte eine weitere Geste der Ahnungslosigkeit und schob das ledergebundene Notizbuch des Fremden über den Tisch.

"Das hat er hinterlassen – dieses Buch. Ich habe es gelesen. Es sagt fast nichts über seinen Autor, verrät nicht einmal seinen Namen. Es ist voll von Geschichten. Um zu verstehen, was diese Geschichten über ihren Verfasser aussagen, müsste man ihn kennen. Ich kenne ihn nicht."

War da ein Blitz von Hoffnung im schwarzen Blick, der mich jetzt losließ, um sich auf den abgegriffenen Lederband zu senken? Die Frau blätterte eine Weile darin herum, las hier und da eine Stelle, murmelte die Wörter der ihr fremden Sprache leise vor sich hin, gab nach ein paar Minuten mit einem resignierten Seufzer auf.

"Überlassen Sie mir dieses Buch. Bitte!"

Obwohl mir bewusst war, dass sie besseres Anrecht darauf hatte als ich, unternahm ich einen Versuch, mich ihrem Wunsch zu widersetzen und legte meine Hand neben die ihre auf den ledernen Einband:

"Können Sie es denn lesen? Ich meine: Verstehen Sie diese Sprache?"

Sie schüttelte den Kopf. Ohne das Buch loszulassen, entnahm sie ihrer Tasche ein Kästchen mit kunstvollen Intarsien aus Ebenholz und Perlmutt, stellte es auf den Tisch und öffnete den Deckel.

"Ich will es aufbewahren für ihn – für den Fall, dass er wiederkommt. Er kommt wieder. Er ist nicht der Mensch, der einfach aufsteht und weggeht, wenn er genug hat, wenn ihn das ewige Gedudel in diesem Café langweilt, wenn er das ewige Honiggebäck nicht mehr riechen kann, wenn ihn eine hässliche halbschwarze Frau nervt, die Abend für Abend versucht, mit ihm zu sprechen. Er ist ein … ein wahrhafter Mensch, ein Liebender – und ein Dichter."

Ich konnte nicht anders, ich gab meinen Anspruch auf, indem ich das Buch eigenhändig in das Kästchen legte, dieses schloss und der Frau überreichte. Ein Aufleuchten ihrer Augen belohnte mich.

"Ich danke Ihnen, mein Freund, ich danke dir von ganzem Herzen. Und damit es nicht bei dieser Floskel bleibt, sollst du erfahren, was ich über das Schicksal dieses Menschen weiß, dessen Namen auch ich nicht kenne.

Also: Ein Mann, ein Mann aus Europa, kommt mit einer Frau, die er sehr liebt, in unser Land. Sie sind glücklich, sie besuchen eine Freundin, die irgendwo am Meer einen alten Palast mit paradiesischem Garten bewohnt, verbringen schöne Tage in Rabat und Meknes. Sie kommen, wie das hierzulande so ist, mit den seltsamsten Leuten ins Gespräch. Sie sehen Paläste und Bettler, wunderbare Landschaften und Menschen, denen die Arbeit den Rücken verkrümmt. In Fes nehmen sie ein Zimmer im Hotel Batha am Rand der Medina. Sie leisten sich ein gutes Abendessen, besprechen noch bei einem Cognac, dass sie am anderen Tag unbedingt die beiden Medersen Bou Inania und el Attarîn besichtigen und versuchen wollen, wenigstens einen Blick in den Hof der Quaraouiyyîn-Moschee zu erhaschen. Sie gehen zu Bett, der Mann küsst die Frau, sie streichelt ihn, liest noch ein paar Seiten in ihrem Buch. Und am anderen Morgen ist ihr Bett leer. Ihr Koffer steht auf dem Hocker, ihr Schminkzeug liegt im Bad, selbst das Buch ist bloß auf den Boden gefallen und ein wenig unter das Bett gerutscht. Aber von ihr ist keine Spur vorhanden. Sie ist nicht im Frühstücksraum des Hotels. Sie kehrt nicht von einem spontanen Morgenspaziergang zurück. Achtundvierzig Stunden sucht der Mann die Altstadt von Fes ab – ein hoffnungsloses Unterfangen, er verirrt sich, gerät in schmutzige, unheimliche Winkel, steht Stunden auf der Brücke über den Fluss, kehrt immer wieder ins Hotel zurück, aber dort kommt keine Nachricht an. Warum geht er nicht zur Polizei, nicht zur Botschaft seines Landes? Ich weiß es nicht. Ich weiß nur, dass er nicht in seine Heimat, nicht zu seiner Familie, seinem Beruf zurückkehrt. Er sucht. Monate reist er durchs Land – von Tanger bis Dakhla, von Safi bis Erfoud. Er fragt, er zeigt ihr Bild herum, er lässt sich verspotten – und sucht. Keine Spur. Er sucht die Leute, die die beiden auf ihrer Reise getroffen haben. Manchmal findet er sie, aber niemand kann ihm weiterhelfen. Einmal sieht er im Gästebuch einer Wüstenherberge eine Zeile, die von ihrer Hand stammen könnte. Einmal entdeckt er an der Wand eines Kaffeehauses ein unscharfes Foto, aber er ist nicht sicher, dass es wirklich die Gesuchte darstellt. Das Geld geht ihm aus, das Auto versagt seinen Dienst, er lässt es stehen, wandert zu Fuß weiter, besessen von der Idee, Ouarzazate zu erreichen, weil er von irgendwem gehört hat, sie könnte dort sein. Er verliert den Weg, irrt durch ein menschenleeres Gebirgstal, tagelang, ohne zu essen, ohne etwas anderes zu trinken als Wasser aus einem Bach. Auch du hättest an seiner Stelle den Verstand verloren."

Ich legte meine Hand auf den Arm der jungen Frau.

"Du musst das Buch für ihn bewahren", sagte ich leise. "Schlimm, dass du es nicht lesen kannst."

"Er sprach ein schönes Französisch. Aber seine Muttersprache ist mir fremd."

Badia hatte sich erhoben. Der Schleier der Traurigkeit vor ihren Augen war womöglich noch dichter geworden. Sie küsste mich, ohne sich um das erzürnte Gesicht ihres Onkels im Hintergrund zu kümmern.

"Ich danke dir, mein Freund. Ich danke dir sehr. Ich werde wiederkommen – nicht heute, nicht morgen, aber bald. Ich werde dich finden, ich werde das Buch bei mir haben, ich werde dich bitten, mir etwas daraus in der Sprache meines … meines Geliebten vorzulesen, zu übersetzen."

Mit entschlossenen Schritten verließ sie das Café, verschwand im Menschengewimmel der Straße.

Ich bemerkte, dass Karim mich besorgt beobachtete. Als ich Papier und Stift aus der Tasche nahm, winkte er Mohamed zu sich heran, flüsterte ihm etwas zu und kam dann an meinen Tisch. In seinem Gesicht arbeitete es, zweifellos suchte er nach dem passenden Wort. Mag sein, er hoffte, dass ich das Gespräch eröffnen würde. Ich wollte jetzt nicht reden. Karim ist ein kluger Mann. Er verstand meine kaum wahrnehmbare Kopfbewegung und kehrte hinter seinen Bartresen zurück, hörte aber nicht auf, mich im Auge zu behalten.

Ohne etwas zu denken, strichelte und kritzelte ich auf meinem Block herum. Das mache ich manchmal, es beruhigt die Nerven. Eine halbe Stunde verging, ich überlegte nichts, stellte keine Frage, suchte keine Antwort, ließ meinem Stift freien Lauf. Schließlich waren drei Motive deutlich zu erkennen: ein reich verziertes Fenster mit hufeisenförmigem Bogen, das eindeutig zu Karims Café gehörte; ein glattes Frauengesicht, das Kays Züge trug, und ein verwittertes Stuckrelief, auf dem sich Buchstaben, Blätter und Blüten kunstvoll ineinander rankten. Solche Reliefs finden sich oft an den Türen alter Häuser in der Medina, und sie gehören zu den bevorzugten Studienobjekten unseres Instituts. Plötzlich fiel mir auf, dass der u-förmig gerundete, nach oben offene Bogen des arabischen Schriftzeichens "ba" – er mochte zur Segensformel "Bismillah" gehören – zusammen mit der gekrümmten Linie eines Blumenstängels und kleinen Blättern ein zweites weibliches Gesicht ergab, nicht so hübsch wie das von Kay, aber stark und ausdrucksvoll. Schon zuckte mein Stift, um dieses Zufallsgebilde mit Ornamenten zu überschreiben. Ich ließ es stehen. Auch dieses Gesicht gehörte jetzt zu meinem Leben.

Die Strasse

Sie saßen einfach im Korkeichenwald meines Großvaters – Gott nehme seine Seele zu sich! Hatten einen Tisch und zwei Stühle neben ihrem Auto aufgestellt, Brot, Käse, Tomaten und andere Köstlichkeiten ausgebreitet. Auch eine Flasche Wein stand da. Beim Aufbruch würden sie Papier und Plastiktüten im Wald, meinem Wald, zurücklassen.

Mein Großvater hätte kurzen Prozess mit ihnen gemacht. Er trug stets ein Gewehr, wenn er über sein Land ging. Ich umklammerte den Griff des Messers, aber ich ließ es in der Scheide. Denn da war die Straße, und auf der Straße konnte jeden Moment ein Auto vorbeikommen.

Vor zwanzig Jahren hat der König befohlen, die Straße zu bauen. Großvater hätte sich gewehrt, wahrscheinlich hätten sie ihn erschossen. Mein Vater – Gott nehme seine Seele auf – zuckte die Achseln und sah zu, wie die königlichen Landvermesser ihre weiß-roten Stäbe in seinen Grund rammten, wie die Bautrupps unsere Bäume fällten, unseren Eichenwald zerschnitten mit ihren brüllenden Maschinen, wie sie mit gelben Ungeheuern unsere Erde aufwühlten, Kieshaufen aufschütteten, stinkenden Asphalt ausgossen. Mein Vater war zufrieden, denn mein Bruder Shamir wurde Sekretär des Kaïd.

Die Welt war in Ordnung, unser Leben war gesegnet, bis sie Shamir ins Gefängnis warfen. Sie taten das nicht, weil er Bestechungsgelder genommen hatte – wer nimmt keine? Sie taten das, weil der Cousin seines besten Freundes auf dem Flugplatz Kenitra Dienst getan hatte, als dort fünf Jagdmaschinen aufstiegen, um das Flugzeug des Königs abzuschießen. Sie behaupteten, Shamirs Cousin habe von dem Mordplan gewusst und folglich müsse auch Shamirs Freund und deshalb auch Shamir davon gehört und sich durch Schweigen mitschuldig gemacht haben.

Was kann der Cousin von Shamirs Freund schon gewusst haben? Er war allerdings Stewart in der Offiziersmesse des Flugplatzes. Aber reden Verschwörer beim Mittagessen laut über ein geplantes Attentat?

Und selbst wenn er einmal einen sonderbaren Satz aufgeschnappt haben sollte – würde er seinem Cousin, Shamirs Freund, den er höchstens ein-, zweimal im Jahr an einer Hochzeit oder bei einem Begräbnis sah, davon erzählt haben? Und selbst wenn dies geschehen wäre – wieso hätte Shamirs Freund meinem Bruder eine derart vage Beobachtung mitteilen sollen?

Der Cousin des Freundes meines Bruders wurde kurz nach dem misslungenen Attentat verhaftet. Vielleicht erschossen. Vielleicht zu Tode gefoltert. Vielleicht in eines jener Wüstengefängnisse gesteckt, wo man schneller und anonymer stirbt als eine Ratte.

Nach der Verhaftung seines Cousins verlor Shamirs Freund die Nerven und setzte sich nach Algerien ab, lief also zum Todfeind über, wurde also ein Verräter. Ihn kriegten sie nicht mehr zu fassen, drum packten sie Shamir. Sie konnten damals einfach nicht genug Mitschuldige finden. Eine Gerichtsverhandlung hat es nie gegeben.

Die Fremden sind mit ihrem Auto gekommen, haben auf der Straße angehalten, die der König durch unsern Wald gebaut hat, haben sich umgesehen, sind dann in meinen Wald hineingefahren, ohne mich zu fragen, ohne mich auch nur zu grüßen. Dabei saß ich seit Stunden am Straßenrand und wartete auf Mohamed. Sie taten, als hätten sie mich nicht bemerkt, zerrten ihre Stühle aus dem Auto, den Tisch, breiteten ihr Essen aus und luden mich nicht dazu ein. Und ich saß da mit dem schwarzen Plastiksack, der Shamirs Kleider enthielt und die paar anderen Habseligkeiten, die er im Gefängnis noch besessen hat. Vielleicht haben sie mich wirklich nicht gesehen.

Das sind die Fremden, die Touristen aus Europa, die Faransi, Almani, Swisri … Sie wissen nichts von Shamir – wie sollten sie auch. Aber sie kommen hierher. Sie finden unser Land in Ordnung. Sie sagen: Auch hier können wir Ferien genießen, so gut wie an der Côte d'Azur.

Mein Neffe besitzt einen Fernsehapparat. Wenn er ein bisschen Geld übrig hat, lässt er die Batterie aufladen. Abends versammeln wir uns in seiner Hütte. Ich weiß, wie's an der Côte d'Azur zugeht und dass das Leben dort sehr teuer ist. Bei uns ist alles billig. Darum kommen sie hierher, lassen ihr Geld in den Hotels und Nachtclubs. Und einen Teil davon kriegt der König, damit er noch mehr Straßen bauen, noch mehr Geheimpolizisten anstellen kann.

Als Mohamed endlich mit dem zweirädrigen Eselskarren kam und sah, wie meine Finger sich um den Griff des Messers krampften, wehrte er erschrocken ab: Ob ich im Gefängnis enden wollte wie Shamir? Ob ich Unglück über ihn und seine Familie bringen wollte? Ich gab nach, ließ den Dolch los.

Mohamed half mir auf den Wagen. Ich warf den verdammten schwarzen Sack in eine Ecke und setzte mich auf das Brett, das der Freund fürsorglich quer über die Ladefläche gelegt hatte. Vorsichtig lenkte er sein Gefährt an der Stelle vorbei, an der die Fremden saßen. Offenbar waren sie jetzt plötzlich bereit, mich zu grüßen – sie winkten unbeholfen und riefen irgendetwas, was klang wie "Assalam alaikum!" Gleichzeitig griff der Mann nach der Zigarettenschachtel in seiner Brusttasche und machte eine Bewegung, als wollte er mir eine anbieten. Mohamed, der weiß, wie gerne ich rauche, schickte sich an, vom Karren zu springen, um mir eine Zigarette zu holen. Aber ich dachte an Shamir – Gott nehme seine Seele zu sich! – und ich dachte an den König, der allen diesen Massihyun gestattet, in unserem Land herumzureisen, und ich dachte an den vergitterten Raum, in dem man mir den Sack mit Shamirs Kleidern ausgehändigt hatte, und ich befahl Mohamed weiterzufahren. Die Fremden – Allah vergebe ihnen! – winkten mir noch einmal zu. Ich hob die rechte Hand und grüßte zurück.

TITBOULINE

Sein Kapital ist sein Gesicht. Wenn er es zufällig in einem Spiegel sieht, bekommt er selber Mitleid: Aus eingefallenen Wangen wuchert Bartgestoppel, die Augen liegen so tief in den Höhlen, dass ihr unsteter Blick Furcht einflößt; um Erbarmen aber fleht die zerfurchte Stirne, über die ein paar Haarsträhnen fallen. Der Rest des Aufzugs ergänzt das Elendsbild: Schuhe, die mit Bindfaden geflickt sind, eine Djellaba, die einst schwarz gewesen ist, jetzt in dunklen Fetzen um seinen Körper schlottert.

Er ist dem alten Faransi eine Zeitlang gefolgt, hat beobachtet, wie er am Bab Boujeloud Oliven gekauft hat. Dabei hat der Mann eine große Note gewechselt; das hat zu einer gewissen Aufregung geführt und eine Weile gedauert, weil Ismaïl mit dem blauen Schein von einer Bude zur andern gehen musste, bis er einen Kollegen fand, der bereit war, Kleingeld herzugeben. Immerhin weiß er jetzt, dass sich im Portemonnaie des Fremden noch eine Masse Geld befinden muss. Bei Haj Mehmed hat sich der Franzose die Speisekarte zeigen lassen, hat sie genau studiert, genickt, wahrscheinlich versprochen, dass er zum Abendessen wiederkommen wird – kein gutes Vorzeichen: Leuten, die bei Haj Mehmed essen, sitzt das Geld nicht locker in der Tasche. Die reichen Faransi, Almani, Swisri kommen abends nicht in die Medina; sie ziehen sich bei Sonnenuntergang ins *Sheraton* und die anderen großen Hotels der Ville Neuve zurück, speisen an weiß gedeckten Tischen, sitzen auf Polsterstühlen, lassen sich von Kellnern bedienen, die demütig über den polierten Marmorfußboden huschen, trinken französischen Rotwein aus geschliffenen Gläsern und unterhalten sich über die Preise der Teppiche, die sie am Tag gekauft haben. Nur wenige lassen sich nachts noch auf der Straße blicken. Und an die kommt man nicht mehr ran, seit die Polizei so scharf durchgreift.

Für einen armen Teufel ist es nicht mehr ratsam, sich jetzt noch in den Straßen der Ville Neuve herumzutreiben. Jene drei Nächte auf dem Kommissariat haben ihm gereicht – dreimal vierundzwanzig Stunden ohne einen Tropfen, dreimal vierundzwanzig Stunden mit Wasser, Brot und einer Büchse Sardinen für jeweils vier Gefangene, dreimal vierundzwanzig Stunden ... Dabei hat er noch Glück gehabt, weil er fast nüchtern gewesen ist, als sie ihn in den Polizeiwagen gepfercht haben. Außer ein paar Fußtritten und Knüppelhieben hat er nichts abbekommen, und nach dreimal vierundzwanzig Stunden haben sie ihn einfach wieder laufen lassen. Hussein, den sie mit einer halben Flasche erwischt haben, sitzt heute noch ...

Der alte Faransi ist in die dunkle Gasse getaucht, die zur Place Istliqual führt. Jetzt heißt es zupacken, bevor er auf den Platz hinaustritt, wo manchmal Polizisten patrouillieren.

"Monsieur!"

Der andere reagiert nicht. Also noch drei rasche Schritte und ein vorsichtiger Griff nach dem Ärmel seiner Jacke:

"Monsieur, s'il-vous-plait ..."

Jetzt bleibt der Faransi stehen, zieht seinen Arm weg, sieht ihn unfreundlich an.

"Monsieur, ein Titbouline, ein schönes Souvenir, ganz billig ..."

Der Mann schüttelt den Kopf.

"Nur hundert!"

Er schlägt mit knochigen Fingern auf das schlecht und recht über die beiden tönernen Gefäße gespannte Ziegenfell, lässt einen flüchtigen Rhythmus entstehen, sogar eine Andeutung von Melodie – die kleinere Trommel klingt heller als die große.

"Achtzig, Monsieur, das ist sehr billig!"

"Nein. Danke. Schukran."

"Sechzig – sehen Sie, wie schön das Titbouline gemalt ist – ein Kunstwerk."

"Nein."

"Was möchten Sie bezahlen? Sagen Sie Ihren Preis!"

"Nein – ich habe schon eines zu Hause."

"Dann kaufen Sie noch eines – es ist doch schön, zwei Titboulines zu haben?"

"Danke."

"Ich gebe es Ihnen für fünfzig."

Der Mann wird ärgerlich:

"Baraka! Ich habe gesagt: Nein!"

Der Franzose tritt jetzt auf die hell erleuchtete Place Istliqual hinaus. Passanten schieben sich vorbei, Autos. Glücklicherweise ist weit und breit kein Polizist zu sehen. Jetzt muss er alles daransetzen:

"Monsieur! Vierzig! Das ist geschenkt. Schauen Sie mich an! Ich habe den ganzen Tag noch nichts gegessen. Fünfunddreißig, bitte!"

Der Mann wendet sich ab. Aber nach ein paar Schritten bleibt er stehen. Vielleicht hat die gebrochene Stimme doch gewirkt oder der flüchtige Anblick dieses ausgemergelten Gesichts, dieser zerfetzten Djellaba.

"Dreißig – ich habe seit gestern keinen Bissen gegessen."

Der Fremde wird unsicher. Anscheinend kämpfen verschiedene Gefühle in ihm. Jetzt gilt keine Rücksicht mehr. Er streift die Kapuze der Djellaba zurück, so dass sein Gesicht im Licht der Neonlampen noch erbärmlicher aussieht.

"Bitte, ich muss essen. Monsieur, hilf einem armen Mann! Fünfundzwanzig!"

Aber der Faransi wird wieder hart. Er zuckt die Achseln, setzt seinen Weg zur Place Batha fort.

Er wagt es, ihn noch einmal am Ärmel zu fassen, bevor er auf die Stufen der Treppe tritt.

"Zwanzig. Ich sterbe, wenn ich nichts essen kann."

Das Wunder geschieht. Der Fremde bleibt stehen, blickt sich um, als ob er fürchte, beobachtet zu werden, zieht den Geldbeutel, hält ihm eine knisternd neue Zwanzigernote hin.

Er schnappt nach dem Geld, lässt es blitzartig in der Djellaba verschwinden. Zögernd streckt er dem Fremden die kleine Doppeltrommel hin. Der nimmt sie – und jetzt kommt der große Moment. Sein Trick. Hundertmal erprobt:

"Und der Rest?"

"Du hast gesagt: Zwanzig. Ich habe dir zwanzig gegeben."

"Zwanzig, ja, aber nur zwanzig Dirham. Zwanzig schuldest du mir noch."

"Wie das?"

"Wir haben nie von zwanzig Dirham gesprochen. Zwanzig Francs – das ist sehr billig. Aber zwanzig Francs sind vierzig Dirham. Also gib mir die anderen zwanzig! Oder gib mir zwanzig Francs!"

Der Faransi macht ein angewidertes Gesicht:

"Nimm dein Titbouline, gib mir meine zwanzig Dirham zurück und verschwinde!"

"Ich nehme das Titbouline nicht. Geschäft ist Geschäft. Gib mir meine zwanzig Dirham."

"Gib mir meine zwanzig zurück!"

"Ich zerreiße deine zwanzig Dirham vor deinen Augen!"

Der Fremde bleibt ungerührt:

"Zerreiß sie – dein Problem."

"Ich zerreiße sie!"

Er fetzt die Banknote zwischen den Fingern hin und her. Allerdings würde nur ein schlechter Beobachter und ein noch schlechterer Menschenkenner annehmen, sie würde dabei wirklich zerrissen.

"Noch zwanzig Dirham! Abgemacht ist abgemacht!"

Der Faransi schüttelt den Kopf, streckt die Hand nach der Banknote aus.

Jetzt heißt es alle Register ziehen: Er gurgelt eine Art leisen Schrei, rauft sich das Haar, zerknüllt die Banknote mit wilder Gewalt in der Linken, nähert sein Gesicht mit den glühenden Augen dem des Fremden, fletscht die Zähne, stößt heiser hervor:

"Mein Geld oder ..."

Unglücklicherweise stehen sie jetzt so im Licht einer Straßenlaterne, dass jeder Flic, den ein Wind der Hölle vorbeiwehte, sofort stehenbliebe, um der unwürdigen, dem Ansehen des Tourismuslandes Marokko schädlichen Szene ein Ende zu setzen. Der Faransi, der Hund, der Oualid al Quahaba, der Sohn einer Hure, scheint die Situation fast zu genießen:

"Gib mir das Geld zurück und nimm dein Ding wieder!"

Zwischen zwei Fingern lässt er das Titbouline vor seiner Nase schaukeln. Die Versuchung ist groß. Er kann das Trömmelchen packen und mit zwei Sprüngen in einer Seitengasse verschwinden. Der Mann wird ihn kaum verfolgen.

Aber es gibt eine Ehre. Man darf den Fremden reinlegen, überfordern, sein Mitleid ausnützen oder sonst wie übers Ohr hauen. Aber man darf ihn nicht plump bestehlen. Hätte der Mann das Titbouline vor seine Füße gestellt oder ihm auf den Arm gelegt, wäre ihm nichts übriggeblieben, als ihm das Geld zurückzugeben. Glücklicherweis ist der

Faransi doch nicht so schlau. Er wartet eine Weile, dann klemmt er die Trommel unter seinen Arm, streckt ihm die Hand hin:

"Ouacha? OK?"

Was bleibt ihm übrig, als die Hand zu schütteln, dann flüchtig in die Herzgegend zu führen.

"Ouacha. Und Gott möge deine Hand verdorren, dein Haus einstürzen und deine Nachkommenschaft ersticken lassen."

Aber das versteht der Fremde natürlich nicht. Er geht die Treppe hinunter und winkt einer Frau zu, die ihn dort am Eingang des kleinen Hotels erwartet. Der Hund.

Zwanzig Dirham. Zwölf muss er dem kleinen Ibrahim geben, der ihm die Titboulines besorgt. Das wird sich morgen regeln. Zwanzig Dirham genügen für eine Flasche schwarzen Mahia, und mit ein bisschen Glück reicht es noch für ein paar braune Brösel …

Ridjal - Männer

Für den Himmel nimmt sie wässriges Cobalt mit einer Andeutung Purpur, aber mehr als eine Andeutung darf es nicht sein. Die Berge – Winsor-Blue mit Grau – heben sich kaum dagegen ab. Für die Palmen wird Schwarz mit Olive gemischt – und mit soviel Wasser, dass der Farbauftrag durchscheinend bleibt. Die Mauern des Menara-Pavillons leuchten in einer Art Rosa das mit Ocker oder rohem Umbra zu brechen wäre, aber der richtige Farbton will sich nicht einstellen, die Mischung gerät entweder stumpf oder süßlich. In einer Viertelstunde geht die Sonne unter.

Laura wäscht den Pinsel aus, tränkt ihn mit reinem Terre de Sienne und setzt die Flächen des Gebäudes zwischen das Blaugrau der Berge und das Azurgrün der Wasserfläche im Vordergrund. Es ist die falsche Farbe, aber sie macht sich gut zwischen all den Blau- und Grüntönen.

Der schlichte Bau am Rand des weiten Bassins ist einst ein berüchtigtes Liebesnest gewesen. Wenn der Sultan genug hatte von den Damen seines Harems, ließ er sich hier tauknospige Jungfrauen aus Marrakesch zuführen, feierte die Defloration mit Musik, Leckerbissen, Wein, Liebesliedern – und bevor das Blut zwischen den Schenkeln der Erwählten getrocknet war, wurde sie in den quellfrischen Fluten ertränkt. So jedenfalls will es die Überlieferung. So will es die Macho-Phantasie impotenter Märchenerzähler – siehe Blaubart oder Alf Laila wa Laila.

Ob der Sidi dann auf der Terrasse seines Schlösschens stand und beim Anblick des grausamen Schauspiels eine flüchtige Morgenerregung genoss oder ob er im Gebet die Stirn nach Mekka neigte, sagen die Erzähler nicht. Sagt auch Abdelaziz nicht, der im übrigen keinen Zweifel am Wahrheitsgehalt seiner blumigen Geschichte duldet. Er hat sich als Guide durch Park und Pavillon anzudienen versucht. Lars hat ihn abgewiesen. Denn in den Menara-Gärten gibt es nichts zu führen, die Geschichte von den Liebesnächten steht in jedem Reisehandbuch. Lars und Laura sind hergekommen, um zu malen, nicht um Märchen zu hören. Laura hat dem Mann heimlich eine Zehnernote zugesteckt. Natürlich ist es eine Illusion, dass man sich damit von der Zudringlichkeit eines arbeitslosen Marrakschi freikaufen könnte, der an diesem Tag noch nichts verdient hat und mit diesen zehn Dirham kaum ein Brot und eine billige Tajine bezahlen kann.

Lars sitzt auf der anderen Seite des Beckens. Der Blick auf die weite Wasserfläche des Bassins, in der sich Lustpavillon und Palmen spiegeln, hat ihn nicht gereizt. "Postkartenansicht" hat er gesagt. Drüben pinselt er jetzt an seinem Blatt herum. Er ist der Maler, der Künstler, den nur banale Umstände – Lauras Schwangerschaft, die Heirat, die Notwendigkeit, Haus, Auto und einige Kubikmeter Möbel, Kindersachen, Schulbücher anzuschaffen – gezwungen haben, in die Werbung zu gehen. Seither malt er nur noch im Herbst, mal in Sardinien oder Sizilien, mal in Griechenland oder Marokko. Im Winter organisiert er eine Ausstellung – und leidet, wenn Laura, die begabte Dilettantin, besser verkauft.

Abdelaziz hat schweigend zugeschaut, wie Laura sich einen Platz gesucht, Malblock, Farbkasten und Wasserbehälter bereitgestellt, die ersten Konturen mit einem Hauch von gelber Farbe angedeutet hat. Einmal ist er weggegangen, um bei einer neu eingetroffenen Reisegruppe noch einmal sein Glück als Guide zu versuchen, doch schon nach wenigen Minuten hat er sich wieder neben Laura gesetzt, beobachtet, wie der Himmel sich über das Blatt ausbreitet, wie die Konturen des Hohen Atlas entstehen, wie Palmen, Oliven und Mauern Gestalt annehmen. Und natürlich ist ihm dabei nichts anderes eingefallen, als seine schauerliche Blaubartgeschichte mit allen Details zu erzählen.

Zuletzt ist er so nahe an Laura herangerutscht, dass sie seinen Atem riechen, nur knapp eine Berührung mit seinem Bein vermeiden kann. Er beginnt Lob abzusondern: Die Farben des Bildes seien "exquisit", die Wahl des Ausschnitts zeuge von Geschmack, die Darstellung der Bäume von Könnerschaft und überhaupt:

"Du bist eine wahre Künstlerin."

Laura ahnt, was kommen wird, sieht sich nach Lars um, aber der beugt sich immer noch auf der anderen Seite des Bassins über seinen Block.

"Ma Gazelle! Wie deine Haare leuchten, wie deine Haut schimmert! Deine Augen sind so bezaubernd und geheimnisvoll. Deine Lippen ... eine Blume. Schau mich an! Willst du sehen, wie ..."

Obwohl das Bild noch unfertig ist, steht Laura auf, verstaut Pinsel und Farben in ihrer Tasche. Das feuchte Aquarell muss zum Trocknen auf der Mauer liegen bleiben. Aber wenn sie steht, wird es schwieriger für den Mann. Sie hat nicht das geringste Verlangen – weder nach Liebesschwüren noch nach dem Anblick eines gespannten Muskels unter verwaschenem Jeansstoff.

Abdelaziz merkt, dass er zu weit gegangen ist. Darum konzentriert er sich wieder auf das Bild: Die Farben, die Stimmung, die Spiegelung im Wasser ... Jeder Bemerkung folgen sechs Ausrufezeichen. Endlich glaubt er, der Künstlereitelkeit hinlänglich geschmeichelt zu haben:

"Ma Gazelle, weißt du überhaupt, was Liebe ist? Europäer können doch nicht lieben. Die haben kein ... Die sind schwach und unfähig. Schau, wie ich dich liebe – schau doch ... Geh mit mir. Ich bereite dir ein Abendessen, wie du es noch nie gesehen, gerochen, gekostet hast. Morgen wirst du deinen Mann vergessen haben und alle Europäer. Nur in Marokko gibt es Männer."

Schritte werden in der Abendstille laut – Lars kommt im dramaturgisch besten Moment. Missmutig schmeißt er seine Arbeit neben Lauras Block und beginnt, seine Pfeife zu stopfen. Der erste Blick zeigt auf seinem Blatt nur ein Gewirr dunkel gekrümmter Flächen und nervöser Striche. Dazwischen blitzt magisches Blau auf. Bei genauerem Hinsehen verdichten sich die dunklen Konturen der Palmwedel plötzlich zu einem Tanz rätselhafter Figuren vor dem Himmel über Marrakesch. Lars versteht sein Metier, auch wenn seinen Kompositionen manchmal etwas allzu Willkürliches anhaftet. Aber es scheint Laura jetzt nicht der Augenblick, über die Qualität eines Bildes zu diskutieren. Mit Abdelaziz ist eine seltsame Veränderung vorgegangen. Schweigend kniet er vor Lars' Blatt, dann springt er auf, legt ihm die Rechte auf die Schulter:

"Das ist groß! Du bist der wahre Künstler, ein Genie. Wenn ich ein reicher Mann wäre, würde ich das sofort kaufen. Leider bin ich ein armer Teufel, der nicht einmal weiß, was er zu Abend essen soll. Ich danke Gott für die Gnade, dass ich dir begegnen durfte."

Laura hat sich mit der letzten Whiskyflasche aus dem Reisevorrat auf die Dachterrasse des Hotels zurückgezogen, wo um diese Zeit kein Mensch mehr anzutreffen ist. Sie rückt sich einen Liegestuhl so zurecht, dass sie die Linien des Koutoubia-Minaretts betrachten kann. Was die merinidischen Architekten hier im 13. Jahrhundert geleistet haben, stellt alles in den Schatten, was seit der Gotik im dekorverliebten Europa gebaut worden ist.

Laura fühlt sich im Recht, wenn sie der letzten Whiskyflasche zusetzt: Das männliche Schultergeklopfe in den Menaragärten war schwer zu ertragen gewesen. Sie hatte sich gezwungen, lächelnd daneben zu stehen, Lars sämtliche Komplimente zu gönnen, mochten sie noch so fadenscheinig sein. Bedächtig hatte sie ihre Sachen zusammengepackt, war Richtung Parkplatz losgegangen. Die Männer folgten ihr zögernd. Beim Auto zog sich die Abschiedszeremonie mit Umarmungen und Bruderküssen in die Länge, bis sie ungeduldig den Motor startete. In dem Moment riss Lars die hintere Türe auf, ließ Abdelaziz einsteigen:

"Wir nehmen dich mit in die Stadt. Heute ist unser letzter Abend in Marrakesch. Wir wollten das feiern – wir essen im *Bagatelle*, dem kleinen französischen Restaurant in Gueliz. Du kennst es? Willst du unser Gast sein? Gut, wir treffen uns dort um acht."

Während der Fahrt durch den chaotischen Verkehr überlegte Laura, unter welchem Vorwand sie ihre Teilnahme an diesem Essen absagen konnte. Dann schien ihr das aber doch zu dramatisch. Sie wollte Lars nicht kränken. Außerdem hatte sie sich auf den Abend wirklich gefreut. Das Essen in den volkstümlichen Restaurants der Medina, wo sie sich in den vergangenen Wochen meist verpflegt hatten, mochte originell und bekömmlich sein, aber es war ihr nie wirklich gelungen, einen leichten Ekel vor klebrigen Plastiktischtüchern, flüchtig gespültem Besteck und knochensplitterreichen Hammelbrocken zu überwinden. Im *Bagatelle* gab es immerhin saubere Tischtücher, eine französisch angehauchte Küche, eine trinkbare Flasche Wein ...

Abdelaziz' Gegenwart machte das Essen nicht schlechter, den Wein nicht weniger genießbar – aber gegen das verbissene Kunstkauderwelsch der beiden Männer kam auch das beste, mit geheimnisvollen Kräutern gewürzte Lammgigot nicht an. Der Marokkaner sprach ein flüssiges Französisch und behauptete, er sei mit den wichtigsten Malern seiner Stadt befreundet – nur ihre Namen wollten ihm gerade nicht einfallen und die paar Fachbegriffe, die er hier und da einwarf, konnte er auch in irgendeinem Fernsehfilm aufgeschnappt haben. Lars dagegen ist zwar ein ganz brauchbarer Gatte, ein nicht unbegabter Maler und ein erfolgreicher Werbegrafiker, zugleich aber ein hoffnungsloser Sprachtrottel, der im Französischen kaum das Präsens beherrscht und jedes zweite Substantiv mit einem falschen Artikel versieht. So beschränkte sich der Dialog der beiden auf endlose Wiederholung banalster Gemeinplätze. Dass Lars das einfach nicht bemerken wollte, machte Laura wütend, brachte ihren klugen Vorsatz ins Wanken, den Abend trotz allem zu genießen. In wenigen Tagen würde sie wieder an ihrem Schreibtisch sitzen, unverlangt eingesandte Manuskripte zurückschicken, Programmsitzungen über sich ergehen lassen, fehlende Kommas ergänzen und am Nachmittag durch Haushalt und Läden hetzen ...

Sie lobte das Gigot, den Salat, sogar die bescheidene Käseplatte. Sie machte dem Koch, der für einen Moment an ihren Tisch trat, Komplimente und schöne Augen. Sie begann ein Gespräch mit dem belgischen Ehepaar am Nachbartisch und erfuhr allerhand über Solartechnologie, womit die beiden beruflich zu tun hatten. Lars und Abdelaziz nahmen das alles nicht mehr wahr.

"Die kühne Komposition – die Farbgebung ..."

"Du siehst das ..."

"Und die innere Struktur ..."

"Gut, einen Freund ..."

Sie überboten einander mit Plattheiten und Grammatikfehlern.

Als Lars dann auch noch zwischen Kaffeetassen und Weingläsern seine Aquarelle ausbreitete, um Abdelaziz' ermüdende Begeisterung neu zu entfachen, war Laura aufgestanden. Der Marokkaner hatte keine Notiz mehr von ihr genommen, Lars ein beleidigtes "Bis später" gebrummt.

*

Sie muss eingeschlafen sein. Das Gepolter eines umgeworfenen Tisches weckt sie. Bis sie die Augen aufbekommt, hat Lars das Möbel wieder aufgestellt, nähert sich ihrem Liegestuhl mit dem behutsamen Schritt des erfahrenen Trinkers, lässt sich neben ihr auf dem Boden nieder, greift nach der Whiskyflasche.

"Du schläfst nicht? Wähnte dich in Morpheus ... und so weiter ... Schade, bist du weggegangen. Es war ein großer Abend, wir sind noch ins ... Na ja und dann zum Bab Khemis ... so eine Art Schuppen in einem Hinterhof ... Musik und ... Also dein Abdel..., Abdelaz... ist wirklich in Ordnung, toller Junge, versteht was ... Schade, dass du ..."

"Frauen sind eitel. Männer nie."

Lars reagiert nicht mehr auf das Tucholskyzitat. Er schläft bereits. Sein Kopf lehnt an Lauras Knie. Mit einem Anflug von Genugtuung stellt sie fest, dass die Tasche weg ist, worin er seine Aquarelle mitgeschleppt hat. Vielleicht ist sie in einem Taxi geblieben – oder einem obskuren Nachtlokal. Laura beschließt, dass das nicht ihr Problem sein wird.

ALLAHU AKBAR

Vier Wochen wohnen wir schon in dem halbfertigen Block am Stadtrand von Marrakesch – einer noblen Residenz mit hochgewölbten Eingangstoren, unzähligen Balkons und einem von Zinnen bekrönten Dach. Der Architekt hätte wahrscheinlich lieber ein Schloss für Harun Ar-Rachid gebaut als ein Immeuble für Ärzte, Beamte und Lehrer. Das Haus bietet jeden Komfort: Es gibt Strom, Telefonanschlüsse, Fernsehantenne und – abends meist ab acht – sogar fließendes Wasser. Von den Fenstern schweift der Blick ungehindert über wüstenartiges Gelände, aus dem sich in der Ferne zart die blaue Linie des Hohen Atlas erhebt. Davor zeichnet sich hier und da im Bled noch die Silhouette einer Palmengruppe ab, spärlicher Rest der einstmals berühmten Palmeraie von Marrakesch, die die "Rote Stadt" wie ein fruchttragender Garten umgab, bevor die modernen Luxushotels für ihre Pools und Golfplätze immer aggressiver nach Wasser bohrten, den Grundwasserspiegel immer tiefer absenkten, die Brunnen der Bauern zum Versiegen und die Palmen zum Absterben brachten. Heute finden allenfalls noch ein paar Ziegen im Bled etwas Futter. Manchmal überqueren sie die Straße, stürzen sich auf die Abfälle des vornehmen Condominiums, schlitzen mit ihren Hörnern die schwarzen Plastiksäcke auf, verstreuen den Müll übers Trottoir und suchen darin nach Fressbarem.

Das Erdgeschoss des langgestreckten Gebäudes besteht ausschließlich aus schmalen, tiefen, mit blechernen Rollläden verschließbaren Gelassen. In Europa wären das Garagen, doch hier haben sich in diesen dunkeln Räumen allerhand Händler und Handwerker angesiedelt, bei denen man Brot, Gemüse, lebende Hühner, Schachtelkäse und Milchpulver kaufen, Radios, Fernsehgeräte und Mopeds reparieren lassen kann. Die meisten dieser Boutiquen sind von frühmorgens bis in die Nacht hinein geöffnet, beleuchtet, mit Geschwätz und Gelächter, Kisten, Körben und Säcken, Werkzeug und Ersatzteilen gefüllt. Nur ein Doppeltor gerade neben dem Eingang, den wir benützen, um zu unserer Wohnung im dritten Stock zu gelangen, ist bisher immer verschlossen gewesen – gleich, zu welcher Tageszeit wir das Haus betraten oder verließen.

*

Sie stören uns nicht, die beiden Leute aus Europa. Abdelhak behauptet, dass sie aus einer Gegend kommen, die "Nieder Land" heißt, weil Städte, Dörfer und Felder dort nur durch hohe Dämme vor dem Meer geschützt sind. Abdelhak muss es wissen – er hat ein paar Jahre in Europa an einer Tankstelle gearbeitet. Aber etwas ist schon seltsam: Die Europäer hier in Marrakesch wohnen meist im Stadtviertel Gueliz, wo es Banken, Reisebüros und moderne Geschäfte gibt. Ganz Reiche leben in der Medina, wo sie sich einen alten Riad renovieren lassen. Bei uns hier in M'hamid gibt es keine Europäer. Es gibt auch keine Bettler, keine Straßenkinder, keine Prostitution. M'hamid ist ein gutes Quartier.

Niemand weiß, warum dieses Paar gerade hier eine Wohnung bezogen hat. Immer wieder verschwinden sie mit ihrem Geländewagen tagelang ins Gebirge oder in die Wüste. Die Frau ist Fotografin. Nachts, wenn es fließendes Wasser gibt, soll sie ihre Filme entwickeln und ihre Bilder vergrößern. Der Mann fährt oft in die Stadt. Wahrscheinlich trifft er dort irgendwelche Leute, macht Einkäufe. Wenn er zu Hause ist, sieht man ihn manchmal auf dem Balkon am Computer sitzen und schreiben.

Mit den Kindern des Quartiers haben die beiden Europäer rasch Freundschaft geschlossen, denn sie verteilen großzügig Bonbons und Schokolade. Unserem Nachtwächter haben sie nicht nur Geld gegeben, sondern auch einen ganzen Sack voll Pullover, T-Shirts, Turnschuhe. Sie müssen sehr reich sein. Aber nach jeder Reise bringt der Mann ein paar Stunden damit zu, das Auto eigenhändig zu waschen, die Sitze auszubürsten, Sand und Dreck aus den Teppichen zu fegen, Luftfilter zu wechseln, Öl nachzufüllen und den Reifendruck zu kontrollieren. Auch haben sie weder eine Köchin noch ein Dienstmädchen angestellt. Sie sprechen bloß ein paar Worte Arabisch. Mit uns Hausbewohnern haben sie kaum Kontakt. Nur mit Aïscha, ihrer Wohnungsnachbarin, scheinen sie sich gut zu verstehen.

Wir waren von einer aufreibenden Fahrt durch den Djebl Sarhro zurückgekehrt. Tanja hatte sich sofort im fensterlosen Bad eingeschlossen, um ihre Filme zu entwickeln, so lange genügend Wasser aus dem Hahn kam. Ich war noch mit Auspacken und Aufräumen beschäftigt und überlegte, wie sich aus unseren spärlichen Vorräten ein Abendessen bereiten ließe. Es klopfte an unserer Wohnungstür: Aïscha. Gelegentlich hatten wir ein paar Sätze im Treppenhaus gewechselt. Ich wusste, dass sie in einem hiesigen Lyzeum Französisch unterrichtet und zusammen mit ihrer greisen Mutter in der Wohnung neben der unseren lebt.

Sie entschuldigte sich für die Störung, bat um irgendeine haushaltsnotwendige Kleinigkeit, vielleicht etwas Salz oder Öl oder Tee. Sie ließ sich in den Salon bitten, jenen mit langen Diwanen, niedrigen Messingtischen möblierten Raum, den wir nur an jenen seltenen Abenden benützten, an denen wir nach dem Essen noch das Bedürfnis hatten, ein Glas Wein zu trinken, Musik zu hören oder zu lesen. Im Grunde genossen wir die Annehmlichkeiten dieses Zimmers viel zu wenig, dabei hatte jeder hier seine eigene elektrische Lampe. In unserer vorherigen Behausung hatte es nur eine Gasflasche gegeben, auf die ein gebogenes Blechrohr aufgeschraubt war, an dessen Ende ein zerbrechlicher, keinesfalls zu berührender Glühstrumpf saß. Der gab zwar unter leisem Zischen ein heißes Licht, zwang uns aber, beim Lesen oder Schreiben die Köpfe eng zusammenzustecken.

Aïscha akzeptierte ein Glas Orangensaft, sogar eine Zigarette. Schmal, klug und aufmerksam saß sie da, rauchte, ließ sich unsere seltsame Arbeit erklären und gab Auskunft über sich. Sie wohnt hier draußen in M'hamid, weil ihr Bruder den alten Riad der Familie renoviert und zu einem feudalen Gästehaus umbaut – für Europäer, die ein paar Tage oder Wochen die Romantik der Medina genießen wollen, ohne auf den gewohnten Komfort zu verzichten.

Sie muss noch froh sein, dass der Bruder ihr diese Wohnung gekauft hat. Allerdings braucht sie jetzt mehr als eine Stunde, um ihren Arbeitsplatz im Süden der Stadt per Bus zu erreichen. Außerdem trägt sie die ganze Verantwortung für die Mutter. Ob wir nie das Schreien der alten, körperlich hinfälligen und geistig zeitweise verwirrten Frau gehört hätten? Es tue ihr ja weh, aber sie habe keine Wahl: Wenn sie zur Arbeit gehe, müsse sie die Mutter in ihrem Zimmer einschließen.

Tanja hatte sich zu uns gesetzt. Mit ihrem verschwitzten Gesicht, ihren immer noch verfilzten grauweißen Haaren, ihren von Fotochemie gebeizten Händen und ihrem schwarzen Laborkittel machte sie kein gutes Bild neben der kühlen, schlanken, sorgfältig geschminkten Nachbarin. Doch die beiden Frauen verstanden sich vom ersten Moment an. Als Aïscha nach einer halben Stunde aufstand, ihr Salz oder Öl einsteckte, bekam auch ich drei schwesterliche Abschiedsküsse auf die Wange gehaucht.

Schon am nächsten oder übernächsten Abend waren wir bei Aïscha zu Gast, wurden ihrer Mutter vorgestellt, einer Dame, die in würdiger Altersschönheit auf ihrem Diwan thronte und an Ingres' Nordafrikabilder erinnerte. Mit geschmeidigen Fingern formte sie aus dem duftenden Couscous kleine Kugeln, die sie mit Fleisch und Gemüse in ihrem zahnlosen Mund verschwinden ließ. Am Gespräch beteiligte sie sich nur mit ein paar Floskeln, die verrieten, dass sie die französische Sprache einmal beherrscht haben musste. Und irgendwann kippte sie plötzlich zur Seite, rollte auf den Diwan, riss zwei Teegläser und eine Schale mit eingelegten Paprika um, stöhnte ein paar arabische Wörter und begann lautstark zu schnarchen. Aïscha murmelte Entschuldigendes, schob den Tisch zur Seite, wälzte die alte Frau auf den Fußboden, packte sie unter den Kniekehlen. Ich wollte meine Hände helfend unter die Achseln der alten Dame schieben, aber Aïscha bedeutete mir mit einem kurzen Verwerfen des Kopfes, ich solle das bleiben lassen, schleifte ihre Mutter über den Teppich, kümmerte sich nicht darum, dass die grüne Djellaba immer weiter nach oben rutschte, faltiges Schenkelfleisch, eine graue Unterhose, einige Bauchrunzeln freilegte.

Ich folgte der bizarren Gruppe bis ins Zimmer der alten Dame, dessen Einrichtung aus einem schweren Schrank, einer Matratze und einem stumm geschalteten, aber farbige Bilder auswerfenden Fernsehapparat bestand. Ich sah zu, wie Aïscha ihre Mutter mit einem entschiedenen Griff auf die Matratze bugsierte, sie sorgfältig zudeckte, einen Moment neben ihr niederkniete, um ihr Gesicht zu streicheln, als ob sie Abbitte leisten wollte für die Grobheit, mit der sie sie eben noch behandelt hatte. Dann kehrten wir in den Salon zurück, und ohne ein Wort über den Zwischenfall zu verlieren, nahm Aïscha den Faden ihres Gesprächs mit Tanja wieder auf, formte sich mit der rechten Hand kleine Couscousbällchen, riss von den Rippen des gekochten Huhns delikate Stückchen herunter, tunkte sie in die scharfe Sauce …

Diese Tanja muss man einfach gern haben. Wenn sie mit meiner Mutter redet, ist es, als ob zwei Proust-Damen miteinander konversierten. In solchen Momenten erwacht meine Mutter aus ihrem idiotischen Fernseh-Dämmerzustand, reagiert mit eleganten Wendungen, wie ich sie seit Jahren nicht mehr von ihr gehört habe. Dass ihre Antworten wenig oder gar nichts mit dem zu tun haben, was Tanja zuvor gesagt oder gefragt hat, stört kaum – es ist wunderbar, aus diesem immer noch schönen alten Mund mit charmantem Jugendstilakzent Sätze zu hören wie:

"Ah! si je pouvais changer ce qu'il y a dans cette tête-là."

"D'ailleurs je prends tout sous mon bonnet."

"Je ne crois pas qu'elle soit ma fille – ce n'est pas votre avis, Madame?"

Wenn meine Mutter dann nach ein paar Minuten oder nach einer Stunde umkippt und ich sie in ihr Bett schleifen muss, hält Tanja ihren Kopf, streichelt ihre Wangen.

Manchmal sitzt auch Tanjas Mann dabei, immer freundlich, diskret und gelangweilt. Er hat sich als Jean vorgestellt. Tanja nennt ihn Jan. Untereinander reden die beiden eine komische Sprache, die ein bisschen wie Deutsch klingt, aber doch nicht Deutsch ist. Tanja stammt aus Brüssel und spricht ein wunderschönes Französisch. Jeans Akzent ist grässlich und er kann keinen Satz ohne grammatikalische Fehler bilden. Das kommt davon, dass er Holländer ist, und die Holländer, hat er einmal erklärt, lernen in der Schule zuerst Latein, dann Griechisch und ganz zuletzt noch Englisch und ein bisschen Deutsch. Jean ist von seiner Universität für ein Jahr freigestellt, um irgendwelche kunstgeschichtlichen Forschungen hier in Marokko zu betreiben, aber daraus, meinte er einmal lachend, werde wohl nicht viel und das sei auch egal, er beziehe ja für dieses Jahr kein Gehalt und wichtig sei ihm nur, dass Tanjas ehrgeiziges Projekt gelinge. Tanja arbeitet an einem großen Bildband über marokkanische Traditionen, marokkanische Bauten, marokkanisches Kunsthandwerk.

Ein netter Mann. Anfangs habe ich mich manchmal gefragt, warum er mit einer so hässlichen Frau wie Tanja zusammenlebt. Aber seit wir zusammen ins Hamam gehen, weiß ich, dass Tanjas Hässlichkeit bloß eine Maske ist: Sie pflegt ihr Haar nicht, sie schminkt sich nicht, sie trägt immer irgendwelche ausgeleierten T-Shirts und schwarze, viel zu weite Hosen. Darunter aber verbirgt sich ein starker, glatter Körper – als "Körper einer Kamelstute" würden ihn unsere volkstümlichen Poeten besingen, wenn sie ihn sehen könnten. Es ist eine Lust, ihr den Rücken zu rubbeln. Vor ein paar Tagen fanden wir, als wir vom Hamam zurückkamen, die Wohnung leer. Jean hatte einen Zettel hinterlassen, er sei in die Stadt gefahren, um irgendeinen Maler zu treffen. Ich hätte nach meiner Mutter sehen sollen, aber ich ließ mich zu einem Aperitif überreden, mir ein Glas Tonic mit Gin geben. Wir legten uns so auf dem langen Diwan hin, dass unsere Stirnen sich fast berührten. Wir rauchten, wir schwiegen, wir sahen uns an. Das Wohlgefühl des Bades strömte noch durch unsere Körper. Ich fühlte mich an die schönsten Momente meiner Zeit im Internat erinnert, Tanja schien Ähnliches zu empfinden. Nach einiger Zeit spürte ich plötzlich eine Art Verlegenheit, versuchte ein Lächeln, hatte den Eindruck, dass es misslang. Wir sind dann aufgestanden, haben noch eine Zigarette geraucht, Tanja hat sich noch ein Glas eingeschenkt. Statt eines Abschiedsgrußes hat sie zwei Finger der rechten Hand auf die Lippen gelegt.

*

"Ein schöner Ort, aber Landschaft interessiert mich nicht. Was mich interessiert, sind die Häuser dort drüben am Ufer. Vielleicht finde ich ein gutes Sujet."

Tanja hob die schwere Fototasche aus dem Wagen, schulterte das Stativ und stapfte davon. Merjem, Aïschas halb erwachsene Tochter, die aus ihrem Internat in Casa zu Besuch gekommen war und uns auf dem Sonntagsausflug an den Stausee Lalla Takerkoust begleitet hatte, folgte ihr, versuchte vergeblich, ihr die Tasche oder wenigstens das Stativ abzunehmen. Offenbar lag ihr daran, in Tanjas Nähe zu sein. Die beiden verschwanden hinter einem Felsvorsprung. Wir blieben allein im flirrenden Halbschatten alter Tamarisken. Unter uns das Sonnengeflirr im Blau des Sees, dahinter kahle Wüstenlandschaft, in der Ferne die Gipfellinie des Hohen Atlas.

Ich räumte die Überreste unseres Picknicks zusammen, verschloss die Flaschen, packte Brot, Käse und Früchte in eine Tasche, schichtete gebrauchtes Geschirr in eine Plastiktüte, stopfte die Abfälle in einen Sack, warf Kissen und Tischdecke in den Kofferraum. Aïscha hatte sich auf die große, graugrüne Zeltplane gelegt, die ich dort ausgebreitet hatte, wo der Schatten mir am dichtesten schien. Es sah aus, als ob sie schliefe. Als ich mit meiner Arbeit fertig war, legte ich mich neben sie, sorgfältig darauf bedacht, dass zwischen unsern Körpern Abstand blieb. Die Hitze sirrte, aber ein Windhauch brachte von Zeit zu Zeit etwas Kühlung.

Zum ersten Mal betrachtete ich Aïschas Gesicht aus der Nähe: die straffe Linie ihrer Wangen, die schmalen, locker geschlossenen Lippen über dem zierlichen Kinn, die fein gezeichnete Nase, die hohe Stirn, auf der sich ein paar lose Haarsträhnen kräuselten. Sie schlug die Augen auf. Das schwarze Leuchten der Iris traf unerwartete Regionen meines Nervensystems. Unser Gespräch begann sehr verhalten:

"Du hast geschlafen?"

"Vielleicht ein paar Minuten – gut, dass keiner uns hier sieht."

"Allah sieht alles. Allah erbarmt sich und verzeiht."

Aïscha runzelte die schöne Stirn:

"Bist du ein Muslim?"

"Ich bin kein Muslim. Ich bin kein Christ. Ich bin kein Jude. Kein Sonstirgendwas. Verzeih, Aïscha, wenn ich dir wehtue: Ich kenne die Religionen, ich achte sie. Ich brauche sie nicht."

"Du brauchst … nicht? Kein Mensch kann ohne Religion leben."

Aïschas Worte klangen eher beunruhigt als missionarisch. Ich bemühte mich um Sachlichkeit:

"Aïscha, du hast Voltaire und Rousseau gelesen, vielleicht auch den Abbé Meslier; du kennst die Werke von Sartre und Camus besser als ich – und du sagst, ein Mensch könne nicht ohne Religion sein?"

Aïscha schwieg eine Weile.

"Deinen Abbé …Mes…? kenne ich nicht. Ich weiß, was Voltaire und Sartre sagen. Aber das sind doch Bücher. Ich bin ein Mensch. Ein schwacher Mensch. Ich habe eben gerade mit euch schon wieder ein Glas Wein getrunken, ich rauche, ich bete nur unregelmäßig, und manchmal brauche ich die Liebe eines Mannes. Ob Gott mir vergibt? Ich will die Hadsch unternehmen, sobald ich genug gespart habe. Schon der Flug nach Mekka kostet ein Vermögen. Aber ich habe Sehnsucht nach dem Anblick der Kaaba, nach der Gemeinschaft …"

Wenn Aïscha in diesem Augenblick ihre schmalgliedrige Hand bewegt, auf meine Schulter gelegt, meine Wangen berührt hätte …

Möglich, sie erwartete solche Bewegung von mir.

Berührungslos schwiegen wir nebeneinander in der Hitze. Als sie schließlich etwas murmelte, schienen ihre Worte nicht unbedingt an mich gerichtet. Ich hatte eher den Eindruck, dass sie laut denke:

"Kann man so leben? Kann einer leben, ohne zu glauben? Gibt es das wirklich – Menschen, die keinen Gott brauchen …?"

In der Literatur ist überall nachzulesen, dass Muslime durchaus Verständnis für christliche und jüdische Glaubensinhalte haben, dass es ihnen schwerer falle, polytheistische Religionen zu akzeptieren und dass sie fast nicht nachvollziehen könnten, wenn ein Mensch behauptet, er glaube an keinen Gott.

Obwohl ich stark daran zweifelte, dass sie mich deshalb besser verstehen würde, erzählte ich Aïscha von meiner Jugend, bekannte, dass ich damals jeden Sonntag zur Messe gegangen war, gebeichtet, Rosenkränze gebetet hatte und dass mir ernst war damit. Aïscha nickte. Dank ihrer Kenntnis der französischen Literatur wusste sie genau, was Messe, Beichte und Rosenkranz für einen Katholiken bedeuten.

Ich sprach dann von der Reise, die ich zusammen mit meiner Klasse vor dem Abitur unternommen hatte. Unsere Lehrer hatten uns durch all die berühmten Museen und Altertümer Roms geführt. Am letzten Tag aber hatten sie uns frei gegeben. Ich ging allein durch die Stadt, kam auf einen seltsam unregelmäßigen, düsteren Platz, las seinen seltsamen Namen: Piazza delle cinque Scuole. Das machte mich neugierig. Ich blätterte im Reiseführer und las, dass ich mich mitten im ehemaligen Ghetto befand, mitten in jenem Quartier also, in dem Roms Juden vom 16. bis zum 19. Jahrhundert unter entwürdigenden Bedingungen hatten leben müssen und wo, las ich weiter, am 16. Oktober 1944 über zweitausend Juden von der SS verhaftet wurden. Sie kamen nach Auschwitz. Der Papst – am Vortag noch hatte ich ihn voll tiefer Ergriffenheit im Petersdom eine Messe zelebrieren sehen – dieser selbe Papst wusste das alles … und schwieg.

Ich schlenderte weiter, betrat schließlich eine kleine, uralte Kirche – San Giorgio in Velabro. Wunderschöne Säulen, die aus verschiedenen antiken Tempeln stammen, tragen hier das Dach. Es duftete nach Weihrauch, mystisches Dämmer umgab mich. Ich kniete nieder, erhob meinen Blick zum Bild des Gekreuzigten. Aber mir kam kein frommer Gedanke. Ich hörte die Worte unserer katholischen Liturgie, die ich so oft vernommen – und mitgebetet hatte, die Worte von den "treulosen und verräterischen Juden". Und unter dem Kruzifix sah ich, wie die Juden Roms im Ghetto und in anderen Straßen, sogar unter den Fenstern des Vatikan, mit Schüssen und Peitschen und Hunden zusammengetrieben und gezwungen wurden, auf die Lastwagen der SS zu kletterten. Und dann sah ich, wie – viele Jahrhunderte vorher – besoffene Christenhorden durch Rom zogen und die wundervollen Tempel der alten Götter schändeten, niederrissen, um billiges Baumaterial für ihre eigenen Kirchen zu haben, für so zauberhafte, fromme Kirchen wie die, in der ich noch kniete. Und in meinem Kopf explodierte alles, was ich je über Kreuzzüge und Indianerschlächtereien, Hexenverbrennungen und Ketzerfolter – immer im Namen Gottes – gelesen hatte.

Ich ließ meinen vom Papst persönlich geweihten Rosenkranz auf den Stufen des Altars liegen.

Später habe ich trotzdem – Wunsch meiner Mutter – Theologie studiert, drei Semester wenigstens. Dabei ist mir klar geworden, dass Gott nichts weiter ist als ein Defizit im Seelenhaushalt von Menschen, die sich selber allzu wichtig nehmen.

Aïscha hatte meine Geschichte – im Priesterseminar hätte man sie bei umgekehrter Tendenz als nettes Predigtmärchen bezeichnet – reglos angehört. Eine steile Falte bildete sich auf ihrer Stirn:

"Ich habe bloß Französisch und Spanisch studiert. In meinem Elternhaus wurden die Gebote des Islam geachtet, aber nicht immer befolgt. Mein Vater ging oft zum Freitagsgebet in die Moschee, aber zu Hause habe ich ihn nie beten sehen. Dass Gäste mit Wein bewirtet wurden, kam vor und keiner machte sich daraus ein Gewissen. Meine Mutter hat sich nie verschleiert. Über Glaubensfragen wurde nicht geredet. Ich kann auf deine Geschichte nicht antworten.

Mein Mann – Gott nehme seine Seele an – war ein schlechter Muslim, ein Säufer, ein Hurenbock, ein Betrüger. Ich bin auch keine wirklich gute Muslima, aber ich glaube, dass Gott meine Sünden vergibt. Ich werde die Kaaba umrunden, den Stein werfen, aus der Quelle trinken, rein werden ..."

Aïschas schmale Hand auf meiner Schulter. Ich streifte mit den Lippen ihre kühle Haut, Stimmen und Schritte wurden laut. Tanja und Merjem kamen, in ein lebhaftes Gespräch vertieft, vom Seeufer herauf.

*

Wie Tanja mit so einem Mann leben kann? Nach dem Picknick am See sind wir eine Stunde lang nebeneinander im Schatten der Tamariske gelegen, haben über Gott und Glauben, Liebe und Hoffnung gesprochen, haben Worte gewechselt, wie ich sie noch nie mit einem Mann gewechselt habe. Und er hat mich nur angestarrt, hat geredet und geredet. Keinem arabischen Mann hätte ich gestattet, mir so nahe zu kommen. Keinem Mann werde ich je verzeihen, mich so allein gelassen zu haben.

Unser Ausflug nahm übrigens ein seltsames Ende. Wir stellten das Auto vor unserem Haus ab, beluden uns mit Taschen und Körben, um sie in die Wohnungen hinaufzutragen, da blieb Jean plötzlich wie angewurzelt stehen und schaute zu, wie unser Imam sich damit abmühte, die beiden Blechjalousien neben dem Hauseingang in die Höhe zu stemmen. Er war monatelang krank gewesen. Offenbar ging es ihm jetzt besser.

Wir schleppten unser Zeug nach oben. Merjem ging gleich zu meiner Mutter. Ich half Tanja noch, Geschirr und Besteck zu reinigen und zu versorgen. Als wir fertig waren, fiel uns Jeans Abwesenheit auf. Wir traten auf den Balkon und sahen, dass er immer noch unten stand und in den Raum neben dem Hauseingang starrte.

*

Wir kommen gerade bei Sonnenuntergang nach Hause. Da schlappt ein hagerer Mann in grauer Djellaba herbei, stößt mit einiger Mühe die beiden Blech-Jalousien neben dem Haustor nach oben, diese beiden Rollläden, die bis heute immer verschlossen waren. Er streift die Schuhe ab und betritt den dahinter liegenden Raum, der etwa die Größe einer Doppelgarage hat und mit blauen Teppichen ausgelegt ist. Sollte dies etwa …? Ich lehne mich an eine Säule, beobachte. Und wirklich: Der Mann stellt sich vor den einzigen Einrichtungsgegenstand des Raumes, ein altertümliches Mikrophon – und aus einem Lautsprecher, der irgendwo an einem Laternenmast hängt, erschallt, verzerrt und von hässlichem Knistern überlagert, jener Gebetsruf, der im ganzen Land zur gleichen Minute ertönt: "Allahu akbar …"

Niemand denkt daran, dem Ruf Folge zu leisten: Der Hühnerschlächter spielt mit dem Zigarettenverkäufer Schach, der Fahrradmechaniker werkelt an einer Felge herum, kein Passant verlangsamt den Schritt. Der grauhaarige Imam aber lässt sich in der Mitte seiner Behelfsmoschee auf die Knie nieder, berührt den Boden mit der Stirn und beginnt sein Gebet, konzentriert und zugleich mit einem Ausdruck, als ob er in Gedanken weit weg wäre, weg aus diesem kahlen, hässlichen Raum, in dem es nicht einmal eine Gebetsnische gibt – nur ein paar Kreidestriche an der Quibbla, der gegen Mekka gerichteten Wand, deuten den Ort an, wo sich der Mihrab befinden müsste.

Aïscha hat gelegentlich erwähnt, dass es hier in unserm Block eine kleine, provisorische Moschee gebe. Ich habe manchmal danach Ausschau gehalten. Dass sie sich hinter den Blechjalousien neben dem Haustor befinden könnte, hätte ich freilich nie vermutet. Aïscha hat auch erzählt, dass der fünfzigjährige Imam – früher ein höherer Polizeibeamter – fast blind ist und mit seiner Frau in unserem Block lebt. Er habe das geistliche Amt, das ihn zwischen Morgengrauen und Nacht zu fünf beschwerlichen Gängen verpflichtet, freiwillig und ohne jede Bezahlung übernommen. Im Quartier spreche man mit Hochachtung von ihm. Selten fänden sich ein paar Gläubige zum Gebet ein. Hauptsache aber: Es gibt die Moschee.

*

Ich spüre die Gegenwart eines Fremden. Es wird dieser Europäer sein, der jetzt in unserem Block lebt – auch auf dem Krankenlager vernimmt man dies und das. Die Freunde, die mein Gebet begleitet haben, sind gegangen. Ich habe weder ihre Stimmen noch ihre Schritte gehört, aber an ihrer Gegenwart war nicht zu zweifeln.

Ich könnte meine Moschee schließen. Khadisha wartet mit dem Essen auf mich. Ich werde aber noch einen Moment verweilen – es tut gut, in dem ehrwürdigen Koran zu blättern, dessen Seiten fromme Brüder vor mehr als 200 Jahren im Wüstenkloster Tamegroute mit spitzer Rohrfeder beschrieben haben. Ich brauche keine Brailleschrift. Meine Fingerkuppen erkennen die kunstvollen Initialen. Der Text ist in meinem Kopf.

Die Gegenwart des Fremden – ich spüre, dass er auf der Schwelle steht, dass er bereit wäre, seine Schuhe abzustreifen und einzutreten.

Nach den Gesetzen meines Landes ist es Ungläubigen verboten, eine Moschee zu betreten. Die meisten meiner Glaubensbrüder halten das für ein heiliges Gebot des Islam und wären bereit, über jeden herzufallen, der es verletzt. Es ist aber kein Gebot des Propheten. Es ist ein Gesetz, das die Ungläubigen selber, die Faransi, während der Protektoratszeit erlassen haben, um unliebsamen Zwischenfällen vorzubeugen.

In meiner Moschee bin ich das Gesetz. Wenn ich dem Fremden winke, wird er seine Schuhe abstreifen, sich neben mir niederlassen, vielleicht den kostbaren Koran bewundern. Sie haben mir gesagt, dass er ein Gelehrter ist. Worüber werden wir sprechen? Über Gott und die Liebe, über Glauben und Unglauben. Über das Unheil, das in der Welt angerichtet wird von Christen und Muslimen, Juden, Hindus und immer im missbrauchten Namen des jeweiligen Gottes.

Was werden die Freunde sagen, wenn sie den Ungläubigen neben mir in der Moschee sitzen sehen? Sie werden nicht über ihn herfallen, sie werden nicht die Polizei rufen, aber sie werden mir Vorwürfe machen. Ali, der Hühnerhändler, Driss, der Bäcker, und Abdelhak, der Mechaniker, werden vielleicht noch öfter eine Ausrede finden, wenn ich sie zum Gebet rufe.

Ich winke dem Fremden. Er streift die Schuhe ab. Die billigen Bastteppiche knistern unter seinen Füßen.

\- - -

Niemand setzt sich zu mir, kein Atem ist zu spüren.

Ich winke noch einmal. Ich rufe sogar:

"Entrez, mon ami!"

Ich höre den Lärm der Lastwagen auf der Straße, das Knattern der Mopeds, das Tripptrapp eines Esels, der seinen Karren zieht, die Stimmen der Frauen in den Läden. Ich höre keine Schritte auf der Bastmatte. Ich habe zu lange gewartet. Ich bin allein. Bismillah – ich schließe den Koran. Allahu akbar …

ABDEL …

Zeichneten sich da gegen die letzte Helligkeit im Westen wirklich menschliche Behausungen ab? Die dunklen, rechteckigen Konturen, zwischen denen hier und da ein Licht schimmerte, mussten wohl so etwas sein.

Wenn man sich einen Tag lang durch die Einsamkeit vegetationsloser Hochtäler gekämpft hat, sind Häuser ein wunderbarer Anblick. Sie lassen die Angst vergessen, die einem im Genick saß, seit man zum ersten Mal bemerkte, dass man von der Piste abgekommen war, dass die vermeintlichen Spuren, denen man gefolgt war, sich in einem unpassierbaren Geröllfeld verloren. Der Gedanke, mutterseelenallein irgendwo neben einer Wüstenakazie am Rand eines Oued kampieren zu müssen, hatte mich nur mäßig begeistert. Und wenn mich nicht alles täuschte, so waren das da vorne nicht irgendwelche Stampflehmbauten irgendeiner gottverlassenen Oasensiedlung, sondern die ersten Häuser von Zagora, wo mich ein Minimum an Zivilisation, ein sauberes Bett, eine Dusche – und die Freunde erwarteten.

Noch ein, zwei Kilometer Schotter und Geröll, eine steile Böschung, dann rollt der Wagen zwischen fensterlosen Hauswänden aus Betonsteinen durch eine staubige, unbeleuchtete Gasse. Meine Ankunft ist trotz Dunkelheit nicht unbemerkt geblieben. Kinder, aus dem Nichts aufgetaucht, umringen, umtanzen das Fahrzeug, lachen, schreien, klettern aufs Trittbrett, strecken Hände und Köpfe durchs Fenster, rufen arabische, berberische, französische Wortfetzen. Die Erleichterung weicht jenem Unbehagen, das den Europäer angesichts solcher Kinderhorden schnell überfällt. Auch Männer können zudringlich werden, aber in der Regel begreift man, was sie wollen, man kann argumentieren, Entschlossenheit zeigen. Kindern gegenüber ist man wehrlos. Kinder sind wie ein Sandsturm. Längst habe ich es aufgegeben, mich mit kleinen Geschenken, Süßigkeiten, Kugelschreibern von kindlicher Zudringlichkeit freikaufen zu wollen, denn im Gewirr der bettelnden, grapschenden Hände passiert immer das Gleiche: Die Stärkeren schnappen sich die besten

Stücke, lassen sie blitzschnell verschwinden und drängen sofort wieder mit forderndem Geschrei nach vorne. Die Schwächeren – die Kleinen, die Mädchen – gehen leer aus und jammern um so mehr. Geduld hilft wenig, denn an abgelegenen Orten ist das Interesse der Kinder an dem unbekannten Geländefahrzeug, an den fremdartigen Kleidern, den rätselhaften Reaktionen eines vom Mond gefallenen Wesens mit weißer Haut unerschöpflich.

Nur nicht anhalten! Vorsichtig schiebe ich das Auto durch den Kindersturm, erreiche die Hauptstraße, ein Asphaltband, spärlich von ein paar Peitschenlampen erhellt, zu beiden Seiten von niedrigen Gebäuden gesäumt – Stadtrand. Doch weit kann es nicht sein bis zum Hotel – Zagora ist keine Großstadt. Ich vermute, dass ich nach links halten sollte. Wenn es gelänge weiterzufahren. Die Kinder haben jetzt den Weg völlig blockiert, sie klettern auf die Motorhaube, aufs Dach, aufs Reserverad, hüpfen, winken, schreien. Versuche, in diesem Höllenlärm nach dem Weg zu fragen, ernten nur Gelächter. Kein Erwachsener lässt sich blicken.

Mit einem Mal wird es etwas ruhiger. Ein schmächtiger Junge, um dessen Körper die Djellaba schlottert, bahnt sich mit Püffen und Knüffen den Weg durch die Horde. Ein waches Gesicht erscheint am Autofenster.

"M'siö – Hôtel?"

Ich nenne den Namen unseres Hotels. Er schüttelt den Kopf. Ich wiederhole:

"*Hôtel – Étoile – du – Drâa*!"

Er versteht. Er werde mich führen.

"Unnötig."

"Sehr weit."

"Fünfhundert Meter!"

"Viele Kilometer, dreißig, vierzig, gefährlich!"

Auf den Trick mit dem "weiten und gefährlichen Weg" fallen nur Anfänger rein, aber wenn der Bursche hilft, den Belagerungsring der Kinder zu durchbrechen, mag er sich ein paar Dirham als Führer verdienen. Er scheint, obwohl er selber kaum älter als zwölf sein kann, bei der Bande eine gewisse Autorität zu besitzen. Ich lasse ihn auf den Beifahrersitz schlüpfen.

Er stellt sich vor:

"Moi Abdelkader."

Die Höflichkeit gebietet, dass auch ich meinen Namen nenne:

"Paul."

Der Junge beugt sich vor, legt die rechte Hand auf die Brust:

"Maintenant moi Abdelpaul!"

Ein großes Wort: "Abdel-" bedeutet "Diener des ..."

"Alors, Abdelpaul: *Hôtel Étoile du Drâa*!"

"A droite", befiehlt er. Beugt sich aus dem Wagenfenster, brüllt ein paar kehlige Laute, erreicht tatsächlich, dass die Kinderhorde den Weg freigibt.

"Allez!"

"A droite? Vraiment?"

"A droite!"

Es widerstrebt mir, aber ich füge mich. So lange er nicht von mir verlangt, in eine dunkle Seitengasse oder auf eine Wüstenpiste abzubiegen, werde ich Abdels Anweisungen folgen, aber er soll mich nicht für blöd halten. Die Freunde haben mir den Weg zum Hotel genau beschrieben: Das *Étoile* liegt in einem Palmengarten direkt an der Straße nach Tamegroute. Die Distanz zum Zentrum beträgt weniger als einen Kilometer. Abdel soll bloß keinen Fehler machen.

Wir fahren – fünfhundert Meter, einen Kilometer. Die letzte Straßenlaterne bleibt zurück. Noch ein, zwei Gebäude, dann nur noch Wüste, Steinbrocken, Dorngebüsch.

"*Hôtel Étoile du Drâa*?"

Ich versuche, der Frage einen drohenden Unterton zu geben. Abdel nickt, deutet noch vorn in die Finsternis:

"Oui M'siö, *Hôtel Étoile du Drâa*!"

Versuchst du, mich in eine Falle zu locken, Abdel? Mich in irgendeiner obskuren Auberge abzuliefern, um ein doppeltes Trinkgeld zu kassieren? Jedenfalls werde ich die Straße nicht verlassen, um keinen Preis. Notfalls fahre ich stur weiter bis Agdz – sechzig Kilometer, kein Vergnügen bei Nacht, aber auch in Agdz gibt es ein Hotel. Und wenn du nicht vorher aussteigst, kannst du dann schauen, wo du bleibst.

Wenn am linken Straßenrand die weiße Rückseite einer Ortstafel im Scheinwerferlicht aufleuchtet, reagiere ich etwas zu spät, halte erst dreißig, vierzig Meter hinter dem Schild an, ohne gelesen zu haben, was darauf steht. Ich werde die Taschenlampe nehmen. Ich werde aussteigen. Ich werde zurückgehen. Ich werde auf der Ortstafel die Buchstabenfolge "Zagora" entziffern, selbst wenn es nur auf Arabisch dort steht. Und dann werd' ich's dir zeigen, du Gauner. So leicht führt man mich nicht an der Nase herum. Das Étoile du Drâa ist in Zagora, nicht weit vom Zentrum, keinesfalls irgendwo kilometerweit hinter dem Ortsende in der Wüste. Ich werde also wenden, zurückfahren, mein Hotel finden, auch ohne einen Abdel-Irgendwer! Aber vorher schmeiß ich dich aus dem Wagen, du kannst alleine zurücklaufen, du miese Ratte.

Zuvor muss ich natürlich selbst aussteigen, zurückgehen, das Schild entziffern, um einen Beweis zu haben. Wenn ich den Strahl der Taschenlampe auf die Tafel richte, lese ich in arabischen und lateinischen Buchstaben nicht "Zagora", sondern "Tamegroute".

Tamegroute liegt – wie Zagora – am Drâa, aber ein gutes Stück weiter südöstlich. Tamegroute besitzt eine berühmte Bibliothek, die ich zusammen mit den Freunden morgen oder übermorgen besuchen will. Aber mein Hotelzimmer, meine Freunde erwarten mich in Zagora.

Die weiße Rückseite der Ortstafel beseitigt den letzten, eigentlich schon längst nicht mehr möglichen Zweifel: "Zagora, 20 km". Zwanzig Kilometer Landstraße bei Nacht – besser als sechzig, trotzdem kein Spaß, weil man hierzulande stets mit unbeleuchteten Karren, Tieren, Baustellen, herabgestürzten Felsen, weggebrochenem Belag rechnen muss.

Wenn ich die Taschenlampe ausschalte und mich zum Wagen zurückwende, wird mir mit einem Mal bewusst, dass dieser Abdelkader seit mindestens zwei Minuten ganz allein und unbeaufsichtigt in meinem Auto sitzt. Falls er noch dort sitzt. Falls er nicht die Gelegenheit beim Schopf und die Kameratasche samt Inhalt am Griff gepackt hat und in der Nacht verschwunden ist. Ich könnte mich für meinen Leichtsinn ohrfeigen. Sogar den Schlüssel habe ich stecken lassen.

Abdelkader sitzt ruhig an seinem Platz. Mir ist, als huschte ein Lächeln über sein Gesicht. Lach mich nur aus, Kleiner. Über einen alten Kerl aus Europa, der bei Einbruch der Nacht aus der Wüste in die heilige Stadt Tamegroute reinfährt und glaubt, weil er sich auf die Satellitennavigation und die Daten seines Handbuchs verlassen hat, er sei jetzt in Zagora, über den darf man ruhig lachen. Du darfst auch über einen Mann lachen, der gegen den Rat seiner Freunde darauf bestanden hat, die schwierige Piste von Tazzarine über den Tafilalet ins Tal des Drâa ganz allein zu fahren, weil er unbedingt noch Fotos von den Felsbildern bei Ait Ouarzik machen wollte. Wenn alles ausgestanden ist, wird er selber über die Episode schmunzeln und sie im Freundeskreis erzählen. So weit, so gut. Aber langsam wird mir klar, dass dein Lächeln, Abdelkader, das sich längst wieder hinter einer männlichen Miene versteckt hat, nicht einem Orientierungsfehler galt. Du hast genau verstanden, warum ich ausstieg, um die Ortstafel im Schein der Taschenlampe zu entziffern, und dass ich erwartete, darauf den Namen Zagora zu lesen. Du hast geahnt, dass ich bereit war, dich mit Flüchen und Beschimpfungen aus dem Wagen zu werfen. Du hast mich durchschaut. Und du bist ruhig sitzen geblieben, denn du hast gewusst, dass du im Recht warst und ich der Blamierte.

Ich schiebe eine der Kassetten aus Marrakesch in den Recorder. Trommeln, Flöten und geklatschte Rhythmen machen eine Unterhaltung überflüssig. Wir fahren in die Nacht hinein – Richtung Zagora.

Am nächsten Morgen finde ich auf der Konsole zwischen den beiden Sitzen einen kleinen, aus trockenen Palmrispen geschnittenen, gefalteten, mit blauer Farbe bemalten Vogel. Es könnte ein Falke sein. Ich beschließe, dass es sein Falke ist. Er hängt seither am Rückspiegel. Ob er mir Glück bringt?

Djihad

Vor einer knappen Stunde schon war mir die junge Frau aufgefallen. Still stand sie mit ihrem Begleiter abseits der französischen Reisegruppe auf dem Kamm des Erg Chebbi, jenes gewaltigen Dünenberges, wo man angeblich die erhebendsten Sonnenaufgänge des ganzen Maghreb erlebt. An diesem Tag allerdings hatte die Lichtregie nicht so recht funktioniert: Die Sonne erschien zwar einigermaßen pünktlich, sendete auch ein paar goldene Lichtblitze, aber ein Dunstschleier über der Sahara tat ihrer Majestät Abbruch.

Die Franzosen waren dann unzufrieden wieder auf ihre Kamele geklettert und hatten sich zur *Auberge du Sud* hinuntergeleiten lassen, wo ihre Landrover und Fahrer warteten, um sie zum Frühstück in ihr Hotel nach Erfoud zu bringen. Vermutlich stand ihnen jetzt noch der Besuch eines Beduinenzelts und eines kreditkartenwürdigen Teppichbazars bevor.

Wir waren durch den nachtkühlen Sand zu unserm Zelt gelaufen, geglitten, gesprungen. Es lässt sich kaum beschreiben, dieses wunderbare Gefühl, mit jedem Schritt zwei, drei Meter zurückzulegen, leicht abzuheben, weich zu landen. Das ist fast wie im Traum, wenn man verfolgt wird, keinen Ausweg mehr sieht und plötzlich merkt, dass man mit lockerem Sprung den oberen Rand einer Klippe erreichen kann, und wenn die Verfolger bedrohlich näher klettern, holt man tief Atem, kann es nicht glauben, wagt es trotzdem, wirft den Körper in die Luft, und der schnellt nach oben, um dann sanft ins Weite zu gleiten … Nach dem beschwerlichen Aufstieg im Morgengrauen und dem enttäuschenden Schauspiel der Sonne war das reiner Genuss. Wir erreichten die Sandmulde, in der unser Zelt stand, in unglaublich kurzer Zeit.

Noch ist es kühl. Ich koche Kaffee, die Gefährtin rollt im Zelt die Schlafsäcke zusammen. Etwas verwundert nehme ich die beiden Gestalten wahr, die durch den Sand näher kommen. Die Frau erreicht unsern

Lagerplatz zuerst, grüßt zögernd auf Englisch, scheint erleichtert, wenn ich in dieser Sprache antworte, fragt nach der *Auberge du Sud*.

"Dort haben wir übernachtet. Dort steht unser Wagen. Wir haben angenommen, ihr geht auch dorthin, darum sind wir eurer Spur gefolgt."

Die Auberge liegt, von hier aus unsichtbar, hinter der nächsten kleinen Düne. Die beiden atmen auf, lachen über ihren Orientierungsfehler. Eine Einladung zum Frühstück lehnen sie ab, doch bevor sie weitergehen, tauschen wir natürlich noch all jene Informationen aus, die hier am äußersten Rand der Zivilisation oft überlebenswichtig sind:

"Wie ist die Piste nach Rissani?"

"Problemlos. Nur an einer Stelle müsst ihr aufpassen: Da ist ein breiter Oued. Die alte Spur führt direkt ins Flussbett, und dort bleibt man hoffnungslos im Sand stecken."

Die neuen Freunde wundern sich:

"Sollte die Spur nicht gesperrt sein?"

Endlich werde ich meine kleine Räubergeschichte los:

"Wahrscheinlich wird sie schon von Zeit zu Zeit gesperrt. Aber irgendwo in der Nähe gibt es eine halbverfallene Hütte, und in der Hütte haust ein Mann, und der verdient seinen Lebensunterhalt damit, dass er mit einer Schaufel und zwei alten Sandblechen kommt, wenn wieder mal ein Wagen im Flussbett festsitzt. Ich nehme an, der räumt auch die Sperrsteine immer wieder weg. Wenn ihr an die Stelle kommt, müsst ihr nach links halten. Es gibt deutliche Spuren im Geröll, die nach ein paar hundert Metern zum Oued hinunter führen. Dort kommt man ohne Schwierigkeiten rüber."

"Keine Sorge", die Frau lacht und deutet auf ihren Begleiter:

"Lev hat einen Teil seines Militärdienstes im Negev geleistet. Er kennt sich mit solchen Sachen aus. Trotzdem vielen Dank. Und noch eine Frage: Gibt's draußen in der großen weiten Welt irgendwas Neues?"

Ich habe seit Tagen keine Zeitung mehr gesehen, aber die beiden jungen Leute sind noch ahnungsloser. Sie reisen seit zwei Wochen durch die Einsamkeit und haben weder Radio noch Telefon.

"Nachrichten aus der Heimat verderben nur die Stimmung."

Zwei, drei Stunden später erreichen wir Rissani. Es gibt dort einen chaotischen Souk, halb Stampflehm, halb Wellblech, viel Teppichbunt und nicht ganz rostfreien Silberschmuck. Selbst beim Zigarettenkauf versuchen sie hier, einen übers Ohr zu hauen. Es gibt Ruinen einer königlichen Residenz, triste Verwaltungsgebäude, traurige Palmen. Rissani gehört zu den Orten, an denen man nur einmal aussteigt.

Auf einer Straße zwischen öden Wohnblocks am Stadtrand kommt uns eine breite Front von Demonstranten mit Fahnen und Transparenten entgegen. Junge Leute schwenken Plakate, skandieren Sprechchöre. Es wird, denke ich, um Lohnforderungen gehen oder um bessere Ausbildungsmöglichkeiten. Ich lasse das Fenster herunter, warte auf die Gelegenheit, einem dieser Jungen zu sagen, dass sie Recht haben sich zu wehren, dass unsere Sympathie mit ihnen ist – was man in solchen Situationen halt sagt.

Aber dann gellen mit einem Mal zornige Worte durchs Fenster? "Merde!" verstehe ich und "Juifs!" und "Assasins!" Fäuste trommeln aufs Dach und die Kühlerhaube. Ein Bärtiger versucht, die Türe aufzureißen, rüttelt am Lenkrad, schreit mit sich überschlagender Stimme etwas von "Blut" und "Kind" und "umgebracht". Ein anderer Mann zerrt den Rasenden am Ärmel der Djellaba zurück. Unterdessen schwankt unser Fahrzeug immer heftiger – ein paar Jugendliche versuchen, den schweren Wagen zu kippen.

"Juden! Mörder! Juden! Mörder …"

Was habe ich in diesem Moment gedacht, empfunden? Außer Panik natürlich. Ich weiß es nicht mehr. Vielleicht – aber das ist eine nachträgliche Rekonstruktion – vielleicht habe ich wie in einem gefährlichen Reflex dieser wild gewordenen Bande da draußen zeigen wollen, dass ich mich wehren würde, dass ich, bevor sie unser Auto umkippten, uns rauszerrten, uns weiß der Himmel was antaten, versuchen würde, uns auch mit Gewalt einen Weg zu bahnen. Ich trete das Gaspedal durch, jage die Maschine hoch. Die Gefährtin sitzt mit zusammengepressten Lippen neben mir; jetzt aber greift sie rüber, dreht den Zündschlüssel. Der Motor stirbt ab. Für einen Moment herrscht Stille. Überrascht, möglicherweise auch erschrocken weichen die Demonstranten einen halben Schritt zurück. Diese Sekunde ist unsere Rettung. Ein stattlicher Mann in weißer Djellaba taucht neben dem Wagen auf:

"Woher kommt ihr?"

Die Gefährtin nennt das Land unserer Herkunft mit erstaunlich ruhiger, klarer Stimme:

"Suisse – Swisra."

"Ihr wisst, was gestern in Al-Quds geschehen ist?"

Wieder ist es die Gefährtin, die ruhig und freundlich antwortet:

"Wir haben, seit einer Woche, seit wir Marrakesch verlassen haben, keine Zeitung gesehen. Wir reisen, wir malen, wir schlafen im Zelt. Seit zwei Tagen haben wir mit keinem Menschen mehr gesprochen."

Der Stattliche mustert uns zweifelnd; dann fällt sein Blick auf den Rücksitz, wo unsere Zeichenmappen liegen. Eine war wohl nicht richtig zugebunden, ein paar Aquarellblätter sind herausgerutscht. Er nickt.

"Gestern in Al-Quds – gestern haben die Juden dort an der Al-Aksa Moschee Dutzende unserer Brüder erschossen, auch Kinder, auch Frauen."

Habe ich das richtig verstanden? Al-Quds, das ist Jerusalem. Und in Israel herrscht doch, auch wenn man sich in Camp David nicht geeinigt hat, Frieden. Vielleicht nicht gerade Frieden, aber Ruhe. Seit Monaten. Habe ich gedacht.

Der Anflug eines Lächelns huscht über das Gesicht des Stattlichen:

"Ihr seid keine Juden – – – geht in Frieden!"

Murrend geben die Demonstranten auf seinen Wink den Weg frei, nehmen ihre Transparente und Fahnen wieder auf, stimmen einen neuen Sprechchor an. Minuten später verschwinden die letzten Häuser aus dem Blickfeld. Die Wüstenstraße 3454 liegt vor uns. Der Wagen schießt über das in der Hitze flimmernde Asphaltband nach Westen. Langsam, sehr langsam löst sich der Knoten im Hals.

Die Gefährtin weiß, dass es in solchen Situationen klug ist, zuerst einmal über Harmloses, Nebensächliches zu reden.

"Was waren das eigentlich für Leute, mit denen du heute früh am Zelt geplaudert hast, während ich diese verdammten Schlafsäcke in die Futterale zu stopfen versuchte?"

Seit Stunden habe ich nicht mehr an die beiden gedacht. Jetzt wird mir schwarz vor Augen. Beim Abschied haben wir uns die Hände geschüttelt, nebenher unsere Namen genannt:

"Paul – from Basel."

"Esther – from Haifa."

"Lev – from Natanya."

Die beiden jungen Menschen sind ebenso ahnungslos wie wir. Und wenn die in Rissani … Ich sehe den kräftigen Lev mit blutigem Kopf über dem Steuer seines Wagens hängen, während wild gewordene Hände den Körper der Esther schlagen und zerren. Nicht überall gibt es einen Stattlichen in weißer Djellaba.

Wenden? Zurückfahren? Die beiden warnen? Hoffnungslos. Wir sind sicher bald vierzig Kilometer westlich von Rissani. Und die jungen Israeli wollten doch heute Abend noch in Agadir sein, um mit ihren Freunden Jom Kippur zu feiern. Darum sind sie wahrscheinlich – hoffentlich! – noch vor uns losgefahren. Sind mit etwas Glück vor dem zornigen Demonstrationszug durch Rissani geschlüpft. Möglicherweise haben sie auch eine andere Route gewählt. Vielleicht sind sie mit einem unauffälligen Mietwagen mit marokkanischer Nummer unterwegs. Andernfalls bleibt bloß zu hoffen, dass sie die Situation schneller durchschaut, die Nerven bewahrt, sich als Engländer, Schweden oder Schweizer ausgegeben haben.

Sobald wir wieder in zivilisierten Regionen waren, habe ich täglich *L'opinion* oder *La libération* gekauft. Von der neuen Intifada und von israelfeindlichen Demonstrationen im ganzen Land war breit die Rede, ein Zwischenfall in Rissani wurde nirgends erwähnt, was in einem Land mit mäßig unfreier Presse freilich nicht allzu viel heißen will.

Dafür stieß ich auf eine offizielle Verlautbarung der israelitischen Gemeinschaft Marokkos, die mich an höfische Huldigungstexte denken ließ. Da war die Rede von der "glorreichen Führung der Alaouitischen Dynastie", welche das Volk zu "politischer Reife" geführt und aus "Marokko ein Muster der Koexistenz" gemacht habe.

Ich versuchte mir vorzustellen, wie unbeschwert und fröhlich die Juden von Agadir dieses Jom Kippur gefeiert haben, während ihre Vertreter sich derart diplomatisch winden mussten.

Als Schimpfwort rangiert "Jude" im Wortschatz vieler Marokkaner irgendwo zwischen "Berber" und "Imperialist".

Bis heute weiß ich nicht genau, was an jenem 28. September 2000 an der Al-Aksa-Moschee in Jerusalem tatsächlich vorgefallen ist. Nie werde ich erfahren, ob Lev und Esther gesund und heil in Agadir angekommen sind. Das Bild der jungen Frau "from Haifa", das Bild ihres grazilen Körpers in Jeans und Khakihemd, das Bild ihres arglos fröhlichen Gesichts und ihrer verletzlichen Kehle bricht immer wieder in meine Träume ein.

DIE TOCHTER DES HIRTEN

Ich nehme fast an, Sie kennen das: Da fasst ein nicht mehr ganz junges Paar eines Abends einen übermütigen Entschluss, antwortet auf ein Stelleninserat, nimmt wieder mal einen Job in einer entfernten Stadt, in einem anderen Land, jetzt sogar in einem neuen Erdteil an, träumt von Neuem Leben – und tut dann in einem vollklimatisierten Büro, vor dessen Fenstern eine Palme wedelt, genau das, was man bisher in einem ebenfalls klimatisierten Büro mit Ausblick auf ein paar magere Stadtrandplatanen getan hat: Man fertigt technische Zeichnungen an, füllt Formulare aus, erstellt Statistiken, bereitet sich auf Sitzungen vor. Um sechs geht man mit den Kollegen noch ein Glas trinken, um sieben ist man froh, in die eigenen vier Wände zu kommen, auch wenn die Wohnung nicht gerade den Traum von plätscherndem Brunnen in schattigem Innenhof mit anmutigen Hufeisenbögen erfüllt. Dafür muss man nur drei Straßenzüge weit gehen. Man deckt den Tisch, Maria kocht was Kleines in der Küche, die den ganzen Charme der Fünfzigerjahre ausstrahlt, man konsumiert *Arte* oder *Canal Cinq*, schläft sich dann in einem Schlafzimmerchen, das längst mal wieder gestrichen werden sollte, irgendwie durch die Nacht. Wenn der Kühlschrank leer ist, verzehrt man *Chez Alain* um die Ecke ein Couscous, wie man es schlechter auch in Paris kaum bekommt, trifft wieder Kollegen, Bekannte, Nachbarn, stöhnt über Korruption, Kleinkriminalität, unzuverlässige Handwerker und Dienstboten.

Samstags steht der Wocheneinkauf im Shoppingcenter am nördlichen Stadtrand an. Dann gilt es, die unvermeidlichen Haushaltsrituale zu erledigen, am Abend ein Gästepaar zu empfangen, eine Flasche Cognac entgegenzunehmen und ein entsprechendes Essen zu bieten – oder eine Flasche Cognac einzupacken, zwanzig Minuten durch Gueliz zu gehen, sich ein entsprechendes Diner einzuverleiben und über Korruption, amtliche Inkompetenz, unzuverlässige Handwerker und mangelhafte Telefonverbindungen zu stöhnen. Sonntags liest man den *Spiegel*, beantwortet ein paar private Mails, geht auf den Souk an der Avenue Mohammed V. oder besucht den Kollegen, der ein Haus im Ourikatal besitzt, ein verwinkeltes Gemäuer, wo der Schimmelpilz aus allen Fugen quillt, wo die Cognacflasche mit einer gegrillten Lammschulter vergolten wird und wo man, wenn genug gestöhnt worden ist über Korruption, Inkompetenz, unzuverlässige Handwerker, mangelhafte Telefon- und Verkehrsverbindungen, am Nachmittag den Fluss auf einem schwankenden Hängesteg überquert, um bis zu einer Lichtung hinaufzusteigen, von der aus man in den Hohen Atlas blickt. Auf den Gipfeln liegt schon Schnee.

In den ersten Wochen sind wir fleißig in die Medina gegangen, haben alle Sehenswürdigkeiten abgehakt – viele sind es nicht: Djemaa-el-Fna muss früher ein sehr spezieller Platz gewesen sein, heute rummeln da nur noch Touristenberber mit falschen Kostümen, greller Musik und zahnlosen Schlangen. Die Saadier-Gräber, die zwei, drei Museen und Paläste, die Medersa Ben Joussef – der Rest ist Geschrei, Gassengewinkel, in dem man sofort die Orientierung verliert, Plunder und sinnloses Gefeilsche.

Maria hat es besser. Sie spricht so gut Arabisch, dass sie sich sogar im Dialekt des Maghreb verständigen kann. Außerdem ist sie technisch versiert. Drum kommt sie öfter raus, geht mit dem Montagetrupp in die Medina, in Stadtrandgebiete oder in die Dörfer der Palmeraie, wenn es Probleme mit den Solarpaneelen, mit den Speichern oder den Spannungswandlern, mit den Wärmepumpen oder anderen Teilen unserer Installationen gibt. Wenn sie mich dabei überrascht, wie ich im Internet die Stellenangebote durchkämme, wird sie wütend:

"Lern endlich Arabisch, Jo, dann kommst du auch raus. Wir leben in einem aufregenden Land, aber so lange du nur am Computer und Zeichentisch hockst, kriegst du davon natürlich nichts mit."

Nicht, dass ich mich direkt nach Europa zurücksehnte – die Arbeit hier in Marrakesch ist nicht unbefriedigender als anderswo, das Betriebsklima erträglich, das Gehalt stimmt. Und doch gäbe ich was darum, nach Feierabend wieder mal unbehelligt durch die Straßen von Schwabing zu bummeln, an einer Ecke im Marais einen Pastis zu trinken, mit Leuten aus Messina eine vernünftige Sprache zu reden und sonntags mal eben an den Strand von Husum oder in den Jura zu fahren.

Maria lässt keinen Zweifel darüber aufkommen, dass sie noch mindestens zwei Jahre in Marokko zu bleiben gedenkt.

Ben Idriss ist meine Errungenschaft. Habe ihn auf einer der monatlichen Projektkonferenzen in Casablanca kennengelernt, habe ihn nach der Gähnsitzung zum Essen eingeladen, habe erfahren, dass er sich in einem Ort namens Skoura irgendwo jenseits des Atlas nicht nur um Solarenergie kümmert, sondern auch um die Bewahrung alter, vom Verfall bedrohter Bauwerke und um Ausbildungsmöglichkeiten für Jungen und Mädchen – tatsächlich: auch Mädchen – aus seinem Dorf. Sein Französisch ist nicht besonders gut. Wir haben uns die meiste Zeit auf Englisch unterhalten – meine Ohren und meine Zunge waren im Elysium. Er hat mir seine Mobile-Nummer gegeben, ich habe versprochen, dass wir ihn in seiner Kasba am Rand der Wüste besuchen.

*

Charles hatte uns freundlicherweise den besten Landrover der Firma zur Verfügung gestellt, denn unser kleiner Fiat schien doch nicht das ideale Fahrzeug für eine Expedition in den Süden. Am ersten Tag waren wir über den Tizi-n-Tichka nach Ouarzazate gefahren. Da es in Skoura kein zumutbares Hotel gibt und da wir Ben Idriss' Gastfreundschaft nicht strapazieren wollten, hatten wir vorgesehen, am Abend des zweiten Tages noch nach Tinerhir weiterzufahren – 150 Kilometer, aber die Straße soll gut sein.

Den größten Teil des Tages verbrachten wir mit Ben Idriss in seiner Kasba. Der Rundgang begann am Tor, dessen raffinierten Schließmechanismus uns genau erläutert wurde: Nur der Hausherr und seine Hauptfrau seien früher im Besitz eines Schlüssels gewesen – eines spannenlangen, sehr präzise geschnitzten Holzstücks, in das etwa ein Dutzend Stifte von unterschiedlicher Länge und in sehr willkürlich erscheinender Anordnung eingepasst waren. Drückte man diesen Schlüssel ins hölzerne Schloss, ließ sich der massive Riegel wegschieben. Ein einziger fehlender oder am falschen Ort angebrachter Stift machte den Schlüssel wirkungslos.

Von den Stallungen stiegen wir verwinkelte Treppen zu den Vorratskammern im ersten Stock hinauf, von dort zu den einstigen Wohnräumen des Gesindes und schließlich zu den Gemächern für den Hausherrn und seine Familie. Heute lebt Ben Idriss hier allein mit seiner Mutter. Er hat die Räume liebevoll mit traditionellem Mobiliar eingerichtet, wunderbare Teppiche aufgehängt, an den Wänden altes Bauerngerät und allerhand Keramik aus dem Süden des Landes gesammelt – bunte Schalen und Platten aus Agdz, Leuchter und Kannen in jenem unverwechselbaren Grün, wie es nur die Töpfer von Tamegroute zu Stande gebracht hätten, als sie ihre Öfen noch mit dem mühsam gesammelten Dorngestrüpp aus der Wüste befeuerten statt mit Gas, aber auch jene schmucklosen oder höchstens mit ein paar dunkelroten Linien verzierten Wasserkrüge, die man an den wenigen Orten, wo der Plastikkanister sich noch nicht durchgesetzt habe, immer noch auf den Köpfen der Berbermädchen sehen könne, wenn sie morgens oder abends zum Brunnen gehen.

Zuletzt begaben wir uns auf die Dachterrasse und von dort auf einen der vier Ecktürme der Kasba. Der Ausblick war phantastisch: Palmen, so weit das Auge reicht, und aus dem Meer der grünen Wedel ragten überall die rötlichen Mauern und die mit geheimnisvollen Ornamenten verzierten Türme anderer Kasbas.

"Ursprünglich", erläuterte Ben Idriss, "war die Kasba mit ihren vier nach oben hin leicht sich verjüngenden Türmen natürlich vor allem ein Wehrgebäude, eine Burg, würdet ihr in Europa sagen. Drum gibt es auch keine Fenster nach außen, höchstens ein paar Schießscharten. Im Lauf der Zeit und vor allem mit den Fortschritten der Waffentechnik verlor sie diese Funktion, und doch blieb sie die bevorzugte Wohnung der besseren Familien, denn als Gebäude ist sie hervorragend an unser Klima angepasst, bietet Schutz vor Sonne und Stürmen und im Innern herrscht ein angenehmes Klima, weil die meterdicken Mauern aus gestampftem Lehm im Sommer die Kühle der Nacht, im Winter die Sonnenwärme des Tages speichern."

Er machte eine expressive Pause, deutete auf den mit einer fugenlosen Lehmschicht überzogenen Boden der Plattform auf der wir standen. Ob wir das Problem sähen?

"Nein? Ein einziges vom Wind hierher verwehtes Blatt kann den ganzen Bau zum Einsturz bringen. Ein Blatt oder ein Stück Plastik. Plastik ist schlimmer, und seit die Zivilisation hier Einzug gehalten hat, fliegen immer mehr Fetzen von Plastiktüten herum. Ein Herbstregenguss schwemmt sie in den Ablauf. Der verstopft sich, das Wasser bildet hier auf dem Dach einen Tümpel, weicht den luftgetrockneten Lehmüberzug auf, sickert in die Wand. Jetzt ist das Gebäude noch zu retten, wenn man sofort den Ablauf freimacht, den Überzug erneuert. Andernfalls aber verursacht das zweite, dritte Gewitter schon Schäden, die nur noch mit großem Aufwand zu beheben sind. Unsere Mauern sind robust, so lange sie trocken bleiben – dringt aber Wasser ein, wird aus dem harten, festgestampften Gemisch aus Lehm und Stroh eine schmierige Sauce, und die Kasba verfällt, wie ein Eisbecher in der Sonne schmilzt. Nach zehn, fünfzehn Jahren ist von der ganzen Herrlichkeit, von Türmen und Wehrmauern, von all diesen magischen Ornamenten und geheimnisvollen Verzierungen nur noch ein Haufen Dreck übrig."

In seiner Kindheit, fuhr Ben Idriss fort, habe es hier noch viel mehr Kasbas gegeben. Bis in ein paar Jahrzehnten werde man kaum noch ein Halbdutzend sehen, denn es gebe immer weniger Leute, die die Mühe auf sich nähmen, den Stammsitz ihrer Familie zu unterhalten – die meisten zögen es vor, eine hässliche Betonkiste mit Klimaanlage, Satellitenfernsehen, Strom- und Telefonanschluss zu bewohnen. Und wie in Skoura werde es überall im Land gehen, in dreißig Jahren dürfte man froh sein, wenn überhaupt noch ein paar Museums-Kasbas zu besuchen seien.

Umm-Idriss, die Mutter unseres Freundes, empfing uns in ihrem Salon – umlaufender Diwan und niedrige Messingtische – mit selbstverständlicher Würde. Sie trug eine schwarze, mit kleinen Goldornamenten bestickte Djellaba, bereitete den Tee nach traditioneller Weise, bot honigsüßes Gebäck an und plauderte in lupenreinem Französisch über Godards letzte Filme und die jüngste Biennale von Venedig, Grimberts *Un Secret*, einen Roman, der sie tief bewegt zu haben schien, während sie für das Gutmenschgeplapper von Büchern im Stil des *Monsieur Ibrahim et les fleurs du Coran* nur Spott übrig hatte.

"Ich bin eine gläubige Muslima. Vor ein paar Jahren habe ich die Hadsch gemacht. Aber als ich in Mekka ankam, musste ich unwillkürlich an die schöne Geschichte von der alten Dame aus Alexandria denken, in deren Gepäck der saudische Zöllner eine Flasche Cognac fand. Auf seine empörten Vorwürfe reagierte sie gelassen:

'Hör zu, mein Sohn, ich bin 72 Jahre alt und habe ein schwaches Herz. Wenn ich morgen siebenmal um die Kaaba herumlaufen soll, wie das Gesetz es befiehlt, werde ich wahrscheinlich zusammenbrechen und sterben. Meine Familie muss trauern. Das Geld für diese Reise ist umsonst ausgegeben. Niemandem werde ich Geschenke heimbringen. Ist es nicht gottgefälliger, wenn ich mich in einen Winkel setze, meinen Cognac trinke, und dann läuft die Kaaba siebenmal um mich herum?'"

Umm-Idriss erzählte von ihrer Jugend in Rabat zur Zeit des guten Königs Hassan.

"Wirklich gut war er übrigens nicht, ein fürchterlicher Egomane, folglich von unkontrollierter Brutalität, wenn er sich angegriffen fühlte. Aber er war klug, charmant und manchmal sehr großzügig."

Sie sprach von den jährlichen Reisen nach Paris, die damals in ihrer Gesellschaftsschicht zum guten Ton gehörten. Sie sprach von ihrem Leben als Gattin eines hohen Richters, der irgendwann in Ungnade fiel und froh sein musste, dass der Zorn des Innenministers ihm noch ein bescheidenes Amt in seinem Heimatort Skoura ließ. Hier begann er, sich für die örtliche Schule zu interessieren, in der die Kinder der Bauern, Arbeiter und Hirten sich zu dritt in Zweierbänke quetschen mussten, keine Bücher und kaum Hefte bekamen, beim kleinsten Verschulden grausam gezüchtigt wurden und am Ende ihrer Schulzeit oft kaum ein paar Koranverse lesen, die Nationalhymne singen und "Bonjour Madame" sagen konnten, während sein Sohn Idriss in Cambridge Physik studierte und akademische Auszeichnungen gewann. Nach dem rätselhaften Tod ihres Mannes – er kehrte von einem Ritt ins Gebirge nicht zurück, seine Leiche wurde nie gefunden – scheint Umm-Idriss dieses Engagement wie eine verpflichtende Erbschaft übernommen zu haben:

"Als Frau bist du in Marokko nur ein Schatten, aber auch ein Schatten kann manches bewirken, wenn er lang genug ist. Mein Mann – Gott nehme seine Seele auf! – hatte natürlich immer noch seine Beziehungen in der Hauptstadt gepflegt, er kannte alle wichtigen Leute hier in der Gegend und er wusste, wir wussten über viele von ihnen – sagen wir: vieles. Darum empfangen mich diese Leute auch jetzt noch, wenn ich ein dringliches Anliegen habe. Meist geht es darum, einem aufgeweckten Jungen oder fast öfter noch: einem begabten Mädchen ein Stipendium zu verschaffen. Und meinem Argument, dass die Zukunft unseres Landes nicht vom Massentourismus, Orangen und billig kopierten

Modeartikeln, sondern von der Ausbildung der nächsten Generationen abhängt, dem haben sie nicht viel entgegenzusetzen."

Ben Idriss und seine Mutter ergänzten sich ausgezeichnet: Der angloamerikanisch geprägte, global denkende Wissenschaftler und Unternehmer, der sich leidenschaftlich für die Bewahrung kultureller Traditionen einsetzte, achtete und respektierte die Grande Dame, die im Paris der 50er und 60er Jahre zu Hause gewesen war und nun ohne eine Spur von Selbstmitleid in ihrem engen Wirkungskreis am Rand der Wüste um bessere Bildungschancen für Jungen und Mädchen ihres Dorfes kämpfte. Hinter den Köpfen der beiden hingen uralte Nomadenteppiche, in die – Idriss erklärte das beiläufig – namenlose Hirtentöchter vor hundert und mehr Jahren ihre Wünsche und Hoffnungen eingeknüpft hatten, Beschwörungen ergiebiger Quellen und reichen Weidelands, Bannsymbole gegen Unwetter, Feinde, Krankheiten ...

*

Am späteren Nachmittag begleitete Ben Idriss uns zurück zu unserem Landrover, den wir neben der Betonmoschee im Ortszentrum abgestellt hatten. Dass das elefantenschwere Fahrzeug mit seinen Suchscheinwerfern auf dem Dach, seiner Satellitenantenne und seinen demonstrativ montierten Solarpaneelen Aufsehen erregte, wunderte uns nicht weiter. Die Menge der Kinder und Jugendlichen aber, die sich um das Vehikel drängte, erschreckte uns doch ein wenig. Auch Idriss vermochte in diesem Chaos nicht viel auszurichten. Er ermahnte uns aber dringend, nicht dem kolonialistischen Allerweltsratschlag zu folgen und in solcher Situation einfach eine Handvoll Münzen, Zigaretten oder Bonbons aus dem Fenster zu werfen.

"Fahrt ganz langsam ab, gebt dann ein bisschen Gas, haltet hinter der nächsten Wegbiegung kurz an, damit die Tollkühnen, die auf dem Trittbrett oder der Stoßstange stehen, abspringen können, ohne das Gesicht zu verlieren. Und dann gute Reise."

Der Kampf mit dieser Masse nicht unfreundlicher, aber zudringlicher, quirliger junger Körper, Hände, Köpfe – bis wir nur die Hecktüre hatten öffnen können, um unsere Taschen dort zu verstauen! Bis wir uns dann durchgekämpft hatten auf Fahrer- und Beifahrersitz ... Wir befolgten Ben Idriss' Rat bis zur ersten Kurve. Dort aber kurbelte Maria das Fenster und warf zwei Handvoll Bonbons auf die Straße, was uns im Handumdrehen von den am Wagen klebenden Kletten befreite und uns einen panischen Start mit heulendem Motor und kreischenden Reifen gestattete. Freie Straße lag vor uns, führte in endloser Geraden gegen den östlichen Horizont. Tinerhir würde kurz nach Einbruch der Nacht zu erreichen sein.

Ein Kontrollposten der Gendarmerie Royale hielt uns nur kurz auf – wir waren das Prozedere mittlerweile gewöhnt: Anhalten, auf ein Handzeichen warten, im Schritttempo näherfahren, halten, ganz ruhig sitzenbleiben, Ausweise und Fahrzeugpapiere durchs Fenster reichen, ein freundliches Gesicht machen. Das Ritual war bald erledigt. Wie schon bei früheren Kontrollen interessierten sich die Uniformierten mehr für die ungewöhnlichen Installationen auf dem Dach des Wagens als für das Innere.

"Solartechnik, alternative Energie, Projekte für die Zukunft, Firmenwagen ..." Mit solchen Stichworten waren auch diese Hüter des Gesetzes zufrieden, winkten zur Weiterfahrt, wünschten sogar gute Reise.

Dreißig, vierzig Kilometer weiter wurde das Farbenspiel des Sonnenuntergangs im Rückspiegel derart phantastisch, dass ich anhalten musste, um ein paar Aufnahmen zu machen. Die mit Farbfilm geladene Kamera lag irgendwo hinten im Wagen. Als ich die Hecktüre öffnete, blickte ich auf ein unerwartetes Durcheinander von Decken, Kleidungsstücken, Schlafsäcken. War das nicht alles ordentlich zusammengelegt und auf den Sitzen verstaut gewesen? So wild war ich ja nicht gefahren. So schlimme Schlaglöcher hatte es auch nicht gegeben. Ich fluchte ein wenig, zerrte die obersten Schichten weg, um den Weg freizubekommen – und schaute in ein mondmärchenschönes Mädchengesicht, eigentlich nur in zwei große schwarze Augen, die mich zitternd, bittend, flehend, angsterfüllt, fluchtbereit ansahen. Maria erfasste die Situation schnell, kam ums Auto herum und redete erst einmal beruhigend auf das Mädchen ein, das sich langsam aus dem Gewühl der Decken schälte, seine ärmliche Djellaba glattstrich, zögernd auf Fragen antwortete, dann aber plötzlich in einen Schwall hastiger Worte ausbrach.

Mit der Zeit verstand auch ich: Die vierzehnjährige Fatima war im Durcheinander, das unserer Abfahrt von Skoura voranging, irgendwie in den Wagen geschlüpft und hatte instinktiv all diese Decken und Schlafsäcke über sich gezogen. Denn in ihrem Kopf gab es seit Monaten nur noch einen Gedanken: Weg, weg aus diesem Dorf, in dem ein sehr viel älterer Mann, ein Freund ihres Vaters, nur darauf wartete, bis sie die Schulpflicht beendet hätte, um sie als Frau in sein Bett und vor allem in seine Hütte zu holen, damit er sich nicht mehr selber um die Ziegen und den kleinen Garten zu kümmern brauchte, nicht mehr selbst Holz sammeln, Wasser holen und kochen musste.

Bei der Polizeikontrolle war Fatima fast vergangen vor Angst. Jetzt aber glaubte sie, alles sei überstanden, die Grenze überwunden, der Weg nach Europa offen. Wir würden sie bestimmt ins gelobte Land mitnehmen, uns am Swimmingpool unserer Villa von ihr eisgekühlte Getränke servieren lassen, bis eines Tages ein schöner, blonder Arzt um ihre Hand anhielte und sie zur Herrin einer ähnlichen Villa hoch über dem Meer machte. Die nächsten Minuten waren furchtbar: Maria musste erklären, dass zwischen unserm Standort und der Landesgrenze rund tausend Kilometer Straße lagen, dass etwa alle fünfzig Kilometer mit einer Polizeikontrolle zu rechnen war und mindestens bei jeder fünften oder sechsten Kontrolle mit einer eingehenden Untersuchung des Fahrzeugs. Fatima, die nicht einmal eine Identitätskarte besaß, würde also früher oder später von brutalen Gendarmen aus ihrem Versteck gezerrt, eingesperrt, wahrscheinlich vergewaltigt und später mit Schimpf und Schande in ihr Dorf zurückspediert werden. Von den Schwierigkeiten, die wir in diesem Fall bekommen würden, sprach Maria nicht, wohl aber von der Unmöglichkeit, einen ausgewachsenen Menschen durch die Grenzkontrollen in Tanger oder Ceuta zu schmuggeln. Endgültig brach Fatimas Hoffnungswelt zusammen, als sie erfuhr, dass wir in Europa keine Villa mit Swimmingpool besaßen, ja nicht einmal eine Wohnung, weil wir seit Monaten in Marrakesch arbeiteten, wohin wir in wenigen Tagen zurückkehren mussten. Ich glaube, ich habe nie einen Menschen so zerstört weinen gesehen.

Vor diesem Elend muss ich die Nerven verloren haben. An das, was in den nächsten Minuten geschah, erinnere ich mich kaum noch, aber Maria beschwor später, ich hätte sie angeschrieen und allen Ernstes aufgefordert, die "verdammte Göre" endlich auf einen Felsbrocken am Straßenrand zu setzen, einzusteigen und mit mir weiterzufahren. Bis Tinerhrir seien es noch achtzig oder neunzig Kilometer und ich hätte nicht die geringste Lust, den ganzen Weg im Stockdunkeln zurückzulegen – schließlich seien wir vor Nachtfahrten mehr als einmal gewarnt worden.

Zuletzt entschied Maria mit der ihr eigenen Bestimmtheit, was zu tun war.

"Halt endlich den Mund, Jo. Wir bringen die Kleine jetzt in ihr Dorf zurück. Das ist schlimm für sie. Aber alles andere wäre schlimmer, viel, viel schlimmer. In Skoura hat sie Geschwister, Freundinnen, Eltern, an denen sie hängt, auch wenn der Vater bloß ein armer Hirte ist, vielleicht der ärmste der ganzen Gegend. Drum ist er auch bereit, unsere Fatima seinem Freund Omar zur Frau zu geben – eine Esserin weniger in der Hütte."

Maria stieg mit der Kleinen hinten ins Auto, nahm sie in den Arm und redete leise auf sie ein. Ich jagte den Wagen wütend gegen die sinkende Nacht. Als wir uns dem Kontrollpunkt der Gendarmen näherten, kletterte Maria zu mir auf den Beifahrersitz, Fatima verschwand wieder unter ihren Decken, aber es war eine unnötige Vorsichtsmaßnahme, die Polizisten waren bei Sonnenuntergang abgezogen. Vor den ersten Häusern von Skoura ließen wir Fatima aussteigen. Falls jemand ihre verspätete Rückkehr bemerkte, würde sie etwas von einer Ziege erzählen, die sich irgendwo in den Gärten verlaufen, unterdessen aber ganz allein nach Hause gefunden habe. Im ungünstigsten Fall würde es ein paar Schläge geben, aber daran war sie gewöhnt.

Zweimal, dreimal und immer fehlerlos wiederholte sie Ben Idriss' Telefonnummer, bevor sie Maria zum Abschied umarmte. Dann griff sie nach meiner Hand, beugte sich darüber, um sie zu küssen. Ich fuhr ihr mit der Linken über den Kopf und murmelte einige der formelhaften Segenswünsche, die das Arabische auch für Anfänger bereithält. Ich widerstand der Versuchung, sie in den Arm zu nehmen, um wenigstens für einen Moment ihren jungen Körper zu spüren.

*

Da es uns unvernünftig erschien, um diese Zeit noch die weite Fahrt nach Tinerhir zu riskieren, entschieden wir uns für eine Rückkehr ins nahe Ouarzazate. Maria hielt es für notwendig, in beiden Orten anzurufen, um das reservierte Hotelzimmer abzusagen und für diese Nacht ein anderes zu bestellen. Ich wollte ihr mein Telefon in die Hand drücken, aber sie winkte ab – in ihrem habe sie beide Nummern gespeichert. Sie kletterte wieder nach hinten. Ich sah eine Taschenlampe aufblitzen, hörte wie Dinge herumgeschoben wurden, irgendetwas fiel zu Boden.

"Ich kann das Ding doch wahrhaftig nicht finden. Dabei bin ich sicher, dass ich es hier in das Fach mit den Reiseführern, dem GPS und dem Feldstecher getan habe. Es ist einfach nicht mehr da."

"Dann lassen wir's. Unser Hotel gestern war fast leer, da wird es auch heute ein Zimmer für uns haben. Und dass sie in Tinerhir vergeblich auf uns warten, ist eben höhere Gewalt."

Qualvoll dehnten sich die Kilometer in der Nacht. Ich vermutete, dass auch Maria darüber nachdachte, ob wir wirklich das Richtige getan hatten. Das Gespräch wollte allerdings nicht in Gang kommen, wir schoben bloß Fragmente von Überlegungen, Phantasien, Einwänden ins Brummen des Dieselmotors:

Ob wir das Mädchen nicht ... aber im Hotel hätten sie gleich Verdacht ... die Nacht durchfahren ... heller Wahnsinn und außerdem gibt es auch nachts an den Fernstraßen ... und wenn die Gendarmerie eine vierzehnjährige Hirtentochter ... ohne Papiere ... zu Idriss und seiner Mutter ... die sie auch nur zu ihrem Vater hätten zurück ... vielleicht eine Idee ... was wäre in Marrakesch ... als Hausmädchen ... nicht einmal einen Schlafplatz für sie ... hätten ihr vielleicht Französisch ... Englisch, ein bisschen Deutsch ... Chance in einem Hotel ... aber wer von uns hätte die Zeit ... vor allem wenn wir wegen Entführung ... mit einem guten Anwalt ... unsere kleine Wohnung mit einem fremden Menschen ... tagsüber immer allein ... die Großstadt ... etwas, worauf wir hätten stolz sein können ... wenigstens für zwei, drei Jahre eine Tochter ... und wenn wir dann in Frankreich oder Deutschland ...

Eine Tochter – und eine Versuchung. Was kann ein Mann für seine Gedanken? Hinter Fatimas kummerverschattetem Gesicht erschien das Bild tiefer Achselhöhlen mit erstem Flaum, schmaler Hüften, glatter Haut, schlanker Schenkel. Nur – ich bin kein Typ wie Frank oder Jerôme, die sich von einer zarten Schönheit bedienen lassen und sich noch was drauf zu gute halten, dass sie für ein armes Geschöpf sorgen, für gesunde Ernährung, anständige Kleider und Bismillah, im Namen Gottes, sogar für ein wenig Ausbildung. Außerdem kann Maria sehr eifersüchtig werden.

Es wäre Wahnsinn … aber ein Akt der Menschlichkeit … aber unmöglich in diesem Land … verantwortungslos … und doch … und einen Menschen aus seinem Kulturkreis, seinem Lebenskreis … ihm Möglichkeiten … dachten auch die Kolonialherren … Civilisation Française – Kulturimperialismus …

Als wir im neongrellen Restaurant des leeren Hotels in Ouarzazate auf unsere Pastilla warteten, versuchte ich, das Gespräch mit etwas klareren Formulierungen fortzusetzen. Maria unterbrach mich.

"He, Jo, mach einen Punkt. Es hat uns doch beiden wehgetan, als die Kleine da in der Nacht verschwand. Aber, verdammt noch mal, wir haben nichts anderes tun können. Wir haben ihr wenigstens einen Funken Hoffnung mitgegeben. Wenn sie es irgendwie schafft – auch in Skoura gibt es ja vielleicht ein öffentliches Telefon –, unseren Freund Idriss anzurufen, und wenn der dann seine Mutter einschaltet ... Wir versuchen, morgen noch einmal mit Umm-Idriss zu sprechen ..."

In diesem Moment fiepte mein Telefon:

"Hallo Jo!"

Marias achtzehnjährige Tochter Elisabeth hat zu ihrer Mutter – und zu mir – ein beneidenswert unverkrampftes Verhältnis.

"Hörst du mich, Jo? Wollte eigentlich Maria anrufen, aber unter ihrer Nummer hat bloß eine verheulte Mädchenstimme geantwortet, wahrscheinlich Arabisch. Aber sonst geht's euch gut? Alles in Ordnung? Also dann: Fröhliche Weihnacht euch beiden! Hörst du? Das ist der Bub meiner Freundin, begabtes Kind!"

Und da war im Hörer tatsächlich eine Blockflöte, etwas unsicher im Rhythmus, aber sonst fast fehlerlos mit dem alten, melancholischen Lied von den Hirten, die da kommen sollten, "das Wunder zu schaun".

Maria übernahm das Telefon, nickte ein paar Mal, sagte "danke" und "dir auch" und "erzähl ich dir später." An der Wand hinter ihr hing ein großer Abreißkalender, Werbegeschenk einer internationalen Nahrungsmittelfirma. Das Bild auf dem Karton stellte vermutlich das Matterhorn in winterlichem Schneegefunkel dar. Die Tageszettel waren bis auf einen winzigen Rest abgerissen – das aktuelle Blättchen zeigte in fetter schwarzer Schrift die Zahl 24.

Seit wir im Frühherbst mal darüber gesprochen hatten, wie wir Weihnachten in Marrakesch feiern würden, waren Monate vergangen, und weder Maria noch ich hatten in letzter Zeit mit dem Kalenderdatum 24. Dezember einen anderen Gedanken verbunden, als den an unsere ersten marokkanischen Ferien. Damals im September hatten wir uns noch dies und das vorgestellt, vielleicht Kerzen auf unserer Phoenixpalme, falls es hierzulande so etwas wie Weihnachtskerzen geben sollte. Eine freundliche Dekoration mit frischem Grün und etwas Glitzerschmuck, den wir zweifellos irgendwo in der Haushaltsabteilung des französischen Supermarché auch gefunden hätten. Mindestens einen stillen Abend, ein paar Geschenke, gute Musik, vielleicht den Luxus eines Lammfilets und einer Flasche Bordeaux. Manches hatten wir uns vorgestellt. Nur nicht eine Begegnung mit einem Berbermädchen, das in seiner Angst vor einer erzwungenen Heirat in uns so etwas wie die Heiligen Drei Könige sah und in unserem geliehenen Landrover den Esel, der es in Marias Armen ins Gelobte Land tragen konnte. Das hatten wir uns nicht vorgestellt.

Glossar

Ait Kebir: Dreitägiges Opferfest; in jedem Haushalt soll ein Hammel geschlachtet, verspeist und an Arme verschenkt werden.

Bled: Steppenartiges Ödland.

Bismillah: Im Namen Gottes.

Caïd: Alte Amtsbezeichnung: etwa Bezirkschef, Bürgermeister.

Charia: Ein delikates Gericht mit Fleisch und Gemüse.

Chech: Langes, dünnes Tuch, das von den Nomaden turbanartig um den Kopf (ggf.: auch vors Gesicht) geschlungen wird; meist blau.

Djellaba: Eine Art Mantel mit Kapuze; wird von Männern wie Frauen getragen, besteht meist aus grobem Gewebe

Djema-el-Fna: wichtigster Platz von Marrakesch.

Erg: Sandwüste.

Fellah: Bauer

Gnaoua: Gruppen oder Bruderschaften, die spezielle berberische Musik, aber auch magische Praktiken, Rituale und Tänze pflegen.

Haik: Langes, meist schwarzes Tuch, das den ganzen Körper und das Gesicht verhüllt. Früher traditionelle Kleidung der Stadtfrauen.

Hajhouj (dreisaitige Laute der Gnaoua)

Hamada: Felswüste.

Haratin: Schwarze Sklaven in Marokko – und deren Nachfahren.

Kasba: Burgartiges Gebäude, in den Wüstengebieten meist mit 4 Ecktürmen.

Khaima: Nomadenzelt.

Koubba: Grabkapelle eines (s. d.) Marabout.

Ksar: Ummauertes, festungsartiges Dorf in der Wüste.

Kutubia: Hauptmoschee von Marrakesch. Der Name leitet sich von Kitab (arab.: Buch) ab, da neben der Moschee ursprünglich Buchhändler ihre Läden hatten.

Marabout: Heiliger Mann, oft auch das Grab eines Heiligen (Koubba).

Masihi (Plural: Masihiyun): Christ/Christen.

Medersa: Schule, Universität, immer in Verbindung mit einer Moschee.

Medina: Stadt – heute bezeichnet das Wort vor allem die Altstadt.

Qrâqeb (Handklappern, crôtales, der (s. d.) Gnaouai)

Rbab: Marokkanische Gitarre

Reg: Geröllwüste.

Riad: Hofhaus – typische Bauform in der arabischen Welt.

Ridjal (Plural): Männer (Singular: Radjul)

Scheikh: angesehener, frommer Mann.

Seghia: Bewässerungskanal in den Oasen.

Sherif: Abkömmling des Propheten.

Souk: Markt, Bazar.

Titbouline: Kleine Ton-Trommel mit 2 unterschiedlichen Klangkörpern.

Dank

Vielen Menschen bin ich zu Dank verpflichtet: einer dänischen Künstlerin, einem vietnamesischen Maler, einem schwarzen Hausboy und einer deutschen Waisenmutter in Essaouira, einer Lehrerin und einem blinden Imam in M'Hamid, einem Maler, einem Diplomaten, einer Coiffeuse und anderen Freunden in Marrakech – und all den Menschen, die mir in Marokko begegneten, Künstlern, Händlern, Bauern, Guides, Lehrern, Bettlern, Gaunern … sie alle haben mich marokkanische Wirklichkeit erleben lassen. Besonders dankbar bin ich jenen Autoren und Journalisten, deren Arbeit mir viele Hintergründe erschloss: Persönlich begegnet bin ich Abdelhak Serhane, der in seinen Romanen ein zutiefst gespaltenes Land zeichnet. Aber auch Leila Abouzeïd, Driss Chraïbi, Mohamed Choukri, Tahar Ben Jelloun, Mohammed Khaïr-Eddine, Fatima Mernissi, Khireddine Mourad und andere haben mir für vieles die Augen geöffnet.

Vier Menschen aber habe ich vor allen anderen zu danken. Ohne sie wäre dies Buch nicht entstanden. Ich nenne in alphabetischer Reihenfolge:

Katja Fusek, die literarische Freundin und Arbeitspartnerin, mit der ich alle Texte eingehend besprechen durfte und von der ich ungezählte wichtige Anregungen empfing;

Sylvia Herzog-Cherbuin, die beste Reise- und Lebensgefährtin, die Marokko zusammen mit mir erfuhr und meine Arbeit voll Liebe und Verständnis begleitete;

Donata Kinzelbach, die Verlegerin, ohne deren risikofreudigen Enthusiasmus ich kaum den Mut gefunden hätte, an meinen Erzählungen weiter zu arbeiten:

Gisela Wolf, die erste Verlegerin, die es wagte, einige dieser Erzählungen unter dem Titel "Karims Café" in ihrem kleinen Verlag herauszugeben.

AUSWAHL LIEFERBARER TITEL:

LEÏLA ABOUZEÏD : EINE VERSTOSSENE GEHT IHREN WEG
ISBN 978-3-927069-79-4 132 S. ⌘ EUR 17.00
MOURAD KUSSEROW : TRAUMLAND MAROKKO
ISBN 978-3-927069-85-5 232 S. ⌘ EUR 19.00
MÄRCHENHAFTES MAROKKO
ISBN 978-3-927069-83-1 192 S. ⌘ EUR 18.00
ÄRMER ALS EINE MOSCHEE-MAUS
ISBN 978-3-927069-75-6 132 S. ⌘ EUR 17.00
VALENTIN HERZOG : ALIFAS ZEICHEN
ISBN 978-3-927069-90-9 224 S. ⌘ EUR 18.00
TAHAR BEN JELLOUN : DIE MANDELBÄUME
ISBN 978-3-927069-32-9 180 S. ⌘ EUR 17.50
RACHID BOUDJEDRA : DIE 1001 JAHRE DER SEHNSUCHT
ISBN 978-3-927069-50-3 292 S. ⌘ EUR 19.50
FLUCHTEN
ISBN 978-3-927069-55-8 170 S. ⌘ EUR 19.50
TAHAR DJAOUT : DIE SUCHE NACH DEN GEBEINEN
ISBN 978-3-927069-30-5 162 S. ⌘ EUR 15.50
MALEK HADDAD : UND EWIG SCHWEIGT DER QUAI AUX FLEURS
ISBN 978-3-927069-09-1 150 S. ⌘ EUR 15.50
MOHAMMED KHAIR-EDDINE : SEIN LETZTER KAMPF
ISBN 978-3-927069-72-5 174 S. ⌘ EUR 19.00
ES WAR EINMAL EIN GLÜCKLICHES PAAR
ISBN 978-3-927069-82-4 176 S. ⌘ EUR 19.00
AGADIR
ISBN 978-3-927069-16-9 170 S. ⌘ EUR 15.50
DONATA KINZELBACH (HRSG.) : TATORT : ALGERIEN
ISBN 978-3-927069-47-3 180 S. ⌘ EUR 17.50
MOHAMED MAGANI : DIE ÄSTHETIK DES METZGERS
ISBN 978-3-927069-45-9 232 S. ⌘ EUR 19.50
MOULOUD MAMMERI : DIE ÜBERFAHRT
ISBN 978-3-927069-37-4 192 S. ⌘ EUR 19.50
TREIBSAND
ISBN 978-3-927069-46-6 140 S. ⌘ EUR 17.50
ALBERT MEMMI : DAS KLEINE GLÜCK
ISBN 978-3-927069-43-5 220 S. ⌘ EUR 19.50
RACHID MIMOUNI : DIE STAMMESEHRE
ISBN 978-3-927069-33-6 184 S. ⌘ EUR 19.50
FADÉLA SEBTI : ICH, MIREILLE
ISBN 978-3-927069-41-1 135 S. ⌘ EUR 17.50